モンスターがあふれる
世界になったので、
好きに生きたいと思います
4
Author よっしゃあっ!
Illustrator こるせ

「モモちゃん、キキちゃん……
会いたかったーー！」

ティタン・アルパ討伐作戦から
一夜明けて翌日。
やるべきことは多いが、
俺たちは束の間の休息を手に入れた。

「しっかり掴まってください！」
「は、はひ！」

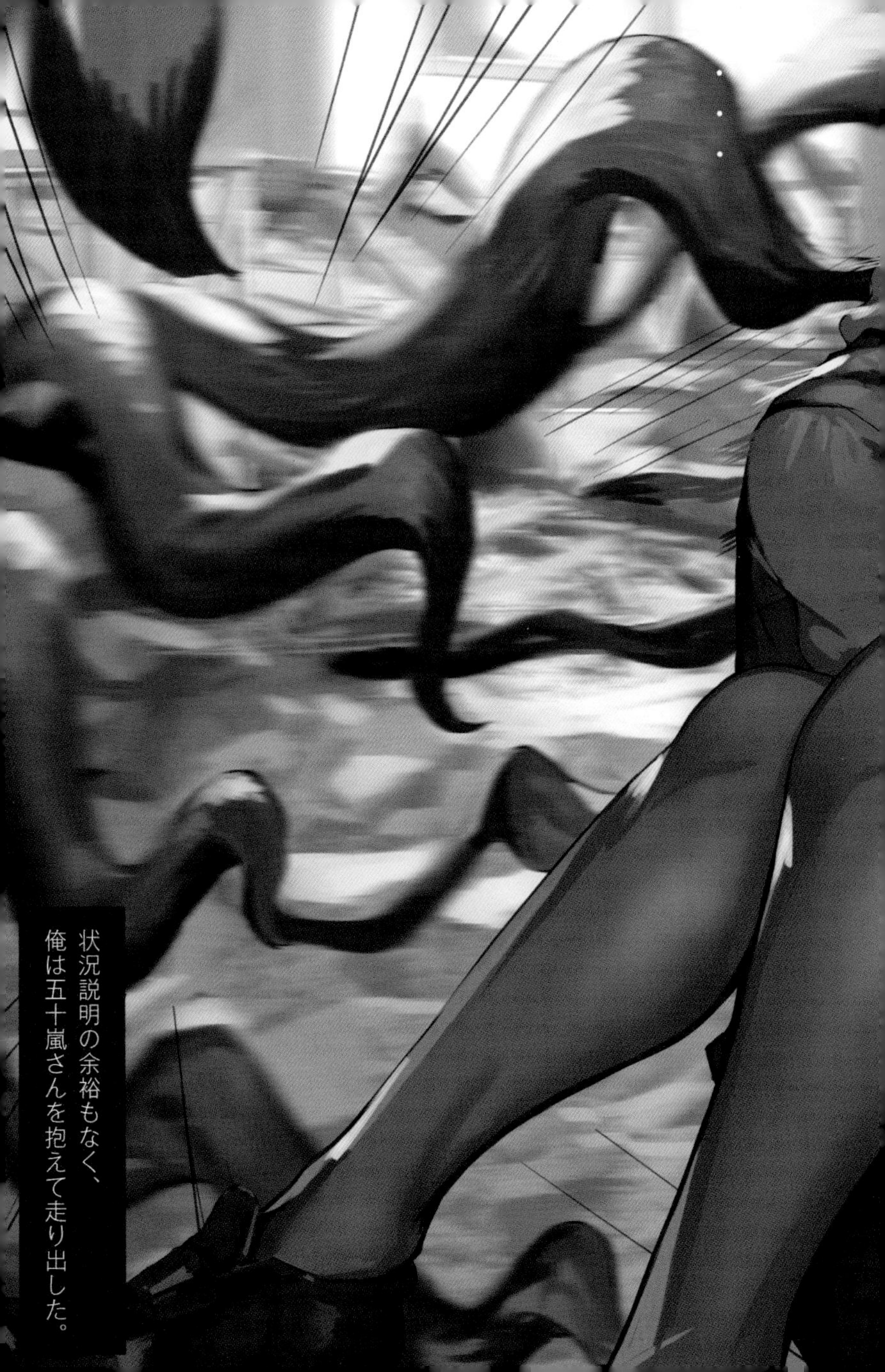
状況説明の余裕もなく、
俺は五十嵐さんを抱えて走り出した。

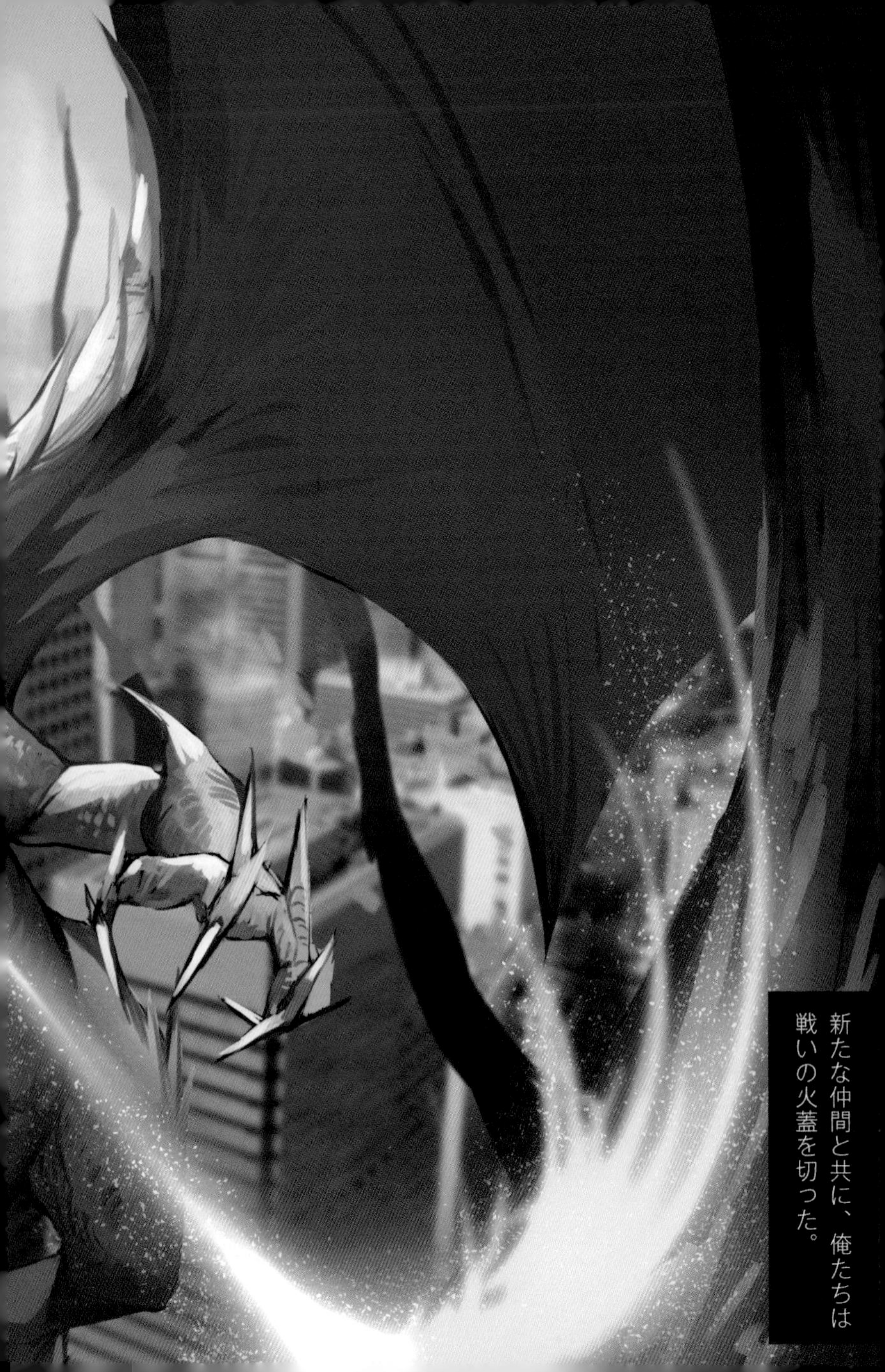
新たな仲間と共に、俺たちは
戦いの火蓋を切った。

「よし……ソラ——放てっ！」
「ギュアアアアアアアアアアアアアアアアアアアアアアアアアアアアアアアアアアアアアアアッッ!!」

CONTENTS

The world is full of monsters now,
therefor I want to live as I wish.

モンスターがあふれる世界になったので、好きに生きたいと思います
4
Author よっしゃあっ!
Illustrator こるせ

# 序章

――その存在に、決して関《かか》わることなかれ。
それはその世界に住む人々にとっての常識であった。
黄色の肌を持つ豚頭の魔物、影を操《あやつ》る狼《おおかみ》、巨大な岩の人形、鎧を纏《まと》った骨の騎士。
その世界は人ならざる者で溢《あふ》れていた。
その世界の人々はそれらに対抗するため、知恵《ちえ》をつけ、力を高め、数を集結させた。
少しずつ、だが確実に、人は強く、化け物にも対抗できるだけの力を身につけてきた。
だがそれでも、その世界には決して抗《あらが》うことができない存在《バケモノ》がいた。
曰《いわ》く、それはどれほど知恵を振り絞っても弱点を見つけることができない。
曰く、それはどれほど力をつけても、傷一つつけることはできない。
曰く、それはどれほど数を集めたとしても、意味を成すことはない。
できることはただ自分たちにその目を向けられないよう祈るだけである。
そう言われるほどの存在《バケモノ》が確かに存在していたのだ。

「――でも、それはあくまでもあの世界の人間たちの話よね」

無数の歯車とホログラムが浮かぶとある空間。

システムの中枢――カオス・フロンティア中央サーバー。

そこに漂う白い少女は一人の男性を思い浮かべる。

「世界は既に生まれ変わった。もう以前の常識は意味を成さない」

《経験値を獲得しました》《経験値を獲得しました》《経験値を獲得しました》

《スキル『回復』を獲得しました》《スキル『肉体再生』を獲得しました》

「そう、たとえあの世界の人々が敵《かな》わなくとも……」

《経験値を獲得しました》《経験値を獲得しました》《経験値を獲得《経験値を《経験値を――

「……」

《経験値を――》

「ああもう、うるさいわねっ」

彼女の頭の中には、常にシステムによるアナウンスが響く。

それをアシストし、世界の成長と安定を促すのが彼女の役割なのだが、彼女自身が考え事をしたい時には、さすがに少々煩《わずら》わしく感じてしまう。

いや、そもそもシステムの一部である彼女が煩わしいと思うことすら本来であれば矛盾《むじゅん》しているのだが、それがシステムから与えられた感情《バグ》なのだから仕方ない。

「もし彼が、あの世界の人々ですら相手にできなかった存在と相対したら、どうするのかしらね？」

逃げるのか、戦うのか、それとも彼女の思いもつかない全く別の選択肢を選ぶのか？
ああ、全くもって興味の尽きない存在だ。
「クドウ、カズト……」
その男性の名を、彼女は口ずさむ。
いずれ彼はぶつかるだろう。
この世界の壁に。
自分が与えたクエストとは比べ物にならない強大な試練に。
「でも、さすがにまだ早すぎるわね……」
その未来を想像し、白い少女は僅《わず》かに顔を曇らせる。
いくら素養があろうと、若いうちに摘み取ってしまえば意味がない。
新たな世界、新たな理《ことわり》、新たな力。
それは今までにない可能性を生み出し、英雄と呼ばれる存在を生み出すのだ。
丁寧《ていねい》に、慎重に、そして確実に行わなくてはいけない。
母体であるシステムが彼をどう判断するのか？　それはまだ分からない。
「でも願わくば、それが世界にとって有益であらんことを――」
白い少女は目を瞑《つむ》り、手を合わせる。
祈りを知らぬその姿は、まるで敬虔《けいけん》な修道女のようであった。

# 第一章　進化する力

ティタン・アルパ討伐《とうばつ》作戦から二日後、俺《おれ》たちは戦いの後始末を行っていた。

主な作業は怪我人《けがにん》の治療と、『安全地帯』の内部にばら撒《ま》かれた瓦礫《がれき》の撤去だ。

『安全地帯』の中にはティタンによってばら撒かれた大量の瓦礫が残っている。これを片付けるのも立派な仕事だ。

俺には『アイテムボックス』があるし、他のメンバーもスキルを応用すれば、効率的に瓦礫を片付けることができる。

なのだが……

「……うっぷ、ぜぇー……ぜぇー……」

「……大丈夫ですか、一之瀬《いちのせ》さん？」

「ナッつん大丈夫？　背中さすろーか？」

作業開始からわずか数分で、一之瀬さんは瀕死《ひんし》状態だった。

「も、問題ないです……うっぷ」

「いや、強がらなくてもいいですよ。無理しないでください」

六花《りっか》ちゃんに背中をさすってもらいながら強がってもまるで説得力がない。

そもそも彼女の選んだ職業は『引《ひ》き籠《こも》り』だ。その影響でほぼ全《すべ》てのステータスが低下している。『狙撃手《そげきしゅ》』のおかげで狙撃に関しては運動能力が落ちることはないが、それ以外では彼女の力は一般人以下なのである。

「それに戦いの疲れがまだ残っているでしょう？　ここは俺たちに任せてください」

ティタンとの決戦の際、彼女は自身のスキルを使って銃を極限まで強化し戦いに貢献《こうけん》した。

だが強すぎる武器の反動は、彼女に相当な深手を負わせた。回復薬《ポーション》である程度は回復しているとはいえ、まだまだ本調子ではないはずだ。

「そうそう。私やニッシーは、ナッつんやおにーさんに比べればまだまだ元気だしね」

にかっと笑みを浮かべ、謎《なぞ》の元気だよーポーズをする六花ちゃん。

その少し後ろで、西野君《にしのくん》は他の高校生メンバーにてきぱきと指示を出していた。

うーん、西野君はほんと頼りになるなぁ。

「――んを……」

「はい？　何か言いましたか？」

「モモちゃんを……今すぐモモちゃんを出してください。キキちゃんも」

「へ？　あ、はい。モモ、キキ、出てこーい」

足元の『影』に声を送ると、モモとキキが姿を現す。

「わんっ」「きゅー」

「ああ、モモちゃん、キキちゃん……会いたかった……会いたかったよぅ……」

まるで長年生き別れた家族に出会った時のようなリアクションだが、普通に今朝《けさ》も会っている。

一之瀬さんはぎゅっと二匹を抱きしめモフモフする。するとみるみる血色がよくなってゆく。

モフモフってすごいね。俺もモフモフしたい。

「なんだかなー……」

そんなモフモフ空気の中、一人釈然《しゃくぜん》としない様子の六花ちゃんであった。

「はぁー……だいぶよくなりました」

モフモフを堪能《たんのう》したのか、一之瀬さんの肌はつやつやになっていた。

「モモもキキもお疲れ」

「くぅーん……」『きゅぅー……」

二匹とも俺の膝《ひざ》の上に乗るとお腹《なか》を見せる。「さあ撫《な》でろ」のポーズだ。

よし、存分に撫でさせてもらおう。

「わふぅーん♪」『きゅぅー♪」

あー、癒やされるわー。ずっとこうしていたい。

「というか、お前ら、進化してから毛並みがすごいよくなってるな」

「わふん?」『きゅー?」

そうかなー？　とモモとキキは首を傾げる。自覚はないようだ。

ティタンとの戦いを経てモモは『暗殺犬』から『暗黒犬』に、アカは『フェイク・スライム』から『クリエイト・スライム』に、キキは『レッサー・カーバンクル』から『カーバンクル』にそれぞれ進化した。

三匹とも姿形は以前のままだが、内包する気配は以前とは別物だ。

特に今のモモからはあのダーク・ウルフ以上の凄《すさ》まじい力を感じる。

もはや並のモンスターでは束になっても敵《かな》わないだろう。

アカもより精密な『擬態《ぎたい》』が、キキも新しい『支援魔法《バフ》』が使えるようになった。

ただ、アカは前回の戦いで肉体を消費し過ぎたので、また他のスライムを吸収させる必要がある。

明日にでも海に行ってスライムを捕まえるとしよう。

それと今回の戦いで手に入れた〝ティタンの魔石（大）〟はアカに与えた。

その結果、アカは新たにスキルを手に入れたのだが、それは後で試すとしよう。

そういえば、あの女王蟻《じょうおうあり》――アルパの魔石はどうなったんだろう？

後で西野君に聞いてみるか。

閑話休題《かんわきゅうだい》。

作業もひと段落したところで、俺は例の話を切り出すことにした。

「……そろそろ『進化先』を決めようと思うのですが」

「そうですね……」

俺と一之瀬さんはティタンとの戦いを経てレベル30に到達した。

その結果、新しい種族に進化できるようになったのである。

ただあの戦いの後、俺と一之瀬さんはしばらく寝込んでいたので、まだ『進化先』については詳しく調べていない。

ついでに言えばステ振りもまだだ。

せっかくティタンとの戦いで大量のＳＰ《スキルポイント》、ＪＰ《ジョブポイント》が手に入ったのだが、だいぶ後回しになってしまった。

「進化……ですか。話は聞いていましたが、本当にゲームみたいですね」

「だよねー。でもなんかワクワクするかも」

西野君と六花ちゃんも会話に加わる。二人の意見も聞きたいからね。

「そういえば、カ……クドウさんと私とじゃ『進化先』の種族が結構違ってましたよね？」

「そうなんですよね……」

俺は自分のステータスにある『進化先』の項目をタップする。

進化先は全部で十一種類。

上人《ハイ・ヒューマン》、森人《エルフ》、岩掘人《ドワーフ》、小人《リトルマン》、巨人《ジャイアント》、鬼人《オニビト》、狼人《ウェアウルフ》、狐人《ルナール》、蜥蜴人《リザードマン》、影人《シャドウ》、新人《アラビト》となっている。

ネット小説では超定番のエルフやドワーフから、『影人《シャドウ》』や『新人《アラビト》』といったよく分からない種族まで様々だ。

一方で一之瀬さんは俺よりも少し少なく全部で十種類。

上人《ハイ・ヒューマン》、森人《エルフ》、黒森人《ダーク・エルフ》、鬼人《オニビト》、小人《リトルマン》、蛮女《アマゾネス》、狐人《ルナール》、猫人《キャット・ピープル》、新人《アラビト》
数こそ少ないが、『蛮女《アマゾネス》』や『黒森人《ダーク・エルフ》』、『猫人《キャット・ピープル》』といった俺にはない選択肢があった。

多分ＬＶ30に上がるまでの行動やスキル、それに性別なんかが影響しているのだろう。『蛮女《アマゾネス》』っ

て確か女性しかいない種族だったしね。

情報共有できるように、お互いの進化先を紙に書き写して眺める。

「これだけ選択肢があると迷いますよね……」

「ですです。気になる種族も多いです」

「これからの事も考えればあまり見た目の変わらない種族にしておいた方がいいですよね……」

ちらりと、俺は横目で一之瀬さんを見る。

少なくとも狐人《ルナール》や猫人《キャット・ピープル》ってのは多分、見た目が大きく変わるだろう。それこそ猫耳とか狐尻尾《きつねしっぽ》とか……。

『――く、クドウさん、どうですかにゃん？』

前かがみで手招きしつつ、尻尾を振る一之瀬さん。耳もピコピコ動いたりして……うん、ありだな。ちょっとあざとい感じが実に良い。しかも語尾に『にゃん』とかつけてるあたりポイント高い。

「……クドウさん、今何か変なこと考えてませんでしたか？」

「えっ？　あ、いやいや、別にそんなこと全然ないですよ。やだなぁ、ははは……」

無駄《むだ》に勘《かん》の鋭い一之瀬さんである。

というか真面目《まじめ》な話、彼女の勘の良さや身体的な弱点をカバーするなら獣人系は十分選択肢として有りだと思うけどなぁ。

すると西野君が声を上げた。

「というかクドウさん。これって例の〝スキル〟が使えるんじゃないですか？」

「ああ、『質問権』ですね。なるほど、確かにそうですね」

ティタンとの戦いの後、俺のステータスには『質問権』という項目が増えていた。

これは文字通り、質問したい項目を入力することで、その質問に答えてくれるという便利なスキルだ。回数制限もなく、何度でも調べることができる。ある意味、鑑定《かんてい》に近いスキルだ。

（クエスト報酬の『質問権の行使』ってはもしかしたらこっちのことだったのか……？）

カオス・フロンティア中央サーバーなる場所に俺を呼び出し、クエストを与えたあの白い少女。

あの場で彼女の質問をしたとき、その内容が凡庸《ぼんよう》すぎて失望されてしまったが、それはもしかしたらこのスキルが与えられると分かっていたからこその反応だったのかもしれない。

でもあんなすぐにスキルの確認なんてできるわけないじゃんか。

まあ、過ぎたことを言っても仕方ない。

さっそく俺は種族先について調べてみた。

・上人《ハイ・ヒューマン》
人間の上位種。既存スキルの効果を高める。見た目は普通の人間と変わらない。

各種ステータスが上昇し、既存スキルのＬＶを２上げる。

・森人《エルフ》
人間の上位種。魔法に優れている。耳がとがり、見た目が麗《うるわ》しくなる。

ＭＰ、魔力、耐魔力が増加する。力が減少する。

・黒森人《ダーク・エルフ》

人間の上位種。魔法に優れている。耳がとがり、肌が赤銅色《しゃくどういろ》になる。見た目が麗しくなる。

ＭＰ、魔力、耐魔力が増加する。力が減少する。

・岩掘人《ドワーフ》

人間の上位種。力、耐久に優れている。背丈《せたけ》が小さくなり、筋肉質になる。

ＨＰ、力、耐久が大幅に増加する。ＭＰ、魔力、敏捷《びんしょう》が減少する。

・小人《リトルマン》

人間の上位種。五感、器用、敏捷に優れている。背丈がすごく小さくなる。

敏捷、器用が大幅に増加する。ＨＰ、力が減少する。

・巨人《ジャイアント》

人間の上位種。生命力に優れている。背丈がすごく大きくなる。

ＨＰ、力、敏捷が大幅に増加。魔力、耐魔力が減少する。

・鬼人《オニビト》
人間の上位種（希少）。身体能力が強化され、固有のスキルが使える。普段は普通の人間と変わらないが、戦闘時や気持ちが高揚《こうよう》した際には角が発現する。

ＨＰ、ＭＰ、力、耐久、敏捷が増加する。

・狼人《ウェアウルフ》
人間の上位種。五感、身体能力が強化される。狼のような耳としっぽが生える。発情期がある。

ＨＰ、力、耐久、敏捷が増加する。ＭＰが減少する。

・狐人《ルナール》
人間の上位種。五感が強化され固有のスキルが使える。狐のような耳と尻尾が生える。

器用、魔力、耐魔力が増加する。

・猫人《キャット・ピープル》
人間の上位種。五感、身体能力が強化される。猫のような耳としっぽが生える。

ＭＰ、器用が増加する。敏捷が大幅に増加する。

・蜥蜴人《リザードマン》

人間の上位種。五感、身体能力が強化され、固有のスキルが使える。HP、MP、力、敏捷が大幅に増加する。鱗《うろこ》が生える。耐寒が下がる。

・影人《シャドウ》
人間の上位種（希少）。五感、身体能力が強化され、固有のスキルが使える。MP、力、器用、敏捷、魔力、耐魔力が増加する。

・蛮女《アマゾネス》
人間の上位種（女性限定）。五感、身体能力が強化され、固有のスキルが使える。HP、力、敏捷が大幅に増加する。MP、器用、耐魔力が減少する。性欲が高まる。

・新人《アラビト》
人間の上位種（希少）。五感、身体能力が僅《わず》かに強化され、可能性が広がる。見た目は普通の人間と変わらない。各種ステータスが僅かに増加する。

進化先の情報はこんな感じだ。紙に書き写してみると結構な量だな。
紙に書き写すのに結構時間がかかってしまった。

「うわぁー、それぞれ違いがあって面白《おもしろ》いねー」

「う、うん……。でも慎重に選ばないと……」

四人でそれぞれ意見を交換し合い、候補を絞ってゆく。

良さそうなのは、『上　人《ハイ・ヒューマン》』、『鬼人《オニビト》』、『新人《アラビト》』の三つだろうか？

どれも見た目は普通の人間と変わらない上、他の進化先のようなデメリットも少ない。

『鬼人《オニビト》』は戦闘時や気分が高揚した時には角が生えるらしいが、その辺はスキルの効果と言ってしまえばいい。

六花ちゃんも『狂化《バーサーク》』を使ってる最中は目が爛々《らんらん》と赤くなるし誤魔化《ごまか》すことはできるだろう。

『上　人《ハイ・ヒューマン》』は俺のスキルの量を考えれば、かなりのポイント節約ができるのは魅力的だ。でも逆を言えばそれ以外のメリットがあまりない。

『新人《アラビト》』は他の三つに比べれば弱いが、可能性の広がりって部分が気になる。

この三つ以外では、『影人《シャドウ》』も魅力的だが、他の三つと違って見た目の記述がないのが気になるんだよなぁ。影みたいな姿になるのは嫌だから候補から外した。

「私は……できれば今のステやスキルをカバーできる種族にしたいですね」

「となれば『蛮女《アマゾネス》』や『鬼人《オニビト》』あたりでしょうか？　あくまでメリットだけを考えればですが」

「うーん……確かに説明だけ見れば魅力的なんですが……正直、私が『蛮女《アマゾネス》』や『鬼人《オニビト》』とかになるのってイメージできないんですよね……。なんというか、自分に合ってないというか……」

確かにどっちも一之瀬さんのイメージとは大きくかけ離れた種族だ。

「……ていうか、ぶっちゃけ『鬼人《オニビト》』や『蛮女《アマゾネス》』って私より、リッちゃんの方が似合ってますし」

「あー、確かに私に合ってるかもねー」

六花ちゃんがケラケラと笑いながら同意する。

確かに角生やしながら目を赤くさせて鉈《なた》を振り回す六花ちゃんとか似合い過ぎてる。

てか、蛮女《アマゾネス》だと、あのスタイルで性欲が高まるのか。……ちょっと襲われたいと思ったのは内緒だ。

「直感ってすごく重要だと思うんですよ。実際、私やクドウさんもそれで自分の性《しょう》に合ったスキルや職業を選んできたわけですし」

確かにそれはある。

俺も職業やスキル決めはモモやアカのアドバイスもあったが、自分の感覚――直感によるところが大きかった。

「それに獣人とかその……は、発情期とかがあるんですよね。そ、それはちょっとその……遠慮《えんりょ》したいです、はい……」

言った後でかぁーっと赤くなる一之瀬さん、可愛《かわい》いです。

すると六花ちゃんが、

「いや、アリじゃない？　だって、それならナッつんも積極的に攻めれるっしょ。ほら、たとえばそれ理由にしておに――」

「り、リッちゃんは黙っててっ！」

がうーっと威嚇《いかく》するように六花ちゃんを睨《にら》みつける一之瀬さん。

コロコロ表情が変わるなぁ。最初のころに比べていい意味で変わってきた気がする。

「と、ともかく獣人系はなしです！　スキルとの相性《あいしょう》は良さそうですけどなしです！」

「は、はい……というか、一之瀬さん、顔近いです」

「あ、すすすいませんっ！」

赤かった顔が更に赤くなってゆく。なんか見てるこっちまで照れてくるよ。

「……とりあえずもう少し調べてみませんか？」

「そうですね」

西野君に言われ、俺たちは気になったことを片っ端から『質問権』に打ち込んで調べてみた。

だが残念ながら、先ほど判明した以上のことは分からなかった。

どうやら『質問権』で教えてくれるのは、あくまで必要最低限の情報だけみたいだ。

中途半端《ちゅうとはんぱ》に情報を小出しにされるってなかなか意地の悪いシステムだな。

『――あたり前でしょう？　あの程度のクエストを達成したくらいで調子に乗らないでくれる？』

何故《なぜ》か、そんなセリフを吐く白い少女の顔が頭に浮かんだ。

まあ、愚痴ったところで仕方ない。今ある情報だけで進化先を決めるしかないだろう。

「……うん、これにしよう」

少し悩んだが、俺は決めた。

「あ、私の方も決まりました」

一之瀬さんも決まったか。

「何にしたんですか？」

「えっと、これです」

一之瀬さんが紙に書かれた進化先の一つを指さす。

「……いいんですか、それで？」

「はい。もう決めたので。クドウさんは何にしたんですか？」

「……実は俺もこれにしようかと」

そう言うと、一之瀬さんは目を丸くして、くすりと笑った。

「でも一之瀬さんはそれでいいんですか？　あまり弱点をカバーできるとは思えませんが？」

「いいんです。それにこういう時は、自分の直感を信じることにしてますから」

「そうですね……」

ちらりと西野君と六花ちゃんの方を見れば、彼らも頷《うなず》いてくれた。

どうやら賛成《さんせい》のようだ。

「あ、そうだ。念のため、モモたちの意見も聞いておきますか？」

「あ、ですです」

俺は休憩中のモモとキキに目をやる。

声をかけると、なになにー？　とモモとキキはとてとて寄ってきた。

なでてーと体を擦りつけてくるので、モフモフする。

「……」

一之瀬さんが羨《うらや》ましそうな目で自分を見ている。

モフモフを譲りますか？　勿論《もちろん》、ノー。

「うー……」

「……すいません、冗談ですよ」

だからそんなふくれっ面で睨みつけないでください。可愛いです。

二人でしばしモモとキキをモフモフし、アカをぷるぷるする。

さて、本題だ。

「モモ、俺たちはこれに進化しようと思うんだが、何か意見はあるか？」

「くぅーん？」「きゅー？」「……」《ふるふる》

モモたちは、俺たちが指さした進化先を見る。

しばし見つめ、三匹とも視線を合わせると、こくりと頷いた。

どうやらモモたちも俺たちの選んだ進化先に賛成のようだ。

「それじゃあ、一之瀬さん」

「はい」

意を決して、俺と一之瀬さんは新たな種族を選択する。

進化――すなわち人間でなくなる。一瞬、そんな考えが脳裏《のうり》をよぎるが不安はない。

だって一番信頼している彼女が同じ種族を選んでくれたのだ。

だから俺は一片の迷いもなく、新たな種族へ進化することができる。

《クドウカズトの種族を『人族』から『新人《アラビト》』へと進化させます。よろしいですか？》

迷うことなくイエスを選択する。

《これより進化を開始します》
《――接続《アクセス》――接続《アクセス》――成功》
《対象個体の肉体の再構築を開始。新たな種族を構築します。各種ステータスを上昇させます。『進化』を開始します――》

ぐにゃりと、目の前の景色が歪《ゆが》み、俺と一之瀬さんはその場に倒れた。

――不思議な感覚だった。

自分の体の中に新たな力が注《そそ》ぎ込まれているような感覚。それは血液のように全身を巡り、体を満たしてゆく。不快感はない。むしろとても心地《ここち》よかった。自分が少しずつ新しい自分に生まれ変わってゆく。

――これが『進化』か……。

どれくらい時間が経《た》ったのだろうか？　俺はゆっくりと目を開ける。

「わんっ」

目の前にモモの顔があった。

モモは俺が目が覚めたのに気付くと、すぐにぺろぺろと顔を舐《な》めてきた。

「きゅー」

次にキキも同じように俺の顔を舐めてくる。

「おいおいくすぐったいって」

ゆっくりと体を起こしながら、自分の体の具合を確かめる。特に問題はなさそうだ。

でもどれくらい気を失っていたのだろうか？

長い間眠っていたようにも、瞬きをしただけのようにも感じる。

「おはようございます、クドウさん。どうですか、体の調子は？」

声のした方を見ると、すぐ傍《そば》に西野君がいた。

「問題ないです。えっと……どれくらい気を失っていましたか？」

「一時間ほどですね。眠ってる間も特に何も問題はありませんでしたよ」

「そうですか……」

視線を向ければ、ちょうど一之瀬さんも目を覚ますところだった。むくりと起き上がり、寝ぼけ眼で周囲をキョロキョロと見回す。目が合うと、速攻で逸らされた。

そしてすぐに隣にいた六花ちゃんに抱き着かれた。

「ナッつーん、大丈夫だったー？　心配したよー」

「ちょっ、リッちゃん、急に抱き着かないでよぉ」

「じゃ今から抱き着くね。むぎゅー」

「そういう意味じゃないってばー」

男性陣ほったらかしで親交を深めるＪＫ美少女二人。仲良いねホント。

べりっと六花ちゃんを引き剝《は》がしたところで、俺は一之瀬さんに訊《たず》ねる。

「体の調子はどうですか？」

「んー……、これと言って特に変わった感じはしないですね。なんというか……普通？」

一之瀬さんも確認するように自分の体をあちこち触る。胸の部分を妙に重点的に触っているのは気のせいだろうか？　そして妙に残念そうにため息をつくのも何故だろうか？　理由は聞くまい。

「進化したって実感が全然湧《わ》きませんね」

「そうですねぇ……」

進化しても、人間を辞めたって実感はまるで湧かない。強いて言えば人のほんの僅かな先——延長線上に立っているような感覚だろうか？　階段を一段だけ上がっただけのような感じだ。

今までと劇的に何かが違う、という感じはしない。

「……ステータスオープン」

ステータスを開き、内容を確認する。職業、スキルのレベルに変化はないが、基本ステータスが二割ほど上がっていた。あとＳＰ《スキルポイント》とＪＰ《ジョブポイント》がそれぞれ10ポイントずつ増えている。

そして明確な変化があったのは名前とパーティーメンバーの部分だ。

クドウ　カズト　新人《アラビト》ＬＶ１
イチノセ　ナツ　新人《アラビト》ＬＶ１

レベルの前に種族名が追加されている上、レベルも1に戻ってる。どうやら進化すればレベルは1から再スタートになるらしい。この辺の仕様はモモたちと一緒のようだ。

「モモたちから見てどうだ？　なんか変わった感じはするか？」

「……わふん？」「きゅー？」「……？」《ふるふる》

三匹とも一様に首を横に振った。アカは体を捻《ひね》ってねじりパンみたいになってる。

モモたちから見ても、特に変わった感じはないらしい。安心した。

（それに一之瀬さん以外の人に対する『感情』も特に変化していないな……）

西野君や六花ちゃんに対する考え方や感情も進化する前と一緒だ。

もしかしたら種族が変われば考え方や精神性も変わるんじゃないかと懸念《けねん》していたが、どうやらそれは杞憂《きゆう》だったようだ。進化しても心は『人間』のままでちょっと安心した。

「西野君や相坂《あいさか》さんから見てもどうですか？　何か気付いたこととかはありますか？」

「うーん……」

西野君はしげしげと俺と一之瀬さんを眺める。

その視線にたまらず一之瀬さんは顔を逸らした。

進化してもコミュ症は健在である。吐くなよ？　絶対吐くなよ？

「これといっておかしな感じはしませんね」

「そだねー、今までと一緒かな？　あ、でもなんか前よりも強そうな感じはするねー」

二人の目から見ても特におかしな感じはしないようだ。

ただ六花ちゃんはステータスが上昇したのを感じ取っているようだ。この辺は六花ちゃんの勘が鋭いからだろう。

「それにしても進化かぁー。私たちはまだまだ先だねー」

「そうだな」

「そういえば、二人のレベルは、今どれくらいなんですか？」

あの戦いを経て、二人ともかなりレベルが上がったのではないだろうか？

「私はＬＶ21だね。こないだの戦いで一気にレベル上がったよ。それと新しいスキルも覚えたよー」

「俺はＬＶ15です。六花にはだいぶ引き離されましたね」

六花ちゃんがＬＶ21で、西野君がＬＶ15か……。

二人ともかなり経験値を稼いだと思ったけど、確かにＬＶ30まではまだ先だな。

六花ちゃんの覚えた新しいスキルってのは何だろう？

もしかしてアルパを倒した際のボーナススキルだろうか？　気になるな。

「にしし、次に進化するの私だもんねー。どんどんニッシーに差をつけちゃうんだから」

「言ってろ。でも進化先はちゃんと相談するんだぞ？　お前だけだと不安だからな」

「分かってるよー、ホントにニッシーは心配性なんだからー」

ぷんすか怒る六花ちゃんと、それを適当に受け流す西野君である。

ちなみに他のメンバーについては、柴田君《しばたくん》が現在ＬＶ13、五所川原《ごしょがわら》さんがＬＶ12で、それ以外の学生たちが平均して10程度らしい。

あと市役所のメンバーは、市長がＬＶ３、藤田《ふじた》さんがＬＶ16、清水《しみず》チーフがＬＶ19、二条《にじょう》がＬＶ12だそうだ。

市長のレベルが低いのは仕方ないか。万が一にも何かあったらマズいからな。

「それでクドウさん、進化も終わって早速なのですが、今後はどう動くつもりなんですか？」

「……うーん、そうですね……」

これからの予定か。

「とりあえず当座の問題としては、アカの回復ですかね」

「……《ふるふる》」

アカが新しく取得したスキルを使えば、今後の行動範囲を飛躍的《ひやくてき》に広げることができる。

だがそのためにはアカにスライムを吸収させて力を回復させる必要があるのだ。

「それと並行してレベル上げと情報収集、食料の確保。それと――」

「それと？」

「……固有スキルの所有者を探そうと思ってます」

ティタンとの戦いの後、白い少女から受けた助言。

――固有スキルの所有者を探しなさい。それがアナタの生存に繋《つな》がるわ。

彼女はそう言っていた。確かに固有スキルは強力だが、あの少女のことだ。きっと他にもなにか意味があるに違いない。

（そうなると、やっぱ『鑑定』スキルが欲しいなぁ……）

『鑑定』があれば、飛躍的にスキル保有者を探しやすくなる。

でも質問権を使っても、取得方法までは分からなかった。

「そうですか……。では『ア、イ、テ、ム、ボ、ッ、ク、ス、』の件はどうするんですか？」

「そうですね……」

俺は腕を組んで空を見上げる。

あの戦いの後、俺は西野君たちに『アイテムボックス』のことを教えた。というよりも、西野君の方から訊ねてきたのだ。

『――クドウさん、アナタは『アイテムボックス』のスキルを持っていますよね？』

そう言われて俺はかなり驚いた。

西野君はこれまでの戦いや行動から、俺が『アイテムボックス』もしくはそれに類するスキルを持っていると確信したらしい。

それだけでなく俺がホームセンター周辺の物資を根こそぎ奪ったことや、ハイ・オークに襲われ傷ついた自分たちを治療したことまでも推測していたのだ。

さすがにこれは驚愕《きょうがく》を通り越して警戒してしまった。西野君、頭良すぎだろ。しかもこれがスキルじゃなくて彼の素の能力だというのだから驚きである。

場合によってはモモや一之瀬さんと共にここから去ることも視野に入れようかとも思ったのだが、そんな心配は杞憂だった。

『大丈夫です、俺たちはアナタに寄生する気も、荷物になるつもりもありません。だから、これからもお互いに協力していきませんか?』

それはまるで俺の心の内を見透かしたような言葉だった。

俺や一之瀬さんが人間関係を煩《わずら》わしく思っていることも、『アイテムボックス』やスキルで頼られ依存《いぞん》されるかもしれないと危惧《きぐ》していることも彼は予想していたわけだ。

……ここまで気遣いができるのに、なんで不良なんてやってるんだろうな、この子?

ともかく、こうして俺たちは正式に手を組むことになったのである。

「うーん、どうしましょうかねぇ……」

『アイテムボックス』の件は、最初は藤田さんだけには話そうと思っていた。

でもそうなれば必然的に市長や清水チーフ、他のメンバーにも伝わってしまうだろう。

藤田さんは信頼できる人物だと思うが、周りの人たちまでそうであるとは限らない。暴走した井上《いのうえ》さんたちのように、この市役所も一枚岩ではないのだ。

「……迷っているのなら、黙っていた方がいいと思いますよ?」

悩む俺に向けて西野君はそう言った。

「現状、藤田さんを含め市役所のメンバーに『アイテムボックス』のことを話すのはデメリットしかありません。俺たちだけで秘匿《ひとく》すべきです。……少なくとも、今はまだ」

「……今はまだ、とは？」

「時期尚早《じきしょうそう》ということです。状況が変われば、むしろ話すべきだと思います。今、藤田さんと清水さんが動いてくれているので」

「なるほど……そういうことですか」

西野君の言わんとすることが分かった。確かにそれなら俺たちにも旨味《うまみ》が出てくる。

「え？　なになにどーゆーこと？」

一方で六花ちゃんはよく分からないのか首を傾げている。

「六花。今この市役所には何人住民がいると思う？」

「へ？　えーっと120人くらいだっけ？」

「128人だ。クエスト達成後からまた少し増えたからな」

また増えたのか。

そして今の人数を聞いて、既に一之瀬さんが青ざめている。人が多くなる＝人見知りの一之瀬さん絶望の図式である。……吐くなよ？

「人数増えてるならいいことじゃないの？　たしか『町づくり』のレベル上げるにはまた人集めないといけないいんだよね？」

「ああ、それ自体は別に悪いことじゃない。問題は集まった人数の中でモンスターを倒してレベルを上げた者――スキル保有者が少ないってことだ」

「え？　そうだったっけ？」

「お前な、俺の隣で藤田さんの話、聞いてただろ。今この市役所のスキル保有者の数ちゃんと覚えてるか？」

「えっと……50人くらいだっけ？　うーんと、あ、思い出した！　48人だ」

「……意外とちゃんと聞いてたんだな。偉いぞ」

「えへへ」

西野君は六花ちゃんの頭を撫でる。

「ただ……その中でまともに探索ができる者、モンスターと戦えるものとなるともっと限られてくる。俺たちのグループも含め30人程度だ」

全体人数の四分の一にも届いてないのか。予想以上に低いな。

いや、本来ならもっといたはずだ。アルパとの戦いでかなり死者が出たからな……。

「戦う力もない数合わせの一般人。そんな彼らに『アイテムボックス』の食料を提示したところで意味がない。無駄に消費されるだけで見返りなんて期待できないだろ？　無償《むしょう》の善意なんて平和な世界でこそ成り立つ言葉だ」

「……うん」

厳しいが西野君の言う通りだ。俺たちは善意で動いているわけじゃない。食料――それも腐《くさ》らず保存がきく食料を提供するのだから、それ相応の見返りが欲しい。

打算まみれの考えだが、そうでなければ今の世界は生き残れない。

「藤田さんも現状を憂《うれ》いています。戦後処理の傍《かたわ》ら、住民たちの意識改革を促してるみたいです」

「へぇ……」

モンスターと戦えるように説得してるってことか。

確かにここの住民たち全員がスキル保有者になり、モンスターと戦えるようになれば俺たちとしても十分に見返りが期待できるだろう。戦力という名の見返りが。

「ちなみに西野君が考える理想的な状況は？」

「……少なくとも全体の七割以上がスキル保有者となり、その全員がモンスターと戦えるように訓練されていること、ですかね。それに様々な職業に就く人が増えれば『アイテムボックス』のスキル所有者も出てくるかもしれません。そうなればクドウさんの秘匿性も薄れるでしょう」

「なるほど……確かにそれならいいかもしれませんね」

一方的な関係は嫌いだ。どっちかに寄り添い寄生するような関係はいずれ必ず破綻《はたん》する。まあ藤田さんなら上手《うま》く舵《かじ》取りをしてくれると思うけどな。

「では、今はまだ『アイテムボックス』のことを話すのはやめておきましょう。でも、隠しきれますか？」

「問題ないでしょう。クドウさんや一之瀬はまだ聞いてないかもしれませんが、『安全地帯』が広がったことで、プライベートな空間が提供されるようになったんです」

「え？　そうなんですか？」

初耳なんだけど。もしかしてティタンとの戦いの後、寝込んでいる間に決まったのか？

「ええ、一部のスキル保有者や主要メンバーだけですけどね。俺たちのグループも市役所の北側にあった無事な空き家を何棟《なんとう》かあてがわれました。ちゃんとガスや水道、電気なんかも使えますよ」

へぇ、それなら他の人の目もないし、『アイテムボックス』の存在も隠すことができるだろう。

「ちなみに女の子専用の部屋もちゃんとあるよー。ナッつん、一緒に住もうよー」

「え、その……いいの？　私なんかが一緒に住むなんて迷惑じゃない？」

「……何でそこで卑屈になるのさ？　いいに決まってんじゃん。中学の時みたく一緒に寝たり、お風呂《ふろ》入ったりしよーよ」

「う、うん、ありがとう、リッちゃん。……でも、一緒にお風呂はちょっと恥ずかしいかな。……リッちゃんスタイルいいし」

「えー、いいじゃん、私は気にしないよ。一緒に入ろーよ」

「いや、その……うぅ……うん」

強引に押し切られてしまった一之瀬さん。顔が真っ赤《まか》である。

でも少なくとも六花ちゃんと一緒に住むこと自体は賛成みたいだ。

「勿論、クドウさんの部屋もちゃんととってますよ。日当たりのいい一人部屋です」

「ほぅ……それはとても魅力的な提案ですね」

「でしょう？　そして他の目の届かない場所ならいくら食べても問題ない。そうでしょう？」

「ふふ、そうですね」

悪い笑みを浮かべる、俺と西野君。腹も減ったし、今日はちょっと豪勢《ごうせい》に行くか。

その日の夜、俺は西野君たちと共に焼肉パーティーを行った。

最初は遠慮していた西野君たちだったが、肉の魅力には抗《あらが》えなかったらしい。途中からがつがつと食べ始め、用意した肉は全て完食となった。……ちなみに一番肉を食ったのはモモであった。

「さて、それじゃあステ振りをしますか」
「ですです」
夕食を終え、俺と一之瀬さんはあてがわれた部屋でステータスを開いていた。
現在のポイントは残存分も合わせれば、ＪＰ《ジョブポイント》が40ポイント、ＳＰ《スキルポイント》が72ポイントもある。
これは思わず頬《ほお》が緩《ゆる》んでしまうな。
まずは職業だ。
現在の俺の職業は忍者ＬＶ9、追跡者ＬＶ2、影法師《かげぼうし》ＬＶ7、修行僧《しゅぎょうそう》ＬＶ3だ。
40ポイントもあれば、一気に職業のレベルを上げることができるな。それに新たな上級職も手に入る。という訳で、『忍者』をＬＶ10まで上げよう。
《『忍者』のＬＶが上限に達しました》
《上位職および派生職が選択可能です》
《第五職業が解放されました》
《上位職『忍頭《しのびがしら》』、『盗賊王《とうぞくおう》』、『隠密司令官』が解放されました》
《職業における一定条件を満たしました》

《派生職『指導者』、『清掃員』、『武闘家』、『抹殺者』が解放されました》

新たな上位職、そして派生職が提示された。
忍者の上位職は『忍頭』、『盗賊王』、『隠密司令官』の三つか。
それに派生職は『指導者』、『清掃員』、『武闘家』、『抹殺者』の四つ。
まずは『質問権』を使って、上位職の内容を確認する。

『忍頭』
忍者の上位職。より強力な忍術が使用可能になる。ＭＰ、敏捷、器用に成長補正。

『盗賊王』
盗賊系の上位職。盗むこと、騙《だま》すことに特化している。力、耐久に成長補正。

『隠密司令官』
隠密系の上位職。隠密に加え司令塔としてのスキルも使える。器用に成長補正。
やっぱ少し情報があるだけでも全然違うよな。
とはいえ、今回の上位職は『忍頭』一択だな。

盗賊王は戦闘向けではないし、隠密司令官は俺のガラじゃない。

そもそも『指揮官』の職業を持つ西野君や強力な『支援魔法《バフ》』を使えるキキがいる以上、チームワークや地力の底上げは十分だ。

ちらりとモモたちの方を見ると、無言で頷いた。

モモたちから見ても間違いのない選択なのだろう。

というわけで、上位職『忍頭』を選択する。

《JP《ジョブポイント》を1ポイント消費し、『忍頭』へ職業を変更しますか？》

ん？　たった1ポイント？

今までは上位職に上がるたびに必要なポイントが増えていたのにそれが減ってる。何でだ？

（……もしかして、進化した影響か？）

考えられるとしたらそれしかないな。こんな形でポイント節約できるなんてラッキーだ。

勿論イエスを選択。

《『忍者』が上位職『忍頭』へと変更されました》
《職業が『忍頭』となりました。スキル『上級忍術』を獲得しました。スキル『HP変換』を獲得しました。スキル『MP消費削減』を獲得しました。スキル『忍具作成』を獲得しました》
《スキル『忍術』は『上級忍術』に統合されます》
《スキル『上級忍術』がLV1から3に上がりました》

頭の中に声が響く。

おお、どれもかなり便利そうなスキルだ。

『上級忍術』はその名の通り忍術の強化版なのだろう。取得した忍術が頭に思い浮かぶ。こりゃ今から使うのが楽しみだな。それにスキルが統合されても、今までの忍術が使えるのもありがたい。

『ＨＰ変換』はＨＰを削って、『力』、『耐久』、『敏捷』、『器用』のいずれかを強化するスキル、『ＭＰ消費削減』は文字通りＭＰの消費量を抑えるスキルのようだ。

どちらも既存スキルとの相性がいいな。

そして『忍具作成』は一之瀬さんの『武器創造』の忍者版だ。漫画やラノベで忍者が使ってそうな武器を作成できるみたいなので、これも使うのが楽しみだ。一之瀬さんとの共同作業もできそうだしね。

さて、残りのポイントはどう使おうか……。

『忍頭』のレベルを上げるのも魅力的だが、ここは手札を増やしておきたい。

なのでもう一つの職業をマックスまで上げよう。

『影法師』は現在ＬＶ７。残りのポイントをつぎ込めば、これもＬＶ10まで上げられる。

《『影法師』のＬＶが上限に達しました》

《『影法師』が上位職『漆黒奏者《しっこくそうしゃ》』へと変更されました》

《職業が『漆黒奏者』となりました。スキル『絶影《ぜつえい》』を獲得しました。スキル『影真似《かげまね》』を獲得しました。スキル『影檻《かげおり》』を獲得しました》
《スキル『操影《そうえい》』は『絶影』に統合されます》
《スキル『絶影』がLV1から3に上がりました》

『漆黒奏者』

『影法師』の上位職。強力な影のスキルを使用することができる。魔力、魔力耐性に成長補正。

『漆黒奏者』ね……。なんか中二ちっくな職業だな。でも魔力と魔力耐性に成長補正がつくのはいいな。

獲得したスキルは全部で三つか。

『絶影』は『操影』の強化版だ。効果はまともだけど、職業名と同じく中二チックなスキル名だな。それに『影真似』と『影檻』か……。へぇ、どっちも面白いスキルだな。

なかなかユニークな効果だし、こっちも実戦で使うのが楽しみだ。

しかし派生職はなしか。『忍頭』の時に開示されたので全部ってことかな？　それに第六職業の解放もなかった。職業の最大数は五つまでということなのだろう。

確認のため『質問権』で調べてみると『職業は最大五つ』と回答があった。

うーん、第五職業は慎重に選ぶとしよう。今回は後回しだ。

次にスキルだな。全部で72ポイント。

一気に『上級忍術』をレベルマックスまで上げてみようか。

それとも他のスキルも合わせてバランスよくレベルを上げちゃおうか。ふふふ、迷うなー。

「クドウさん、なんか笑顔がちょっとキモいです……」

「あ、すいません」

どうやら顔に出てたらしい。

「しょうがないじゃないですか。だってこんなにポイントあるんですよ？」

「あ、ちょっと分かります。ゲームでもボーナスポイントとか振り分けるのってワクワクしますもんね？」

「ちっ」

「ポイント譲渡が可能であればやぶさかでもないですが、モモは駄目です。絶対に」

「羨ましいです。私にもポイントください。あとモモちゃんください」

「でしょう？　つまり俺がニヤニヤしてしまうのも仕方ないんです」

「ちっ、じゃないです」

モモは非売品なんだよ。

「いーですもん。クドウさんがステ振りしてる間、私はモモちゃんをモフモフしてますから」

「わふぅーん……」

ぷくーっと頰を膨らませて一之瀬さんはモモをモフモフする。

モモは「しょうがないなぁー」と一之瀬さんに身を任せている。でも撫でられてちょっと気持ちよさそうだ。くっ、俺もステ振りしたらモモをモフモフしよう。

ちらりと一之瀬さんを見れば、モフモフしながらふふーんとこちらを見ていた。モフドヤ顔だ。可愛い。なんかティタンとの戦いを終えてから、一之瀬さんとの距離がぐっと近くなった気がする。

「さて、んじゃスキルを上げるか」

少し迷ったが、やはりまずは『上級忍術』を一気にLV10まで上げよう。ポイントに余裕があるし、攻撃用忍術が覚えられれば戦術の幅も広がる。

(職業のレベルアップ時の付随効果も考えれば、本当は7あたりに留めておくべきなんだろうけどな)

職業レベル3、6、9の時に付随スキルのレベルも一つ上がるから、それを考えれば27ポイントも節約することができる。だが進化した状態での経験値がどれくらい得られるか分からない以上、上げられるうちに上げておくべきだ。なにより『あの時上げておけばよかった』なんて状況になったら目も当てられない。

『上級忍術』を一気にLV10に、そして『HP変換』、『MP消費削減』、『影真似』、『影檻』をそれぞれLV3に、『忍具作成』をLV2に上げる。残り1ポイントは温存し、これで今回のステ振りは完了だ。

ステータスはこんな感じになった。

**クドウ　カズト**

**新人レベル1**
HP:642／642、MP:263／263
力:339、耐久:369、敏捷:708
器用:690、魔力:165、対魔力:165
SP:0、JP:0

**職業**

忍頭LV1、追跡者LV2
漆黒奏者LV1、修行僧LV3

**固有スキル**

早熟、■■■■

**スキル**

上級忍術LV10、HP変換LV3
MP消費削減LV3、忍具作成LV3
投擲LV6、無臭LV7、無音動作LV7
隠蔽LV6、暗視LV5、急所突きLV6
気配遮断LV7、鑑定妨害LV4
追跡LV3、地形把握LV4
広範囲索敵LV6、望遠LV4
敏捷強化LV8、器用強化LV5
観察LV10、聞き耳LV4、絶影LV5
影真似LV3、影檻LV3、忍耐LV5
渾身LV5、HP自動回復LV5
MP自動回復LV6、身体能力向上LV7
剣術LV6、毒耐性LV1、麻痺耐性LV2
ウイルス耐性LV1、熱耐性LV1
危険回避LV5、騎乗LV3、交渉術LV1
逃走LV4、防衛本能LV1
アイテムボックスLV10、メールLV2
集中LV7、予測LV6、怒りLV5
属性付与LVLV6、精神苦痛耐性LV5
演技LV4、演算加速LV3

**パーティーメンバー**

モモ暗黒犬Lv1
アカクリエイト・スライムLV1
イチノセナツ　新人LV1
キキカーバンクルLV1

うん、正直かなり強くなったと思う。

素早さは700超えだ。正直、ネームドクラスでない限りは、よほど油断しない限り仕留《しと》めることができるだろう。

「……チート野郎、チート野郎がいます」

ぽつりと呟《つぶや》く一之瀬さん。絶賛モフモフ中。

いや、俺に言わせれば一之瀬さんも十分チートだと思うよ？　だってステータスやスキル聞いた時ビックリしたもの。

一之瀬さんの現在のステータスはこんな感じらしい。

**イチノセ　ナツ**

**新人LV1**
HP:30／30、MP:900／900
力:13、耐久:12、敏捷:14
器用:19、魔力:16、対魔力:16
SP:0、JP:0

**職業**
引き籠りLV6、狙撃手LV6
武器職人LV3

**スキル**
認識阻害LV3、ガチャLV8、ネットLV2
遠距離射撃LV5、命中補正LV5
貫通力強化LV5、銃弾作成LV6
武器強化LV2、武器創造LV2
肉体強化LV2、快眠LV1
孤独耐性LV1、乗り物酔い耐性LV2
地図LV1、メールLV6

こうしてみると、一之瀬さんってかなりピーキーなステータスだよな。

ステータスはほぼ十台なのに、ＭＰだけが突出して高い。俺の三倍以上だ。

直接戦闘ではゴブリンにも負けるかもしれないのに、狙撃ならばティタンすら相手にできる戦闘力を誇る。

ぶっちゃけ俺でも一之瀬さんの狙撃を喰《く》らえば死ぬだろう。

一之瀬さんはポイントの殆《ほとん》どを『ガチャ』に費やしていたため、スキルのレベル上げはほぼ熟練度によるものだ。それでここまでレベルを上げたのだから、さすがとしか言いようがない。

所々ポイントの計算が合わないのは、『ガチャ』でＪＰ《ジョブポイント》やＳＰ《スキルポイント》も当てているからだろう。

それと『引き籠り』がＬＶ５に上がった際に新たに『ネット』というスキルを取得したらしい。

これは現実のネット通販のスキル版みたいなもので、現金や魔石を使用することで様々な日用品を手に入れることができる優れたスキルだ。

今は食料や雑貨くらいしか手に入らないが、レベルが上がればもっとすごいアイテムも手に入るんじゃないだろうか？　あくまで推測だけど。

てか、何気に一之瀬さんも三つ職業取得してるんだよな。

一之瀬さんは『ガチャ』を使って職業を増やしたけど、他にも新しい職業を得る方法ってあるのだろうか？　俺みたいにポイントボーナスがない限りは、ＬＶ30まで上げても第一職業すらＬＶ10に届かない訳だし。

「さて、明日からまた忙しくなりますし、そろそろ寝ますか」

「ですね」

一之瀬さんはちょっと名残惜《なごりお》しそうに部屋を後にする。

ついでにモモも連れて行こうとしたのだが、それは断固阻止させてもらった。

モフモフは渡せないのである。

# 第二章　風景に潜む脅威

――翌日。俺《おれ》は日の光を浴びて目を覚ました。

「ふぁぁ……久々にぐっすり寝たな……」

目をこすりながら、俺は自分にあてがわれた部屋を見回した。

六畳一間《ろくじょうひとま》の和室には、学習机やマンガ本が詰まった本棚《ほんだな》やゲーム機が置いてあった。おそらくはこの家の子供部屋だったんだろう。

他の部屋は一之瀬《いちのせ》さん、六花《りっか》ちゃん、西野君《にしのくん》がそれぞれ使用している。柴田君《しばたくん》や五所川原《ごしょがわら》さんは別の家だ。何故《なぜ》か柴田君は俺と一之瀬さんが同じ家に住むことに反対していたが、西野君が黙らせた。

……なんか俺、柴田君に目の敵《かたき》にされてるような気がするけど何故だろう？

「わんっ」『きゅー」

そんなふうに考え事をしていると、モモとキキが『影』から出てきた。

「おはよう、モモ、キキ」

ぴょんと膝《ひざ》に乗っかってくる二匹をあやしながらモフモフを堪能《たんのう》する。

うん、進化してますます毛並みがよくなったな。最高だぜ。

「ん？……なんかいい匂《にお》いがするな」

「わふん？」

モモと共に鼻をひくつかせると、台所の方からいい匂いが漂ってくる。匂いに誘われ台所へ向かうと西野君がいた。

「あ、おはようございますクドウさん」

「……お、おはようございます？」

「はは、何で疑問形なんですか？」

「いや、だって……」

もう一度、目を擦って俺は西野君の姿を見る。西野君はエプロンと三角頭巾《さんかくずきん》をつけ、お玉を握っていた。……なにその格好？

それって普通、美少女や新妻がやるヤツでしょうに。なんで西野君がしてるのよ？

どうやら朝食の準備をしてくれていたらしい。テーブルの上にはパンやサラダ、ヨーグルトなんかが置かれていた。

「頂いた食材で勝手に作りましたけど、まずかったですか？」

「いえ、手間が省けました。ありがとうございます」

「もうすぐ六花と一之瀬も起きるでしょうし、皆で食べましょう」

見た目と匂いだけで分かる。これ絶対美味いヤツだ。

西野君、見た目の割にホント多才だよね。あと女子力も高い。

しばらくして一之瀬さんと六花ちゃんも台所へやってきた。

「ふぁぁ～～おはよー」

「むにゅ……おはようございますん……」

まだちょっと寝ぼけてる感じのＪＫ二人組。パジャマ姿のまま寝癖《ねぐせ》ぼっさぼさで涎《よだれ》を垂らしてる。女子力はどこへ消えたのだろう？

「……そういえば、こうして普通に朝食を食べてますけど、市役所の食堂は使わなくてもいいんですか？」

「問題ないですよ。探索班は運んできた食料を全《すべ》て市役所へ納めなければいけないというルールはありません。きちんと一定量《ノルマ》を納めていれば、多少誤魔化《ごまか》したところで見逃されます。その辺は織り込み済みでしょう」

それもスキル保有者の特権ってことか。俺や一之瀬さんが眠ってる間に色々なことが変わったみたいだな。

「……ちなみに、そういった新しいルールを提案したのは五十嵐《いがらし》生徒会長です」

一気に西野君の表情が曇る。

まあ、西野君は学校ではあの生徒会長に洗脳されてたからな。当然と言えば当然の反応か。

しかし、あの生徒会長がね……。なんというか、意外だな。

「へぇ……そうなんですか？」

「ええ、他にも色々とスキル保有者に有利になるような規定《ルール》を藤田《ふじた》さんや市長に提案してるみたいです……一体何を考えてるんだか」

「んぐ……どーして？　私たちに有利になるなら別にいーんじゃないの？」

牛乳を一気飲みした後、六花ちゃんが首を傾げながら言う。

「……彼女が善意でそんなこと提案するわけないだろ。絶対に何か企《たくら》んでるに決まってる。あとちゃんと口拭け」

「んー、そーかなー？　むぐっ、あんがと、ニッシー」

六花ちゃんのお口の周りをティッシュで拭き拭き。

西野君は警戒心を隠そうともしないが、果たして本当のところはどうなのだろうか？

彼女は藤田さんの実の娘だし、市長とも子供のころから親交があったと聞く。サヤちゃんやクロだっているし、そうそう変なことはしないと思うけど……。

（実際、市長や自衛隊の隊員たちも『魅了』された様子はなかった……）

言動に違和感があれば、今の俺ならすぐに気付くことができる。

単純に力になりたいと思っているのか、それとも別の狙《ねら》いがあるのか……。

「とりあえず警戒しておくしかないでしょう」

「そうですね……」

ひとまずはそう結論付けるしかなかった。


その後、朝食を終えた俺たちは西野君と分かれ、例の海岸へと向かった。

移動中は大した障害もなく、無事にたどり着くことができた。

数日前にも訪れたが、相変わらず人やモンスターの気配もなく閑散《かんさん》としている。

「周囲に人影もなし……それじゃあさっそくスライムを探すか」

「わんっ」

モモと一緒に浜辺を歩くと、早速スライムを見つけた。

採り尽くしたと思ったが、あれからまた現れたらしい。かなりの数のスライムが浜辺に打ち上げられてた。何度見てもシュールな光景である。

「相変わらず近づいても全く逃げないなぁ……」

警戒心皆無《かいむ》だ。ホント、コイツラどうやって生き延びてるんだろう？　まあいいか。とっとと捕まえてアカに与えよう。

「――『絶影《ぜつえい》』」

新たに獲得したスキル『絶影』を発動させる。といっても、『絶影』は『操影《そうえい》』の強化版スキルなので、効果そのものは以前と一緒だ。投網《とあみ》の要領で『影』を変化させ、モモと一緒に引っ張ると、十匹近くのスライムが獲れた。

「さあ、アカ。食べていいぞ」

「……～♪《ふるふる》」

アカは上機嫌《じょうきげん》で捕獲したスライムを吸収してゆく。スライムは逃げる心配はないから、こうしてアカの近くに置いておけばいい。その間に、俺とモモはどんどんスライムを捕獲する。

「……ついでに消波ブロックも補充しておくか」

岸壁に見える消波ブロックも『アイテムボックス』へ収納してゆく。すると、ブロックの隙間《すきま》に隠れていたスライムがぼちゃぼちゃと落ちた。

「……ん、待てよ？　浜辺でこんだけの数のスライムがいるなら、沖の方にはもっと数がいるんじゃないか？」

沖から漂ってきたからこれだけ打ち上げられてるわけだし。

試しに『望遠』を使って沖の方見てみると、案の定というべきか、無数のスライムが浮いていた。昔ニュースで見たクラゲの大発生のような光景だな。正直、かなり不気味《ぶきみ》だ。

「モモはここで待っててくれ。何かあればすぐ知らせるから」

「わんっ」

モモはアカの傍《そば》にお座りする。可愛《かわい》い。

近くのビルで周囲を監視してもらってる一之瀬さんにもメールを送り、俺は沖へ向かう。

「――『水面歩行の術』」

発動と同時に体が一瞬淡く光る。初めて使う忍術だが、本当に大丈夫だろうか？

恐る恐る水面に足を乗せると、沈むことなくしっかりと水面を踏みしめた。

「おぉ……」

思わず声が漏《も》れる。やっぱ実際に使ってみると驚くな……。

『水面歩行の術』はその名の通り水の上を歩くことができる忍術だ。消費ＭＰは５、持続時間は一分弱。その間は自由に水の上を歩くことができる。

こりゃすごい。走れるし、踏ん張ってジャンプすることもできる。めっちゃ楽しい。

片栗粉で実験してたアレみたいだ。ダイラタンシーなんとかってヤツ。

あっという間に沖までたどり着くと、周囲には無数のスライムが漂っていた。

「んじゃ、さっそく捕まえるか」

俺は『影』を操作して、スライムを捕獲する。どうやら足さえついていれば、水の上でも『影』のスキルは使えるようだ。

「うっし、大漁、大漁」

地引網ならぬ地引影を引っ張り、浜へと戻る。

「ほら、アカ。たーんと食べな」

「…………《ふるふる～～～》♪♪」

大漁のスライムを前に、アカの喜びがマックスである。体をねじったり、飛び跳ねたりめっちゃ喜んでいる。アカがスライムを吸収しているうちに、俺は再び沖に出てスライムを捕獲。その作業を何度か繰り返すうちに、アカはすっかり回復したようだ。

「わんっ」

「モモもお疲れさま、ありがとな手伝ってくれて」

「くぅーん♪」

アカも回復したし、これで考えていた計画を実行できるな。

「よし、戻るか。モモ、『影渡り』を頼む」

「わんっ」

一之瀬さんと合流するため、モモが『影』を広げようとした。その瞬間、頭の中に声が響いた
《メールを受信しました》

「……ん？」

一之瀬さんからメールだ。

『――海の方から何か変なのが近づいてきます』

「海……？」

なんだろうか？　すると俺の『索敵』にも反応があった。沖から何かがこちらに近づいてくる。見れば海面の一部だけが盛り上がり、周囲に白波を立てている。

「何だ？」

謎《なぞ》の何かはどんどん近づいてくる。

ザザザザザザと水しぶきを上げてソイツは姿を現した。その姿はまるで――

「……クラゲ？」

現れたのは巨大なクラゲだった。傘の部分は優に五メートルは超えるだろう。半透明の傘から延びる無数の触手《しょくしゅ》は一本一本が人の腕ほどに太い。どうみてもモンスターである。

「～～～～《ふるふる》！！！」

それを見て、アカがものすごい興奮していた。俺の裾《すそ》を掴《つか》みながら何度も飛び跳ねている。

（……もしかして、あれもスライムなのか？）

クラゲみたいなスライムだから、クラゲ・スライム？　いや、ゼリーフィッシュ・スライムか？

面倒だしスライムクラゲでいいか。ともかくあれもスライムの上位種なのだろう。

しかも今までのスライムと違い、コイツは『索敵』にちゃんと反応している。

（……もしかしてこの辺のスライムの主だろうか？）

俺たちがスライムを取りすぎたから怒って出てきたとか？　そんなどうでもいい疑問が湧《わ》く。

アカは俺に体を擦り寄せて「あれほしい！　あれほしい！」と訴えてくる。

どうやらアカはあれを吸収したいようだ。

確かにあのサイズのスライムを吸収できれば相当な力になるだろう。

ふむ、新しいスキルを試すのには絶好の相手だな。

一之瀬さんに『メール』を送ると、直ぐに『了解です』と返事が来た。

「よし、みんな――狩るぞ」

戦闘モードに入ると、スライムクラゲもすでに攻撃態勢に入っていた。

「…………《ぷるぷるぷるぷる》！！！」

己《おのれ》の触手を鞭《むち》のようにしならせ、俺たちに叩《たた》きつけてきた。

パァンッ！　と小気味いい風切り音が響きわたる。触手が叩きつけた場所は砂塵《さじん》が舞い、深い溝ができ上がっていた。

（……かなりの威力だな。それに速い）

あの浜辺でプカプカ浮かぶだけのスライムも、進化すればこれだけの力を得るのか……。

いや、アカという実例がある以上この程度の進化は推して然《しか》るべきか。

アカが『擬態《ぎたい》』や『分裂』に特化して進化したスライムなら、コイツは逆——捕、食、者、として真っ当に進化したスライムなのだろう。

「〜〜〜〜〜〜《ぷるぷるぷるぷる》ッッ!!」

俺が軽々と避けたことが気に食わなかったのか、スライムクラゲは再び触手を叩きつける。

その数、十本。猛スピードで迫る鞭撃を俺は紙一重で躱《かわ》す。

700オーバーの敏捷《びんしょう》、そして『身体能力向上』による動体視力の強化、そして『予測』による見切り。

それらを駆使すれば、この程度のスピードなら容易に躱せる。

「ッ!?」

その捌《さば》きにスライムクラゲは驚いたように身を震わせる。

まさか避けられるとは思っていなかったのだろう。

(——単調で分かり易い)

スライムクラゲの触手は確かに高速高威力だが存外に単調な攻撃だ。

その軌道は読みやすい。これなら簡単に予測できないダーク・ウルフの『闇《やみ》』や、全てを圧砕《あっさい》するティタンの拳《こぶし》の方が上だ。

強さ的にはダーク・ウルフより少し下ってところだろう。今の俺たちならば問題なく倒せる。

だが今回は倒すことが目的ではなく、あくまでアカの食事のために弱、ら、せ、る、こ、と、だ。

「せっかくだし色々と試させてもらうぞ」

俺は手をかざし、前方に消波ブロックの雨を降らせる。

「⁉」

ズドドドドドッッ！　と白波が立ち、けたたましい水音が響き、スライム・クラゲを叩き潰《つぶ》す。

だが波打つ水面から、奴《やつ》は何事もなかったかのように現れた。

「……やっぱ物理攻撃は効果が薄いか」

その辺はやはりアカと同じスライム。物理攻撃は意味をなさないようだ。ならこれはどうだろう？

「――モモッ！」

「わんっ」

俺の掛け声に応じて、スライムクラゲの背後《はいご》に迫っていたモモが声を上げる。

「――ッ⁉」

ぶるん、とスライムクラゲは大きく震える。いつの間にか背後に迫っていたモモに驚いたようだ。

さっきの質量攻撃はただお前を潰すためだけに放ったわけじゃない。俺に注意を引きつけて、モモの足場を作るためでもあったんだよ。

この辺はまだ浅いから消波ブロックを重ねればモモが移動できる足場は十分に作り出せる。モモは俺と違って水面を移動できないからな。こうすればモモの機動力も十分に生かせる。

「――いけ、モモ」

そしてモモは大きく息を吸い込み――叫ぶ。

「ワオオオオオオオオオオオオオオオオオオオオオオンッッ!!」

モモの『咆哮《ほうこう》』。その威力は、進化したことでさらに増していた。

かつてのハイ・オークと同等かそれ以上の大音量。

「〜〜〜〜ッ!?《ぷるぷるぷるぷる》」

その衝撃に、スライムクラゲは耐えられなかった。叫びの衝撃波をもろに食らい、そのまま吹き飛ばされて浜辺へと打ち上げられる。

「物理的な攻撃は躱せても、衝撃そのものはどうしようもないみたいだな」

その辺もアカと一緒だな。かつてアカも同じ手でハイ・オークやティタンに苦しめられた。だからこそ、同じ手が効くと思ったよ。

「〜〜〜ッ!!《ぷるぷるぷる》」

打ち上げられたスライムクラゲは起き上がろうとするが、すぐにバランスを崩し転倒してしまう。あの体型だ。陸地じゃ自由に動けないらしい。

「――キキ」

「きゅー」

俺の肩《かた》で待機していたキキが前に出る。

その額の宝石が怪しく光り輝く。するとスライムクラゲの体も同じ光に包まれた。

「――ッ!?」

ビクン、ビクンと震え、その動きが徐々に弱まってゆく。

うん、どうやらきちんと効果はあるようだ。

「……ッ！」《ぷるぷる》

得体《えたい》のしれない光を不気味に思ったのだろう。

慌てるようにスライムクラゲは俺たちへ向けて触手を振るうが、その動きは先ほどに比べ明らかに鈍っていた。

これがキキの新しいスキル――『妨害魔法《デバフ》』だ。

今まで使っていた『支援魔法《バフ》』とは真逆で相手のステータスをダウンさせる効果がある。

試しにかけてもらったが、およそ二割～三割ほどステータスが減少する。

たかが二割と侮るなかれ。その威力は絶大だ。体は十全に動かず、キレは鈍る。スキル、ステータスがモノを言う今の世界においてこれは絶大な効果を発揮するのだ。

「……、………」《ぷるぷる》

ぐったりした様子のスライムクラゲ。

陸に打ち上げられ、ステータスを弱体化させられ、もはや打つ手はないようだ。

「奥の手はないようだな。……でも念には念を入れておこうか」

油断はしない。限界ぎりぎりまで弱体化させる。

最後に一つ、アレを試してみよう。ついに取得したあの忍術を。

「ふふ、忍者の職業に就いた時から、これを使うことを夢見てたんだ」

俺は思いっきり息を吸い込み、『上級忍術』を発動させる。

「――『火遁《かとん》の術』」

ゴウッ！　と口から吐き出されるのは炎の渦《うず》。それは瞬く間にスライムクラゲを呑み込んだ。

「～～～～～～～～！！！」

スライムクラゲが声にならない悲鳴を上げる。効果は抜群だ。

――スライムは火に弱い。

いくら進化しようとも弱点は変わらない。とはいえ、殺しちゃまずいから火加減には注意が必要だ。弱火でじっくり炙《あぶ》るようにと……。

「うん、これぞまさに忍者って感じの能力だな……」

感慨深い。忍者になったら使ってみたい術ランキングで『分身の術』と並ぶほどの超メジャー忍術――『火遁の術』。

その効果は見ての通り対象に向けて炎を放つ忍術だ。ＭＰの消費は変動で、ＭＰを消費すればするほど高火力で複雑な炎を生み出すことができ、たとえば炎弾だけでなく、炎の壁なんかも作り出すことができる。

今回消費したＭＰは3程度だが、それでもこの威力だから、大したものだってばよ。

「さて、こんなもんか……」

忍術を解除すると、そこには死にかけたスライムクラゲの姿があった。

触手は全てなくなり、傘の部分も萎んだ水風船のようになっている。これならもう大丈夫だろう。

「よし、アカ。食べていいぞ」

「〜〜〜《ふるふる〜》♪」

アカはスライムクラゲに近づき、体の一部を伸ばした。

「……」

スライムクラゲは抵抗しようとしなかった。だが吸収される寸前、アカの方を見た。

「……？《ふるふる》」

「……《ぷるぷるぷる》」

　アカが体を震わせると、それに合わせてスライムクラゲも体を震わせた。

会話をしているのだろうか？　何を話したのかは分からないが、スライムクラゲが身を震わせると、アカはコクリと頷《うなず》いて、一気に呑み込んだ。

《経験値を獲得しました》

《クドウ　カズトのＬＶが１から２に上がりました》

その瞬間、俺の頭の中に声が響いた。どうやら今の戦闘で経験値が入ったらしい。進化してから初のレベルアップだな。

「アカ、調子はどうだ？」

「……ッ!!《ふるふる》」

ばいん、ばいんと物凄く元気よく飛び跳ねている。どうやら絶好調のようだ。

「よし、それじゃあ一之瀬さんと合流するか」

アカの力も回復したし、俺もレベルが上がったし、このあたりが潮時だろう。戦闘に使った消波ブロックを回収して俺たちはその場を後にするのだった。

モモの『影渡り』を使い、一之瀬さんと合流する。

ビルの上に到着すると、なぜか一之瀬さんはふくれっ面で俺たちを出迎えた。

「……一之瀬さん？」

「……なんですかー？」

「なんでそんな不機嫌そうな顔をしているんですか？」

「……別に何でもないですよー？」

何でもないわけないだろうに。足元の石を蹴《け》飛《と》ばし唇を尖《とが》らせる一之瀬さんはどう見ても不機嫌そうだ。何でだろうか？　しばし考え、そしてふと思いつく。

「……もしかしてさっき一緒に戦えなかったのが不満だった、とかじゃないですよね？」

まあ、さすがに一之瀬さんに限ってそれはないだろう。何となく冗談で言っただけなのだが――

「……///」ぷいっ
一之瀬さんは頬《ほお》を染めて気まずそうに顔を逸らした。

「え……マジですか？」

まさかの図星だった。

「……」

「くぅーん……」

一之瀬さんは答えない。代わりになぜかモモが「わかるわー」と一之瀬さんに体を擦り寄せていた。

何故モモには一之瀬さんの気持ちが分かるのだろうか？　謎である……。

閑話休題《かんわきゅうだい》。

「さて、アカの力も戻ったことですし一旦《いったん》戻りましょう」

「そうですね。……ところでクドウさん、アカの新しいスキルってなんなんですか？　私もまだ聞いてないんですけど？」

「ああ、そういえば一之瀬さんにもまだ話してませんでしたね」

色々あって説明するのが遅れちゃったな。

「アカ、例のスキルを使ってくれないか？」

「……《ふるふる》」

アカは「りょうかい」と体を震わせる。

するとビキビキとアカの体が急速に固まり、丸い漬物石のような姿になった。

「これって……石ですか？」

「そう、これがアカの新しいスキル『石化』です」

ティタンの魔石（大）を食べたアカが手に入れた新スキル。それが『石化』だ。

「……全然動きませんね。見た目も質感も完全に石みたいですけど……」

「そりゃ石ですからね。この状態のアカは動くことはできません」

「は……？」

ぽかんとする一之瀬さん。予想通りの反応に、俺はクスッと笑い、

「この状態のアカは動くこともできないし、他のスキルを使うこともできません。ただそこで固まってるだけの石です」

「え、ちょ、ちょっと待ってください！　なんですかそのスキル？　一体、何の意味が――」

「まあまあ、ちょっと見ててください」

混乱する一之瀬さんを落ち着かせ、俺は『アイテムボックス』から金槌を取り出すと、それをアカ目掛けて思いっきり振り下ろした。

「ちょっ――クドウさん、何を……？」

一之瀬さんが慌てて俺を止めようとするが遅い。ガァァンッ！　とけたたましい音が周囲に響いた。

「ク、クドウさん⁉　アナタなんてことを――」

「よく見てください。アカには傷一つありません」

「へ？　……あ、本当だ」

石化したアカは傷一つついていない。それどころか殴った俺の手の方が痺《しび》れるくらいだ。

『石化』したアカの硬度はかなりのモノです。おそらく破城鎚《パイルバンカー》か一之瀬さんの化け物ライフル並の破壊力じゃなければ傷一つつけられませんよ」

加えてこの状態のアカは熱にも強く、よほどの高温でもない限り溶かすことはできない。

「……」《ふるふる》

アカは『石化』を解除して元に戻ると、今度は体をうにょーんと伸ばし、その状態で再び『石化』

した。ストーンサークルにありそうな奇妙な形の石のできあがりだ。

「……もしかしてこの『石化』ってアカちゃんが体を変形させた状態でも使えるんですか？」

「ええ、その通りです」

「……まさか分裂した個体も？」

「ええ、勿論《もちろん》」

「……すごい」

一之瀬さんは感心したように目を光らせた。その価値を理解したのだろう。幾度《いくど》となく俺たちのピンチを救ってくれたアカの防御能力。それが更に強化されたのだ。

今までは柔らかい緩衝材としての防御だけだったが、そこに硬度を増した文字通りの鉄壁が加わった。柔と剛の二重防御だ。壁役としてこれ以上の適任はいないだろう。

「――でも、アカの『石化』の真骨頂はその防御力だけじゃないんです」

「え？」

そう、アカの『石化』は防御としてこれ以上ないほどの性能を誇るが、それ以上に凄《すさ》まじいメリットが存在する。

「それって、いったい……？」

俺はもったいぶって間を空け、一之瀬さんにその真価を説明する。

「実はこの『石化』のスキルなんですが……時間制限がないんです」

「ッ――!? それ、本当ですか？」

「ええ、本当です」

嘘《うそ》じゃない。アカはこの石化を何時間でも何十時間でも、それこそ何百時間でも行うことができるのだ。それはアカ本体だけでなく分身体も同じ。通常の分身体は一定時間が過ぎれば消滅するが石化した状態ならば、解除しない限りはずっとそのままでいられる。

ただその場で動けない石になるだけのスキルだが、俺たちにとってはこれ以上ないほどに最高のスキルなのだ。その理由を、一之瀬さんは顎《あご》に手を当て考え込み、そしてハッとなる。

「ッ――まさか⁉」

「そうです。このスキル、モモの『影渡り』と抜群に相性《あいしょう》がいいんですよ」

モモの『影渡り』はパーティーメンバーの影から影へ移動するスキルだ。

対ティタン戦では分裂したアカを座標《ポイント》に指定し、一撃離脱のヒットアンドアウェー戦法で猛威を振るったのは記憶に新しい。そして、このコンボは戦闘だけでなく、探索でも非常に有効だ。なにせ石化状態のアカは永遠に消滅しない座標《セーブポイント》となるのだから。

たとえば、モモの『影渡り』の最大距離はおよそ百メートルだ。一キロ先の仲間の『影』には移動できない。だがそこに中継地点があればどうだろうか？　百メートル先のA地点から更に百メートル先のB地点へ。それを繰り返せば一キロの距離をほぼ一瞬で移動することができる。

「ッ……」

ごくりと、一之瀬さんは喉《のど》を鳴らす。その意味を理解したのだろう。

移動時間が節約できるだけじゃない。情報収集も、食料調達も、モンスターの討伐《とうばつ》も、全てが今より遥《はる》かに効率よく行うことができるのだ。活動範囲も今より飛躍的《ひやくてき》に広げることもできる。

「すごい……これはとんでもないスキルですよ、カズトさん！」

「ええ。これからは西野君たちにも協力してもらい、石化したアカの分身体を一定間隔で設置しましょう」

問題はモモ以外に『影渡り』が使えないことだが、これもすでに解決策はある。

さあ、今まで動けなかった分を取り戻すとしよう。


「――これで九カ所目、と……」

俺と一之瀬さんは市役所へ戻る道すがら、石化したアカを所々に設置していた。

設置する場所はなるべく目立たなく、それでいて『影』から出る際にも問題なさそうな場所だ。

「それなら私が得意です」

曰《いわ》く、引き籠《こも》り時代は、僅《わず》かな買い物の時間のために人目につかないルートを探し回っていたらしい。微妙に反応に困る理由であった。

「それじゃ、一之瀬さん、確認お願いします」

「了解です――地図《マップ》」

一之瀬さんの声に応じて、目の前に立体的な地図が出現する。

地図には、俺たちの現在地を表示する赤いアイコンが点滅《てんめつ》しており、離れた場所にも小さく点滅しているアイコンが数カ所表示されている。これが石化したアカの座標を示したアイコンだ。

「距離は……問題ないですね」

座標はほぼ等間隔で表示されており、モモの『影渡り』で移動できる距離を保っている。一之瀬さんの『地図《マップ》』のおかげだな。正確な距離や方角を確認することができる。

「それにしても反則的ですよね、アカちゃんの『石化』とモモちゃんの『影渡り』のコンボ。殆《ほとん》ど瞬間移動じゃないですか」

「そうですね。俺もそう思います」

テストも兼ねて何度かモモに『影渡り』をお願いしたが、問題なく行えた。それにモモが『暗黒犬』に進化したことで『影渡り』の同乗人数も増え、パーティーメンバー全員での移動も可能になった。モンスターへの奇襲にも使えそうだし、ほんと、良いことずくめだな。

「少し休憩しますか」

「そうですね」

まだ時間はあるし、俺たちは適当な民家に入り休息をとることにした。レベルアップのステ振りも済ませておきたいしな。

『新人《アラビト》』になってから初のレベルアップだし、進化前と何か変化があったのかも確認しておきたい。

ステータスプレートを開き、数値の変化を確認する。

（レベルアップして獲得したＪＰ《ジョブポイント》は10ポイント、ＳＰ《スキルポイント》が20ポイントか……進化してもポイントの実入りには変化ないようだな……）

『新人《アラビト》』の説明には『可能性が広がる』って書いてあったし、もしかしたら『早熟』のポイントボーナスにも変化があるかと思ったがそれは変わらないようだ。万が一のことを考えて最初っから『上級忍術』を最大まで上げたけど、こうなるとちょっともったいなかった気もするな。まあ、その辺は仕方ないか。先のことなんて分からないんだし。

まずはスキルだ。ポイントは前回の残りと合わせて21ポイントある。

スキルは『ＨＰ変換』、『ＭＰ消費削減』、『影真似《かげまね》』、『影檻《かげおり》』をそれぞれＬＶ４に、『忍具作成』をＬＶ３に上げる。残り２ポイントは温存だ。

次に職業は『忍頭《しのびがしら》』、『漆黒奏者《しっこくそうしゃ》』をそれぞれＬＶ３に上げる。これで計10ポイント。そして職業がＬＶ３になったことで付随スキルのレベルもそれぞれ１ずつ上がる。これで今回のステ振りは終了だ。

## クドウ　カズト

**新人レベル2**

HP:662／662、MP:285／285
力:349、耐久:379、敏捷:743
器用:725、魔力:180、対魔力:180
SP:0、JP:0

### 職業

忍頭LV3、追跡者LV2
漆黒奏者LV3、修行僧LV3

### 固有スキル

早熟、■■■■

### スキル

上級忍術LV10、HP変換LV5
MP消費削減LV5、忍具作成LV5
投擲LV6、無臭LV7、無音動作LV7
隠蔽LV6、暗視LV5、急所突きLV6
気配遮断LV7、鑑定妨害LV4
追跡LV3、地形把握LV4
広範囲索敵LV6、望遠LV4
敏捷強化LV8、器用強化LV5
観察LV10、聞き耳LV4、絶影LV6
影真似LV5、影檻LV5、忍耐LV5
渾身LV5、HP自動回復LV5
MP自動回復LV6、身体能力向上LV7
剣術LV6、毒耐性LV1、麻痺耐性LV2
ウイルス耐性LV1、熱耐性LV1
危険回避LV5、騎乗LV3、交渉術LV1
逃走LV4、防衛本能LV1
アイテムボックスLV10
メールLV2、集中LV7、予測LV6
怒りLV5、精神苦痛耐性LV5
演技LV4、演算加速LV3

### パーティーメンバー

モモ暗黒犬Lv2
アカクリエイト・スライムLV4
イチノセナツ新人LV2
キキカーバンクルLV1

何気に一之瀬さんとモモのレベルも上がってるな。

「ほーら、モモちゃん。おやつだよー」

「わんっ、わふー」

見れば一之瀬さんはモモやキキと戯《たわむ》れていた。

手に持ったおやつをモモの前で右へ左へ動かしている。

モモもじゅるりと涎を垂らしながら尻尾《しっぽ》を振り、視線をせわしなく動かしている。その仕草が可愛いのか、一之瀬さんはなかなかモモにおやつをあげないでいる。

もう、あんまし焦らすとモモが可哀《かわい》そうだろうが。

仕方なく俺は『アイテムボックス』からおやつを取り出し、パチンと手を叩いた。

「！」

即座に反応するモモ。とてとてやって来たので、おやつをあげるとモモは嬉《うれ》しそうにがつがつ食べた。らぶりー、癒やされるわー。

「むぅー……」

対して、モモを取られた一之瀬さんはふくれっ面である。

すまないね、一之瀬さん。このモモは一人用なんだ。

この後めちゃめちゃモフモフした。

「さて、十分休んだし、そろそろ出発しますか」

「ですね」

ステ振りも、モモのおやつも終わったし十分体も休めた。というかモフモフし過ぎた。モモやキキをあやしてると本当に時間があっという間に過ぎてゆくな。まあ、仕方ないか。

「それじゃあ、早速試してみますか」

「ですね」

俺たちはモモの『影』に潜る。感覚的にはほんの一瞬だ。

『影』から出ると、そこには見慣れた『安全地帯』の光景が広がっていた。

「本当に瞬間移動したみたいですね……」

一之瀬さんが驚嘆《きょうたん》の声を上げる。俺も同意見だ。普通に移動すれば一時間はかかる距離がほぼ一瞬だ。改めて、モモの『影渡り』とアカの『座標』のコンボのすごさがわかる。

「あれ？　でもここ、『安全地帯』の中じゃないですよね？　どうしてですか？」

「周辺にも石化したアカを設置しておきたかったので、あえて境界付近に出てもらいました」

「ああ、なるほど、そういうことですか」

ティタンが投げた大量の瓦礫は、未《いま》だに市役所周辺に放置されたままだが、この辺は比較的被害が少ないみたいだ。『アイテムボックス』に瓦礫を収納し、ついでに石化したアカを設置してゆく。

「あっ！　ク、クドウさん、あれっ。あれを見てください！」

「一之瀬さん、どうしたんですかそんなに慌てて――ッ!?　あ、あれは……まさかっ」

一之瀬さんの指さす方向を見て、俺も驚きの声を上げた。

それは瓦礫と巨大な木の根に守られるようにひっそりと鎮座していた。

木でできた箱に豪華な装飾が施され、箱の中央部分には鍵穴《かぎあな》らしき部分もある。

そう――宝箱である。

「あれ、本物ですかね？」

「どうでしょうか？　とりあえず開けてみましょう。モモ」

「わんっ」

モモが『影』を伸ばし宝箱を開ける。ミミックが出てくる気配はないな……。

「――分身の術」

念には念を入れておこう。俺は分身を生み出し、宝箱の中身を調べさせる。すると、中には小さな翡翠色の宝玉《オーブ》、そして銀色に輝く指輪が入っていた。

「へぇ、前回よりも宝箱っぽい中身だな……」

「……前回？　クドウさん、前にも宝箱を見つけたことがあるんですか？」

「ああ、そういえば話してませんでしたね。俺、以前にも二回ほど宝箱を見つけたことがあるんですよ」

一回目は道路の真ん中で、二回目はショッピングモールにある謎遺跡で。一回目の時はミミックだったが、二度目の時は本物で、謎の羊皮紙《ようひし》が入っていた。

といっても、あの白い少女に取られちゃったけどな。……結局、あれって何だったんだろう？

まあ、いいか。とりあえず今は手に入れたアイテムを調べてみよう。アイテムを『アイテムボックス』へ収納し、リストを確認すると、それぞれの名称が判明した。

「えーっと、球の方は〝癒やしの宝玉《オーブ》〟、指輪は〝敏捷の指輪〟と言うみたいですね」

ショッピングモールの謎遺跡の宝箱の中身に比べれば全然まともな名称だな。

「へぇー、なんかファンタジーっぽい感じですね」

「ええ。玉の方はともかく、指輪の方はなんとなく効果が分かりますし、つけてみますね？」

「あ、はい」

すっと一之瀬さんが左手を差し出すのと同時に、俺は指輪を自分の指にはめる。

「……ぁ」

「す、すいません。万が一のことがあってはマズいと思いまして」

「い、いえいえ、分かってます、はい。す、すいません。私の方こそ厚かましいですよね、はい」

な、なんだろう、この気まずさ。俺は誤魔化すように自分の指にはめた指輪を見る。

意外と小さい指輪なので入るか不安だったが、はめてみると指にぴったりと収まった。もしかして装着する人に応じてサイズが変わるのか？　うん、ファンタジーっぽいしありえそう。

「どうですか？」

「……少なくとも体に異常は見られませんね」

となればやっぱりアレか。ステータス画面を見てみると、『敏捷』の項目に数字が加算されていた。

『敏捷』　743＋30
「どうやらこの指輪、『敏捷』のステータスを上げる効果があるみたいですね」

「ステータスが上がる指輪ですか。すごくいいアイテムじゃないですか」

「ですね。それじゃあ、これをどうぞ」

「へ？」

「これは俺じゃなく一之瀬さんが使ってください。俺は元々『敏捷』が高いですし、ステータスが上がるなら、一之瀬さんが使った方が効果的です」

指輪を装着しても特に苦痛も異変も起こらなかったし問題ないだろう。

「あ、ありがとうございます」

一之瀬さんは感動した面持ちで左手をこちらに差し出してきた。……これはつけてほしいということでしょうかね？

「え、えっとどの指に……」

「あ、えとえと、人さし指っ。人さし指にお願いしますっ、はい！」

「ですよね。はい、つけました。ど、どうですか？」

「ば、ばっちりです。すごくいい感じです、はい」

「そ、そうですか。それはよかったです」

何かを誤魔化すように俺たちは妙に大きな声で話す。

すると、なぜかモモたちがじとーっと呆《あき》れたような視線を俺たちに向けていた。やめて。

「……わふん」「……きゅー」「……《ふる》」

「あ、本当だ。えとえと『敏捷』に＋30の補正がついてます」

一之瀬さんの補正値も同じってことは敏捷の指輪は装備した者の『敏捷』の数値を30上げると考

えて間違いないだろう。

「ありがたく使わせてもらいます。大事に使わせてもらいますね」

一之瀬さんは胸の前で指輪をぎゅっと握りしめた。う、うーん、これはこそばゆいな……。

「次はこっちの癒やしの宝玉《オーブ》ですね。とりあえず『質問権』で調べてみましょうか」

「ですね」

早速『質問権』に『癒やしの宝玉《オーブ》　使い方』と入力する。どれどれ……。

癒やしの宝玉《オーブ》　対象を癒やす。

え、これだけ？　対象を癒やすって……どう癒やすわけ？　使い方は？　効果範囲は？　使用回数は？　もっと詳しい内容は出てこないのか？

何度質問しても、答えは同じだった。とりあえずは保留にしておくか。

「それじゃあ、戻りますか」

「ですね」

ほどほどに石化したアカも設置できたし、この辺でいったん戻るとしよう。

「足元に気をつけてくださいね」

この辺は瓦礫だらけだし、所々に木の根の出っ張りも出ているので足場が悪い。

「はは、クドウさん、いくら私が貧弱ステータスだと言ってもこれくらいで転んだり――あいたっ」

ほら、言わんこっちゃない。見事な前振りとともに一之瀬さんは木の根に躓《つまず》いて転んだ。

「大丈夫ですか？」

「いてて……。だ、大丈夫です。ちょっと転んだだけなので……」

一之瀬さんはちょっと涙目で起き上がりながら、躓いた木の根を恨めしげに睨《にら》みつける。

「ぐぬぬ……、なんて邪魔な木なんでしょう。というか、この木また大きくなってませんか？」

「……そういえば、そうですね」

俺の言葉に一之瀬さんも頷く。元々数十メートルもある巨大な木だったが、そのサイズが以前よりも大きくなってる気がする。

……考えてみれば、この木も大概謎の存在だよな。

モンスターの存在にばかり気を取られてあまり目を向けていなかったが、この木だってモンスターと同時にこの世界に現れた存在なのだ。

「うーん、でも不思議ですよね……」

「何がですか？」

一之瀬さんはつま先で木の根を蹴《け》りながら、

「いえ、だってこんな大きくて異常な植物、本当なら気になって仕方がないはずなのに……なんというか、こうして注意深く見つめないと気にも止めなくなっちゃうというか……」

「なるほど、木だけにですね」

「……」

「無言でライフルを構えないでください。すいません、悪乗りが過ぎました。……でも確かにその通りですね」

真面目《まじめ》な話、これまでも道を塞《ふさ》がれたり、邪魔だなと思ったことはあったが、それ以上深く考えることはなかった。でもそれってよく考えればおかしいよな？　モンスターについてはさんざん考えているのに、どうしてこの木のことになると『別にどうでもいいかな』と思ってしまうのだろう？

「もしかしてこの木も何かスキルを持っているとかないですかね？　私の『認識阻害』みたいな」

「……考えすぎじゃないですか？　いや、でも可能性は……ある、のか？」

確かに一之瀬さんの『認識阻害』や、あの生徒会長さんの『魅了』のように思考に干渉するスキルは存在する。この木にもそんなスキルが……？

「……クドウさん、念のため、この木について『質問権』で調べてみませんか？」

「そう、ですね」

考えすぎのような気がするが……。いや、そう考えること自体、思考が誘導されてる？　いや、まさか、そんなことない……よな？

俺は不安を打ち消すように、『質問権』へ質問をぶつける。

この木は何なのか、と。

「さてどんな答えが返ってくるかなと……ん？　ずいぶん長いな？」

いつもならすぐに答えが返ってくるのに、今回はやけに遅い。十秒ほど経過し、ようやく画面が切り替わる。そこには俺が打ち込んだ質問に対しての答えが表示されていた。

「…………え？」

その答えに俺は目を疑った。

嘘だろ？　何だこれ？

もう一度同じ質問を打ち込む。同じ答えが表示された。

「…………」

言葉が出なかった。

何だこれ……？　こんなのってありかよ……。

俺はまだこの世界の悪意を舐《な》めていたのかもしれない。

町中に生えている木の正体――それはあまりにも悪辣《あくらつ》なものであった。


――疑問に思っていたことがある。

世界がこうなってから、俺はこれまで数えきれないほどの死体を目にしてきた。

最初はまともに直視できなかったが、今ではすっかり慣れてしまった。本当に嫌な慣れだと思う。

でも、それだけ今のこの世界には死が満ちているのだ。

一体どれだけの人々がモンスターに殺されたのだろう。

俺や一之瀬さんのように運よく強力なスキルを手に入れでもしない限り、今の世界を生き抜くことは困難だ。

だからこそ、俺は今までそれほど深く考えてこなかったのかもしれない。

——この世界には人が少なすぎる、と。

道路にごみのように転がる死体、籠城し自宅やマンションから出てこない人々、西野君たちのように徒党を組み、コミュニティーを形成する人々。

大勢の人々を見てきたが、それでも今の世界は明らかに人が少なすぎる。

たかが東北の片田舎《かたいなか》とはいえ、それでも人口数万人は下らないのだ。本来ならもっと多くのコミュニティーや人の気配がしてもいいはずなのである。

探索範囲を広げ、避難民の捜索にあたっていても、増えた人数はほんの数十人程度。

これは明らかに異常だ。

だがなにより恐ろしいのは、そのことに誰《だれ》も疑問を抱いていないということだ。

一之瀬さんも、西野君も、六花ちゃんも、藤田さんも、清水《しみず》チーフも二条《にじょう》も、誰一人、人の数について違和感を覚えず、日々を過ごしている。

事実、俺だってそのことに疑問を抱きつつも、「まあ、別にいいか」と考え、深く追求しようとしなかった。

それが、この世界の悪意によるものだとも知らずに——。


「——この〝木〟はモンスターです」

「モンスター……ですか」

「ええ、それも相当に厄介な」

『質問権』はあの木がモンスターであると告げた。更にその特性やスキルも詳細に答えてくれた。

「どうやらあの木はスキルを持たない人間だけを襲う習性があるみたいです」

人はモンスターを倒せばレベルが上がり、スキルを得る。

だがあの木は、スキルを持たない人間だけを襲う特性を持っているらしい。

「ただの人間だけを、ですか……」

「ええ。あの木は町の至る所に生えていました。それこそ家屋を突き破って生えていたり、車を取り込んで生えていた木もありました」

あの木がレベル0の人間だけを襲っているのであれば、住民たちの数が少ないことにも理由がいく。住民たちは喰《く》われていたのだ。人知れず、この無数の木々たちに。

「で、でもおかしくないですか？　じゃあ、なんで私たちがそれに気付かないんですか？　誰にも気付かれずに人を襲ってたなんて、そんなのスキルでも使わない限り――あ……」

自分で言って一之瀬さんも気付いたらしい。冷や汗を浮かべながら俺の言葉を待つ。

そうだ。彼女の言う通り、この木の最も厄介な点はそこだ。

「ええ、一之瀬さんさんの言う通りです。あの木のもっとも厄介な点――それは『認識阻害』系のスキルを持っていること、そして取り込んだ人々の存在そのものまでも吸収して消してしまうということなんです」

『認識阻害』系のスキルを持っているからこそ、人が襲われていても誰も気付かない。

そして喰われた生物は、その存在がこの世から消えてしまう。

だから誰も気付かない。気付くことすらできない。

「嘘……そんなことって……」

一之瀬さんもその恐ろしさ、脅威《きょうい》を理解したのだろう。冷や汗を浮かべ、バッと木から離れた。

あまりにも悪意に満ちた木の特性。本当にこの世界はクソッたれだ。

「ともかく、この木がモンスターだってわかった以上、放っておくわけにはいきません。すぐに駆除すべきです」

「……ですね」

一之瀬さんも決意に満ちた面持ちで頷く。

「それじゃあ一之瀬さんはこのことを西野君たちに伝えてください。俺はすぐに動きます」

「え？　別々に行動するんですか？　わ、私も一緒に——」

俺は一之瀬さんの言葉を手で制する。

「いえ、今回のモンスター——〝トレント〟というんですが、コイツは一之瀬さんとは相性が悪すぎます」

『認識阻害』の効果に限界距離はあるだろうが、一之瀬さんのスキルとは相性が悪すぎる。狙撃《そげき》しようにも、的を意識できないのでは戦いにすらならない。唯一の救いは、トレントが一之瀬さんを襲う心配がないってことくらいか。

「……分かりました。でも決して無茶はしないでくださいね」

「ええ。勿論です」

悔しそうに唇をかむ一之瀬さんを『安全地帯』へ送り、俺は行動を開始した。

――『安全地帯』から出て目的地へ向かう。

「ここに来るのも久々だな」

「わんっ」

やってきたのは、以前に一之瀬さんやモモと休憩がてら立ち寄った公園だ。

「あの時は、この公園でモモがダーク・ウルフの匂いを見つけたんだよな」

「わん、わんわん」

あの時も大変だったなぁ。ほんの一週間ほど前なのにずいぶん昔のように感じる。

「さて、それじゃあ目的のものを探すか」

「わんっ」

モモと共に公園内を見回ると、すぐに目的のものを見つけた。

それは公園の中央に生えた一本の巨木だ。

「これか……。見た目は『質問権』で調べたのと同じだな」

てことはコイツが〝親〟で間違いないだろう。

『質問権』はトレントの生態についてもいくつか教えてくれた。

曰く、トレントは一本一本が独立しているのではなく、群体で生息しているらしい。

大本になる〝親〟と呼ばれる存在と、その根から〝子〟と呼ばれる分身が周囲に生えているらしい。

タケノコみたいだな。

んで、トレントは親が死んだ場合、それに連なる子も全て死んでしまうらしい。

効率的にトレントを倒すには、親木を倒していくのが一番だと、『質問権』は教えてくれたのだ。

こういうことは親切に教えてくれるよなぁ……。

「んじゃ、ちゃっちゃと始めるか」

見た感じ、この親木には花もついていないようだし、さっさと倒してしまおう。

俺は『アイテムボックス』からある物を取り出し、トレントに近づく。

これだけ近づいてもトレントは反応を示さない。説明にあった通りだ。

「――――喰らえ」

俺はポリタンクにたっぷりと入った液体をトレントの根元にかけた。

注《そそ》がれた液体が地面に沁み込むと、とすぐに反応が現れる。

『～～～～～～～～～～～～～～～ッッ⁉』

ザザザザザッ！！！！　と木がざわめきだしたのだ。太い幹が曲がり、枝が震え、木の葉が舞う。

それはまるで人が頭を掻《か》きむしりながら悶《もだ》えているかのようだ。

連鎖的に周囲の木々もざわめき始める。

「正直、半信半疑だったけど、まさか本当に効果があるなんて……」

今撒《ま》いたのは除草剤だ。特別なやつではなく、普通にスーパーなんかで買えるやつ。

ホームセンターで手に入れた除草剤が大量にあったので試しに使ってみたのだが、まさかここまで効果があるとは思わなかった。

「……お」

『索敵』が反応した。今まで希薄だったトレントの気配が認識できるようになったみたいだ。

「ダメージを受けて『認識阻害』の効果が薄まったのか……」

『～～～～～～～ッ!!』

黒板をひっかいたかのようなこの不気味な音が、トレントの声なのだろう。

この親木だけでなく、周囲一帯から同じような音が響いてくる。

次の瞬間、地面が揺れ。芝生や舗装されたアスファルトを突き破って巨大な根が現れた。

「明確に敵と認識したってことか……」

でも問題ない。むしろ、『認識阻害』の効果が薄れたことで、こっちも全力でスキルを使うことができる。俺は手を前に突き出すと、忍術を発動させた。

「火遁の術」

今回は掌《てのひら》から発動させる炎弾バージョンだ。炎弾はトレントに当たるとあっという間に燃え広がり消し炭へ変えた。

《経験値を獲得しました》

《クドウ　カズトのLVが2から3に上がりました》

頭の中に響くアナウンス。トレントが消滅し、地面に魔石が残される。

トレントが厄介なのは、あくまで認識できなくなるという一点のみであり、それさえクリアしてしまえば、あとは大した脅威にはならないのだ。せいぜいゴブリンよりも少し強いってところか。

「よし、周囲の木も全部消滅したな」

親のトレントが死ねば、根で繋《つな》がっていた子のトレントも消滅するというのは正しかったようだ。

ただトレントが消えたせいで、地面のどこもかしこに無数の穴が開いてボロボロだ。

「これ、トレントを倒し過ぎれば地盤沈下とかになるんじゃないか……？」

一瞬、そんなことを考えるが、それよりもトレントをこのまま野放しにしておく方がマズい。

俺は魔石を回収するために、親のトレントがいた場所に開いた穴の中を覗《のぞ》いた。

「……マジか」

口を手で押さえ、こみ上げる不快感を必死に抑える。

穴の底には無数の人骨がひしめいていた。知らぬ間にトレントに食われた人々だろう。

その中心に極彩色《ごくさいしき》の禍々《まがまが》しい光を放つ魔石が転がっていた。

「……すいません。安らかに眠ってください」

人骨は『アイテムボックス』に収納できない。ここに放置していくしかないのでせめてもの供養だ。

俺は穴の中の無数の骨に手を合わせて祈り、魔石を回収した。『アイテムボックス』にはトレントの魔石（中）と表示された。

「さて、この魔石はどうするか……」

手に持った魔石を見つめていると、『影』からキキが現れた。

「きゅー」

「ん？　キキが食べたいのか？」

「きゅっ」

キキはコクコクと頷く。モモやキキが反応しないところを見るに、納得しているようだ
「んじゃ、はい、キキ」

「きゅー♪」

足元に魔石を置くと、キキは嬉しそうに魔石を食べ始める。……なんかあの人骨を見た後だと、微妙な気分になるなぁ……。いや、その辺は気にしないでおこう。

「きゅっぷい……」

キキは魔石を食べ終えて、小さくげっぷをすると、ぴくん、と体を震わせた。

「ん……？」

どうしたんだろうか？　キキは背中を地面にこすりつけながらモゾモゾする。

（この仕草……なんか見覚えがあるな……）

これ、アレだ。モモがシャドウ・ウルフの魔石を食べた時と同じ仕草だ。てことは――、

「キキ、もしかして何か新しいスキルを覚えたのか？」

「きゅー♪　きゅきゅーん♪」

コクコクと頷くキキ。顔を擦りつけてきて、キラキラした目で俺を見つめてくる。すごく褒めてもらいたそうだ。

「そ、そうか。すごいな、キキは。偉いぞ」

「きゅぅーきゅきゅーん」

耳や首のあたりを撫《な》でながら褒めると、キキは嬉しそうに体を震わせた。いったいどんなスキルを覚えたんだろうか？

「……くぅーん」

すると『影』からモモも顔を出した。モモが撫でてもらいたそうにこちらを見ている。

撫でますか？　勿論イエス。

「ほら、モモもこっちにおいで」

「！　わんっ」

元気よく飛びついてくるモモを全身で受け止め、そのまま体を撫でてやる。

ラブリー、癒やされるわー。ちょっと気分がめいっていたが、モモたちのおかげで回復できた。

「よし。んじゃ、キキの新スキルを確認したら次のトレントを倒しに行くか」

「わんっ」「きゅー」「……《ふるふる》」

あ、それとレベル上がった分のステ振りもしないとな。ちゃっちゃと済ませてしまおう。

スキルは『地形把握』をＬＶ７まで上げる。トレントを倒した時の脆くなった地盤や地形のための対策だな。現状でもある程度は把握できるが不安だ。用心しておくに越したことはない。残りのポイントは温存しておこう。

職業の方は『追跡者』をＬＶ３に、『修行僧《しゅぎょうそう》』をＬＶ４に上げる。これで完了だ。

「さて、次のトレントを狩りに行く前にキキのスキルを検証しておくか」

どんな効果なのかきちんと確認しないと。

「キキ、頼む」

「きゅーっ」

キキの額の宝石が赤く輝く。すると、それに呼応するように俺の体も光った。

「これは……強化バフか？」

「きゅ、きゅぅー？」

ふるふるとキキは首を横に振る。違うのか？

ステータスを確認してみるが、確かに数値は変わっていない。

いや、待てよ……、モモの『影』やアカの『擬態』も、元々その魔石を持っていたモンスターの特性を引き継いだスキルだ。とすればキキのこれもトレントの特性に則したスキルとか？

試しに俺は遠くに生えていたトレントに目を向けると、その変化が実感できた。

「……認識できてる」

それまでは意識を集中させないと認識できなかったトレントの存在感が今はハッキリと認識できるようになっていた。

「『認識阻害』の無効化……『看破』ってところか」

それがキキの新しく取得したスキル。支援特化のキキならではだな。これはありがたい。

「すごいぞ、キキ。これならトレントの討伐がずっと楽になるじゃないか」

「きゅー、きゅきゅー♪」

キキ、ドヤ顔だ。ご褒美に褒めてモフモフしてやる。

トレントの脅威の大部分は認識できない点にある。それがまさかこんな簡単に解消できるとは思わなかった。

「んじゃ、早速次のトレントを狩りに行くか」

「きゅー」

その後、俺たちは順調にトレントを狩ることに成功した。

キキの新スキルの効果は凄まじく、効率が飛躍的に上昇した。

トレントは俺たちが認識できていることに気付いてないらしく、至近距離まで近づいても反応がなかった。

(キキのバフの効果はおよそ一時間。十分な時間だ)

周囲を警戒する余裕もできたので、スキルも使うことができる。

まったくキキもどんどん優秀になっていくな。ほんと、ありがたい。


「ふぅー……だいぶ時間が経《た》ったな……」

見れば、そろそろ日が傾《かたむ》きかけていた。

外へ出てからすでに数時間が経過していた。この辺でいったん戻るか。

まだイケる、もう少しだけは、もうやめた方がいいサインだ。この辺が引き際だろう。

そんなふうに思い、踵《きびす》を返そうとした瞬間——俺はそのトレントを見つけてしまった。

「……マジかよ」

吐き捨てるように俺は呟《つぶや》いた。

コンクリートを突き破り、家屋を呑み込んでその存在を主張する一際《ひときわ》巨大なトレント。その枝先に、ソレはあった。

「……こいつ、花がついてやがる……」

そのトレントには真《ま》っ赤《か》な花が咲いていた。

人の頭ほどの大きさの、血を思わせるような真っ赤な花が。

――花つきのトレント。

それは『質問権』が教えてくれたトレントの上位種だ。人を襲い、経験値を得たトレントは花を咲かせる。その能力は通常のトレントよりも強化され、何より他のトレントとは明確に違う点がある。

それは――、

「――自分で動ける、だったよな……」

花をつけたトレントは自分で動くことができる。

通常トレントはその場から動かず、じっと獲物が近くを通るのを待ち構えるだけなのだが、花つきは自分で移動し、より多くの人間を捕食することができる。

しかもその捕食対象はレベル0の人間だけでなく、レベルを上げた人間も含まれるのだ。

認識できないトレントが、誰にも気付かれずに移動し、捕食する。

それがどれだけの脅威か一目瞭然だろう。

ああ……なんで、今日はここまで、と決めたのに最後の最後でこんな大物に出くわすんだ。

ともかくこうして見つけてしまった以上放置しておくわけにはいかない。

「キキ、頼む」

「きゅー」

キキのバフの光が体を包み込む。その瞬間、花つきに変化があった。

『〜〜〜〜〜〜〜〜ッ!!』

黒板をひっかいたような金属音が響く。何度も聞いたトレントの叫び声だ。どうやら向こうも俺たちに気付いたらしい。

（根の攻撃が来る――――ッ！）

そう警戒したが、花つきが取った行動は違った。

花つきは巨大な幹を動かすと同化していた建物から剝《は》がれ――――逃げ出したのだ。

「……は？」

大きな体をえっちらおっちら動かして、花つきは俺たちから遠ざかってゆく。

『質問権』の情報を見たときは、どうやって移動するのかと疑問だったが、どうやら周囲の建物や地面を透過して移動するらしい。周囲の建物や地面を破壊することもなく、音も立てずに移動している。あれもトレントの持つスキルなのだろう。

木が移動するなんて、まさしくファンタジーな光景である。

「――って違う、そうじゃない。おい、ちょっと待てッ！」

予想外の行動に一瞬面食らうも、すぐに花つきの後を追う。逃げられてたまるか。

幸い花つきの移動速度は遅い。普通の人が走る程度の速さだ
『敏捷』700超えの俺からすれば余裕で追いつけるスピードである。

『～～～～⁉』

あっという間に追いつかれて驚いたのか、再び花つきは奇声を上げる。

そして逃げ切れないと悟ったらしい。今度は明確な敵意が伝わってきた。

（――来るっ）

ボコボコと周囲の地面が隆起し、無数の根が現れる。

それらは鞭のようにしなり、こちらへ向かって来る。

（攻撃手段は通常のトレントと一緒――いや、違うな）

花つきは根だけでなく、その体を大きく揺らし、葉も飛ばしてきた。

回転しながら猛スピードで迫りくる無数の葉は一枚一枚が巨大な手裏剣のようだ。

（くそ、俺よりも忍者っぽい技使いやがって）

なんか悔しい。てか、普通にこれ強力な攻撃だ。足元と空中からの多重攻撃。さすがにこれを全部避けるのは無理だ。

（――ならばこちらに届く前に潰すのみ）

手を合わせ、俺は大きく息を吸い込む。

「――火遁の術」

生み出されたのは極大の火球。この程度の葉っぱなら十分に焼き尽くせる。

そして空いた前方に『アイテムボックス』で足場を造り、空中を移動し、根の攻撃を回避する。

あっさりと自分の攻撃が防がれ、花つきは驚いたように体を揺らす。

「――驚いてる暇があるのか？」

接近。俺は、花つきのすぐ目の前まで一気に距離を詰めた。向こうは体を揺らし、葉を放とうとするが既に遅い。

「――破城鎚《パイルバンカー》ッ！」

ズドンッッ!!　と大地を揺らすほどの衝撃が走る。

木の葉が舞い、メキメキと幹が軋み、花つきの体が大きく揺れる。

（一発じゃ無理か……）

耐久も通常のトレントより遥かに上だが、それだけじゃない。

――コイツ、破城鎚《パイルバンカー》を喰らう寸前、自分から体を揺らしやがった。

衝撃の拡散。それは破城鎚《パイルバンカー》がどういう武器かを理解したということ。

（高い知能も持ってるってわけか……）

俺を見て即座に逃げ出したのも、その知能の高さゆえか。さすが、上位種というべきだろう。

「なら、もう一発だ」

一発で仕留《しと》められないなら何発でも放てばいい。

再び破城鎚《パイルバンカー》を構えた瞬間、花つきはまた体を揺らし、衝撃を拡散させようとした。

だが、その瞬間モモの叫びが木霊《こだま》する。

「ワオオオオオオオオオオオオオオオオオオオオオオンッッ!!」

『～～～ッ⁉』

俺に意識を集中しすぎたな。背後に回り込んでいたモモに気付かなかっただろ。

モモの『叫び』をまともに喰らい、花つきは完全にその体を硬直させた。

「――終わりだ」

再び破城鎚《パイルバンカー》を発射させる。今度こそ、花つきはその体を崩壊させた。

《経験値を獲得しました》

《経験値が一定に達しました。クドウ　カズトのＬＶが４から５へ上がりました》

レベルアップを告げるアナウンス。

花つきは体を消滅させ、魔石が地面に転がった。

「ふぅー……」

どうにか勝てたか……。通常種とは比べ物にならない強さだったな。

花つきの魔石を『アイテムボックス』に収納すると、〝トレントの魔石（大）〟と表示された。（大）か。

かなりの強さだったし、それもそうか。

（この葉っぱも使えそうだな……）

周囲に散らばる花つきが放った葉。それも消えずに残った。

『アイテムボックス』に収納すると、こちらは〝トレントの葉（上物）〟と表示されていた。

上物か……。これはいい素材になりそうだな。俺の『忍具作成』や一之瀬さんの『武器職人』で加工できそうだ。

「さて、今度こそ帰るか……ん？」

帰ろうと思ったその瞬間、再び『索敵』に反応があった。

気配のした方に目を向けると、そこには見知った人物がいた。

「あ、カズ兄！」

「わんっ」

こちらに気付くなり、彼女とその愛犬はこちらへ駆け寄ってくる。

「久しぶりだね、サヤちゃん、クロ」

「うんっ」

現れたのはサヤちゃんとクロ、そしてもう一人――、

「あ、そういえばカズ兄は直接会うのは初めてだね」

サヤちゃんがそう言うと、彼女は一歩前に出て頭を下げる。

「五十嵐十香《とおか》です。お噂《うわさ》はかねがね伺《うかが》っております。お会いできて光栄です、クドウカズトさん」

「ええ、よろしくお願いします。五十嵐さん」

なんでこの人がここにいるのかと、俺は内心顔をしかめた。

「……サヤちゃんたちはどうしてここに？」

「あれ、西野先輩から聞いてなかった？　私たちは商店街の方の探索に出てたんだよ」

あー、そういえば、この辺って商店街の近くだった。トレント狩るのに夢中でそこまで気が回らなかった。

「それで、こっちの方から突然すっごい音が聞こえたから……」

「慌てて駆けつけてきたってわけか……」

確かにあれだけデカい音を立てればそりゃ気になるよな。

「うん。でもなんとなくカズ兄かなぁーと思ったんだけど、予想通りだったよ」

にへらっと笑うサヤちゃん。予想通りって……。サヤちゃんの中で俺のイメージはどうなっているんだろう？

「わんっ。わんわん」

「……」ぷいっ
そして相変わらずクロはモモに冷たくあしらわれている。なんか久々だなこの光景。

一方で、五十嵐さんはきょろきょろと周囲を見回している。

「ところでカズ兄、ここら辺、すごいことになってるけど、どんなモンスターと戦ったの？」

「ん？　あー、それはな――」

俺はサヤちゃんにトレントについて説明した。モンスターについての情報はなるべく共有しておいた方がいい。隠しておく必要もないしな。

「――人を襲って食べる木……？　それに食べた人間の記憶も消しちゃうなんて、あの木ってそんな怖いモンスターだったの？」

俺の説明を聞いたサヤちゃんはトレントの特性の悍《おぞ》ましさに顔を青くする。

「それは厄介ですね……。市役所に戻ったら、すぐに専用の討伐隊を組んだ方がよさそうです」

一方で五十嵐さんは割と冷静だった。とはいえ、多少の冷や汗は浮かべているけど。

「それでしたら問題ありません。既に西野君が藤田さんたちに伝えているはずです」

今頃《いまごろ》、市役所でも一之瀬さんからみんなに伝わっている頃だろう。……伝わってるよね？　ここにきて一之瀬さんのコミュ症がちょっと不安になってきたぞ。

「でもすごいよ、カズ兄。とお姉と同じこと考えてたなんてっ」

「へっ？」

それはいったいどういうことだろう？

「とお姉もね、町の人が少なかったり、市役所の避難民の数が合わなかったりとか色々違和感を覚えてたんだよ。それで私やクロに手伝ってもらって、調査してたんだ」

「ちょっ、サヤちゃん、そんなこと、いちいち言わなくてもいいわよ」

サヤちゃんの発言に、五十嵐さんはちょっと慌てる。

「へぇ、そりゃすごい。でもどうやって気付いたんですか？」

「……名簿ですよ。私がここへ来てから、市役所にいる人の名前や家族、その全てを記録として残していたんです。でも二日前、その記録と住民の数が一致しなくなったんです。最初は数え間違いかと思ったのですが、次の日も、そして今日もその差は大きくなりました。さすがにおかしいと思うでしょう？」

へぇ……てことは、トレントの能力は記憶や認識にだけ作用するってことか。

でも名簿の違和感だけで、そこまで考察できるなんて、やはり彼女はすごいな。『魅了』ありきとはいえ、学校で百人以上の人々を纏《まと》めていた能力は伊達《だて》じゃないってことか。

「さすがにあの木がモンスターだということまでは気付きませんでしたけど……」

「認識を誤魔化すスキルを使っていますからね、それはしょうがないですよ」

「でもカズ兄はそれに気付けたんでしょ？　すごいよっ」

「いや、すごいのは俺じゃなくて質問け——キキのおかげだよ。こいつのスキルがあったから、あのトレントの正体を看破できたんだから」

「きゅー♪」

すまんな、キキ。五十嵐さんの前であまり『質問権』のことは公《おおやけ》にしたくないんだ。とはいえ、キキは褒められてまんざらでもない表情である。

「なるほど……ふふ、賢い狐《きつね》さんですね」

「きゅ!?　きゅ、きゅーん。……きゅぅ〜〜♪」

突然、五十嵐さんに撫でられて困惑するキキだったが、撫で方が上手だったのか、すぐに上機嫌になった。ぬぅ……この手つき。俺には分かる。この人、動物を撫でることに慣れているな。

足元でモモにぺしぺしされてるクロで鍛《きた》えたのか。なかなかの手並み……。

「そういえば、カズ兄、私たち今回の探索で新しいスキルも手に入れたよ」

「わんわんっ」

「へぇーそうなのか？」

嬉しそうに胸を張るサヤちゃんとクロ。

「うん。ここに来るちょっと前に、ゲームに出てくるような宝箱を見つけたの。それで中に入ってた黒い球を割ったら、新しいスキルを手に入れれたんだ」

黒い球……それってもしかして一之瀬さんのガチャで出てくるのと同じタイプだろうか？

てか、意外とあるんだな、宝箱。今度、真面目に探してみようか……。

「ちなみにどんなスキルなんだ？」

「私が覚えたのは『五感強化』、とお姉は『鑑定《かんてい》』ってスキルを手に入れたんだよ。すごいでしょっ」

「なっ……⁉」

ドヤ顔サヤちゃん。対して俺は愕然《がくぜん》となった。

か、鑑定スキル……だと？　俺がずっと手に入れたかったあのスキルを手に入れたのか？

すると隣にいた五十嵐さんは急に慌てだした。

「ちょ、サヤちゃん⁉　勝手にスキルのことを人に教えちゃ駄目じゃない！」

「へ？　でもカズ兄は味方だし、問題ないんじゃないの？」

「そういう問題じゃないのっ。スキルや職業はその人の命綱《いのちづな》なのよ？　むやみやたらと他人に教えちゃ駄目。ましてやこんな公の場で、もし仮に私たちに敵対する人がいて、その人が今の話を盗み聞きしていたとしたらどうするの？　サヤちゃんの迂闊《うかつ》な一言で仲間を危険にさらすかもしれないのよ？」

「そ、そっか……ごめんなさい、とお姉……」

五十嵐さんは、正論っぽい感じでサヤちゃんにお説教をしているが、俺には分かる。この人絶対、スキルのこと俺たちに黙っておくつもりだったな。

『鑑定』は他人のスキルやステータスを覗き見ることができるからな。戦闘はもとより、情報戦でも絶大な効果を発揮するだろう。

そんなスキルがよりにもよって『魅了』スキルを持つこの人が手に入れるなんて……。

サヤちゃんがうっかり話さなければ、割とヤバかったかもしれない。『鑑定』と『魅了』の組み合わせなんて最悪すぎる。グッジョブ、サヤちゃん。

「まったく、ほんとにもう……困った子ね。次からは気を付けるのよ？」

「うぅ、ごめんなさい、とお姉……」

しかしサヤちゃんから、五十嵐さんとは幼馴染《おさななじみ》の関係だって聞いてたけど、こうして見てると本当に姉妹《しまい》みたいだな。表情もすごく自然だし、年相応の少女に見える。

五十嵐さんは俺の視線に気付いてハッとなった。誤魔化すようにコホンと咳払《せきばら》いをするが、心なしか顔が少し赤い。

「お、お見苦しい所をお見せしました……」

「いえ、別に構いませんよ。それよりも先ほど彼女が話していたことは本当ですか？」

「……ええ、本当です。このスキルを使えば、他人のステータスやスキル、それに手に入れたアイテムの名前やその効果を知ることができます。とはいえ、まだまだレベルは低いですけどね」

「だとしても、非常に強力なスキルじゃないですか。羨《うらや》ましい限りですよ」

「……アナタに言われると嫌味にしか聞こえませんね。活躍は色々と伺っておりますよ?」

五十嵐さんは微妙そうな表情を浮かべる。……一応、本心なんだけどな。ずっと『鑑定』スキルが欲しいと思ってたし。

「さて、それじゃあ俺はそろそろ移動します。あ、そうだ。もしよければ、モモに帰りを送らせますか?」

ここから市役所まではそこそこの距離だ。

この二人とクロなら問題ないと思うが、念のためにモモの『影渡り』で送った方がいいだろう。

「へ? カズ兄はまだ帰らないの?」

「ああ、できるだけトレントは潰しておいた方がいいからな。時間はまだまだあるし、潰せる分だけ、潰しておくよ」

「……だったら私たちも手伝うよ。一人よりも三人の方が効率的でしょ」

「わんっ、わんわん」

「え……?」

自分もいるよとアピールするクロと、「えっ? なんで私も?」って顔をする五十嵐さん。

うーん、気持ちは嬉しいけど、トレントのスキルは強力だからなぁ……。正直、あまり役には立たないと思うんだけど。

「きゅー♪」

するとキキの額の宝石が光り、サヤちゃんたちの体が光に包まれた。

「これって……キキ、お前あのバフをサヤちゃんたちにもかけたのか？」

「きゅー♪　きゅう、きゅうー♪」

そうだよーと頷くキキ。大きな尻尾を振り振りしながら、チラチラと五十嵐さんの方を見ている。

……コイツ、撫でられてちょっと五十嵐さんのこと気に入りかけてるな……浮気者《うわきもの》め。

「きゅ、きゅきゅーん……」

と思っていたら、そんなことないよーと体を擦りつけてきた。可愛い奴め。仕方ない、許してあげよう。

「カズ兄、これって……」

「さっき話してたキキのスキルだよ。これがあれば、トレントのスキルが効かなくなる」

「ホントっ？　すごいよ、キキちゃん。よーし、私頑張っちゃうもんねっ。クロ、いくよー」

「わぉーんっ！」

「ちょ、サヤちゃん、待って！　トレントの狩り方にはコツがあるんだって」

「わ、私を置いて行かないでくださいっ。ていうか、何で私まで？　ねえ、サヤちゃん、一旦戻りましょう？　ねえ、ちょっと待ちなさいってばー」

こうしてサヤちゃんの勢いに押され、俺はなし崩し的に彼女らと臨時のパーティーを組むことになるのだった。……なんというかめっちゃ不安である。

――結論から言えば、その不安は杞憂《きゆう》に終わった。

「――クロッ！　今だよ！」

「わおおおおおおおおおんっ！」

サヤちゃんがトレントの葉を切り裂き、その隙《すき》にクロが本体に止めを刺す。実に息の合った連係で、サヤちゃんとクロは花つきを仕留めてみせた。

「ふふ、どうかな、カズ兄？　私たちだって少しは成長してるんだよ」

「わおーん♪」

「ホントにすごいよ。サヤちゃんもクロも前よりかなり強くなってるじゃないか」

レベルが上がったこともあるが、それ以上に二人のコンビネーションが以前とは比べ物にならないほど成長していた。単にサヤちゃんが騎乗して突撃するだけじゃなく、時に別々に行動して相手を混乱させ、互いの動きをカバーし合い、阿吽《あうん》の呼吸で花つきを仕留めてみせた。

「油断しちゃ駄目よ、まだ一匹残っているわ」

「分かってるよ、とお姉。場所は？」

「右手にある民家の中よ。そこに隠れてる」

「分かった！　クロ、いくよー！」

「わんっ」

そして一番予想外だったのが、五十嵐さんの存在だ。学校や市役所での立場から、俺はてっきりこの人、前線に立たないタイプの人かと思っていたのだが、その指揮はなかなかのモノだった。

キキのバフのおかげで、『鑑定』を使い、正確にトレントの位置や情報を読み取り、サヤちゃんやクロに的確な指示を出している。人を使うことに慣れている——そんな感じの動きだ。

（もしかしたら指揮だけなら西野君よりも上か……？）

『魅了』を抜きにしても、やはりこの人は優秀な人物なのと認めざるを得なかった。

「……だいぶ、片付けましたね。ねえ、サヤちゃん、ちょっとクロを連れて周辺を見てきてくれない？」

「へ？　うん、分かった」

五十嵐さんのお願いに、サヤちゃんは特に疑問も抱かず了承する。サヤちゃんは、ちらっと俺の方を見て、

「えっと、カズ兄は……」

「連戦で疲れてるでしょうから、少しは休ませてあげましょう。何かあったら、こっちからも知らせるから」

「……分かった。それじゃあ、行ってくるね」

五十嵐さんはサヤちゃんとクロの気配が十分に離れたのを確認して、再び俺の方を見た。

「……素直でいい子ですよね。偶《たま》にあの天真爛漫《てんしんらんまん》さが羨ましくなります」

「そうですね……」

五十嵐さんの言葉に俺は頷く。確かにサヤちゃんを見てると、こっちまで元気になるような気がする。あの裏表のない屈託《くったく》さは彼女の長所だろうな。まあ、その分、勢いで行動しがちだけど……。

「……そういえば、アナタにはまだお礼を言ってませんでしたね。学校で彼女の命を救っていただきありがとうございます」

「えっ……？」

そう言って、彼女は俺に頭を下げた。予想外の行動に俺は少々面食らってしまった。

「何ですか、その意外そうな顔は？　私からお礼を言われるのがそんなに意外だったのですか？」

「……」

はい、そうです——なんて言えず、俺は黙ってしまった。

すると五十嵐さんははぁーとため息をつきながら、

「西野君から私のことは……まあ、色々聞いているのでしょうが、私だってお礼の一つくらいは言います。ましてや、それがあの子の命の恩人なら尚のことです」

嘘をついているようには見えなかった。先ほどのやり取りといい、彼女にとってサヤちゃんは本当に大切な存在なのだろう。

「あ、でも彼女に手を出したら許しませんよ？　もし手を出したら——」

「いや、出しませんよっ。何言ってるんですか⁉」

一之瀬さんといい、君ら俺のことなんだと思ってるんだよ。

俺はロリコンじゃないし、そんな度胸ないっての。

——それからしばらく、俺たちはトレント狩りを続けた。

かなりの数を討伐できたと思う。おかげで街の至る所が穴だらけだ。

「……市役所からかなり離れたところまで来ましたね。今日のところはこの辺で引き上げた方がいいでしょう」

「……同感です」

元々戻る予定だったしな。かなり長引いてしまった。

「そういえば……」

ふと、俺は隣町の方角を見る。

色々あってまだ調査はできてなかったが、隣町には一体どんなモンスターがいるのだろうか？

自衛隊を壊滅させたであろうソイツの正体は未だ明らかになっていない。

（でも向こうからはそれほど強い気配は感じないんだよな……）

強力なモンスターであれば、離れていてもスキルが警鐘《けいしょう》を鳴らしてくれる。それを感じないってことは、今の俺たちで対処可能なモンスターだということだ。

まあ、近いうちにアカの座標の設置も終わるだろうし、そうすれば安全に隣町の調査もできる。

今は拠点の復旧が最優先だし、そう焦《あせ》る必要も――

「――危機感が足りてないわね。これまでの戦いで何も学んでいないのかしら？」

声が、聞こえた。

パリンと、ガラスが砕ける音が周囲に響く。

次の瞬間、世界から色が消えた。

サヤちゃんも、五十嵐さんも、モモも、クロも、町も、空も、全てが灰色一色に染まる。

「何だこれ……」

これじゃあまるで時が止まったかのようじゃないか。

「その通りよ。今、この世界は停まってる。貴方と私以外はね」

「ッ――!?」

振り返ると、そこには一人の少女がいた。

瓦礫の上に腰かけ、感情の読めない表情を浮かべ、俺を見つめるその少女は――、

「お前は……」

「久しぶりね。早熟の所有者さん」

俺にクエストを与えた存在――あの白い少女がそこにいた。


なんで彼女がここにいるんだ？

あまりにも突然の登場に、俺は混乱するが、すぐに気を引き締める。

あらゆるスキルを最大限まで発動、集中し、白い少女を睨みつけた。

すると白い少女は面白《おもしろ》そうに笑みを浮かべる。

「……いいわね。少しはまともな顔になったじゃないの」

「……何の用だ？」

「ふふ、そんなに警戒しなくても大丈夫よ」

白い少女は瓦礫の上に腰かけたまま、動こうとしない。

「これは何だ？　まさか時間でも止めてるのか？」

「正解よ。まあ、厳密には少し違うけど、似たようなものね。安心して、少しすればちゃんと元に戻るから」

マジかよ……。何でもありか、この少女。

いや、この世界のシステムみたいな存在なんだし、それくらいできて当然か。

すると白い少女はサヤちゃんの方を見る。

「そっちの刀を持った女の子は『強欲』の所有者だし、お話に交ぜてあげてもよかったのだけどね。でもまだスキルは覚醒《かくせい》はしてないようだしやめておいたわ」

「……？」

何だ？　彼女は何を言っている？

「そんなに警戒しなくても大丈夫よ。今日はクエストを与えるつもりはないから」

「……じゃあ、一体なんの用だよ？」

するとと彼女は少し考えるような素振りをしてから口を開いた。

「……単刀直入に言いましょう。隣町に行くのはやめなさい。少なくとも今はね」

「……どういうことだ？」

「隣町にいるモンスターが何か知りたいんでしょう？　でもね、世の中には知らない方がいいこともあるの」

彼女は立ち上がると、ゆっくりと俺の方へ近づいてくる。

「――世界の『試練』が迫っている。『早熟』を、そして『[redacted]』を持つアナタを試すために」

「……何のことだ？　君は一体何を言っている？」

「悪いけど、これは私にとっても予想外だったの。まさかシステムがこんなに早くアナタを――ッ」

すると、突如として、白い少女の輪郭《りんかく》がぶれた。

全身にノイズでも走るかのように、彼女の体が不規則に揺らめく。

その時初めて彼女の顔に焦りのようなものが浮かんだ。

「……訂正するわ。命が惜しければ、今すぐこの町を離れなさい」

「え……？」

「今のアナタではアレに太刀打《たちう》ちできない。せめて他の固有スキルの所有者を集めるか、その子の持つ『強欲』が覚醒するまでは。だから、今は逃げ――ッ」

言葉は最後まで続かなかった。

その前にガラスが割れるような音と共に世界に色が戻り、白い少女は姿を消した。

「……な、何だったんだ？」

白い少女は以前出会った時とは明らかに違う雰囲気《ふんいき》だった。俺の命なんてどうでもいいという感じだったのに、さっきの彼女はまるで本当に俺のことを心配するかのような表情だった。

混乱する俺に更なる混乱が襲い掛かる。

感知スキルが警鐘を鳴らしたのだ。

(な、何だ……？　このとんでもない威圧感《プレッシャー》は？)

今までに感じたことがない強大さだ。隣町の方から感じる。

「え……？　なにこれ？　何かすごく嫌な感じがする……」

「グルル……」

見れば、サヤちゃんや五十嵐さんも震えていた。クロも唸《うな》り声を上げて周囲を警戒している。

すると、遥か遠くに黒い点のようなものが見えた。

(アレは——？)

空に浮かぶ黒い点。それは次第《しだい》に形を変え、こちらへ迫っていた。

目が釘付《くぎづ》けになると言うのは、こういうことを言うのだろう。次第に、その正体が明らかになる。

それはトカゲのような爬虫類《はちゅうるい》を思わせる巨大な体躯《たいく》をしていた。

その体表には光を反射させ藍色《あいいろ》に輝く美しい鱗《うろこ》が生えていた。

そして——背中には雲を切り裂き、空を駆けるための一対の翼があった。

「嘘だろ……？」

一目見れば誰もがその単語を思い浮かべるだろう。

それはファンタジーにおける超王道モンスター。空の支配者にして、モンスターの頂点。

「……竜《ドラゴン》」

咆哮が大気を震わせ、伝説の存在が俺たちの前にその姿を見せた。

轟《ごう》ッ！　と嵐《あらし》のように風が吹き荒れる。ジェット機のような速度で、竜は俺たちの頭上を通過していった。

「ッ……！　モモ！」

「わんっ」

影が広がる。ヤバい。あれはヤバい。

俺たちはすぐに市役所へと戻った。


『安全地帯』に戻ると、既に一之瀬さんたちが境界ライン付近に待機していた。

「一之瀬さん！」

「クドウさんっ！　よかった、無事だったんですね」

慌てて一之瀬さんや西野君たちが駆け寄ってくる。

「状況は？」

「今のところは何も。でも何時、何が起こっても不思議じゃありません」

そう言って西野君は空を見上げる。その先には、上空を旋回する竜の姿があった。

ヤツはこちらをチラチラ見ながら、不思議そうな表情を浮かべていた。いや、表情は変わらないんだけど、なんとなくそんなふうに感じた。

（『安全地帯』にモンスターは入れない……それを感じ取ったのか？）

モモたちのように誰かのパーティーメンバーに入っていなければ、『安全地帯』の中に入ることはできない。そのルールは、たとえ竜であっても例外ではないらしい。

「グルル……」

不意に、竜は空中で静止する。そしてじっと俺たちを――いや、俺たちがいる空間を見つめていた。じっとりと背中から嫌な汗が流れる。何だ……何をする気だ？　視線の威圧感だけで、ＨＰが削られるような錯覚さえ覚える。

「……グゥ……」

すると、竜は翼を羽ばたかせ、距離を取ると、口を開けた。――その瞬間、ゾワリと寒気がした。

「マズイ！　全員、その場に伏《ふ》せろおおおおおおおおおおっ！」

「ガアアアアアアアアアアアアアアアアアアアアアアアアアアアアアアアアアアアアアアアッッッ！！！」

ハイオークやモモを遥かに凌《しの》ぐ超ド級の咆哮を響かせた。

刹那《せつな》、視界が真っ白に染まり――爆音と共に目の前が破裂した。

「～～～～～～～～～～～～～～～～～ッッ⁉」

立ち昇る火柱。巨大なキノコ雲と共に舞い散る粉塵《ふんじん》と瓦礫の礫《つぶて》が『安全地帯』に降《ふ》り注ぐ。

そこから生じる二次災害までは防いでくれない。俺たちは吹き飛ばされ、芥子粒《けしつぶ》のように地面を転がった。

「ッ……がはっ……さ、サンキュー、アカ」

「……《ふるふる》」

咄嗟《とっさ》にアカが体を膨張させ、衝撃を吸収してくれなければ大怪我《おおけが》だった。

一之瀬さんやサヤちゃんは事前に服に仕込んでおいたアカのおかげで無事だ。

「げほっ……ク、クドウさん……他の皆は？」

「……なんとか『影檻』の収容が間に合いました。みんな無事です」

スキル『影檻』。その効果は対象を影の中に閉じ込めるというもの。対象が『影』の中でも自由に動けるかどうかという違いはあるが、効果としてはモモの『影に潜るスキル』と同じようなものだ。

本来はモンスターを拘束して動けなくするスキルだが、今回はそのスキルを逆に利用してみんなを『影』の中に避難させた。このスキルは効果範囲もかなり広いし、収納までのタイムラグも少ない。

無論、対象が抵抗しなければの話だけど。

ともかくこのスキルのおかげでみんなは無事だ。だが、あとコンマ数秒でも遅れていれば、間に合わなかっただろう。

「熱っ……」

くそ……目がちかちかする。それに強烈な閃光《せんこう》によって視界がぼやけ、周囲の状況を把握できない。

朦々《もうもう》と立ちこめる土煙の中、徐々に視力を取り戻してゆく。そして目の前の惨状《さんじょう》を理解した。

いや、それはもはや惨状という言葉すら生ぬるかった。

「嘘だろ……？」

そこには――何もなかった。『安全地帯』の境界線、そこから先の景色が消えていた。

ビルや瓦礫は全て消滅し、地面は大きく抉れ、直径百メートル以上の巨大なクレーターができ上がっていた。よほどの高熱だったのか、クレーターの表面部分はジュワジュワと赤く爛《ただ》れている。

「…………」

言葉が出ない。何だこれは？

規模が違う。桁《けた》が違う。その強さの基準があまりに違いすぎる。

『オォオ……』

「ッ……！」

ハッとなって空を見上げる。竜はまだこちらを見つめていた。

《熟練度が一定に達しました》

《『熱耐性』がLV1から3へ上がりました》

《『精神苦痛耐性』がLV5から7へ上がりました》

その声を聞いた途端、少し頭に理性が戻ってきた。

「一之瀬さん、俺から離れないでください」

「は、はい……」

離さないよう、一之瀬さんの体を強く抱きしめる。再び竜が咆哮を上げた。

「オオオオオオオオオオオオオオオオオオオオオオオオオオオオオオオオッッ!!」

耐性スキルのレベルが上がったおかげで、今度は何が起きたのか、冷静に把握できた。

竜の口から放たれたのは直径十メートル以上の巨大な火球だった。

それが『安全地帯』の結界に弾《はじ》かれ、余波となった衝撃と熱風が内部へと波及したのだ。

グラグラと地面が揺れ、火柱が宙を舞う。

この世の地獄ともいえる光景。瞬く間に周囲が破壊の色で塗りつぶされてゆく。

「ッ……！　アカ大丈夫か？」

「〜〜〜〜《ふるふる》ッ！」

今度はアカはその体を膨張させ、表面だけを『石化』の膜で覆《おお》った。距離が離れていたこともあり、今度は先ほどよりもダメージは少ない。

てか、あれだけの威力の攻撃を連射できるのかよ……。でたらめにもほどがある。

だが向こうは向こうで、この結界がお気に召さなかったらしい。

苛立《いらだ》つように咆哮を上げ、こちらを睨みつけてくる。まるでそこから出て来い、と言っているかのようだ。

だがこっちとしてはその気はない。この結界がなかったら、今頃俺たちなどあっという間に消し飛んでいただろう。

（……とはいえ、どうする？）

向こうの攻撃はこちらに通らないとはいえ、ヤツが俺たちを見逃す保証はない。ヤツが飽きるまで消耗戦に持ち込むか？　無尽蔵にアレを撃てる可能性も考慮すれば良い選択肢とは言えない。

じゃあ、外で戦う？　それこそ無謀だ。……くそ、どうする？

「クドウさん……？」

吐息《といき》がかかるほどの至近距離から、一之瀬さんがこちらを見上げてくる。

その体は震えていた。……ああ、本当に嫌になる。

「……一之瀬さん、例の化け物ライフルであの竜を撃ち抜くことはできますか？」

「ッ――――！」

『安全地帯』の中からあの竜へ届く攻撃手段となれば、一之瀬さんの狙撃しかない。

本当に嫌になる。情けない。死なせたくない、守りたいはずの彼女に頼らなきゃいけないなんて。

一之瀬さんは一瞬、驚いたような表情を浮かべたが、すぐに意識を切り替えたらしい。

「……おそらく、厳しいと思います。狙うとすれば、鱗に覆われていない目や腹、あとは口の中でしょうか。でもあれだけ素早い敵に正確に当てるのは今の私じゃ無理、です……」

「なるほど……じゃあ、動きさえ止めてしまえば狙えるんですね？」

「え？」

「なら、俺がアイツを引き留めます。一之瀬さんはその隙にヤツを狙撃してください」

「で、できるんですかっ？」

「それをこれから試すんですよ――――キキ」

「きゅー？」

俺が呼ぶとキキが『影』からにゅっと顔を出す。

「さっきのブレス、お前のスキルで『反射』できるか？」

「……きゅー」

少し考える素振りをした後、キキは首を横に振った。やはりキキの反射でもアレは無理らしい。

「きゅー……」

キキは申し訳ないと思ったのか、耳をしょぼんとさせて小さく鳴いた。俺はキキの頭を優しく撫でる。

「大丈夫、気にすんな。他にも方法はあるさ」

ちょっと思いついた作戦がある。古典的な方法だが、これでいくか。

「俺が『分身の術』でヤツの注意を引きつけます。その隙をついて一之瀬さんが攻撃してください」

「……分かりました。やってみます」

幸い周囲は瓦礫だらけだし、隠れて狙撃するには事欠かない。

「……モモ」

「……わんっ」

『影』の中に潜むモモに合図を送る。影に沈み、再び地上に出る。それじゃあ作戦開始だ。

「……グルル」

土煙で俺たちの姿は見えないはずだが、ヤツの視線は明らかに俺たちを捉《とら》えている。気配を探るスキルも持ってるのか……。

「――『分身の術』」

まずは十体の分身を生み出し、特攻させる。

「ッ……ガルルルオオオオオオンッッ！」

竜は突然現れた大量の俺に一瞬驚いたようだが、すぐに嬉しそうに咆哮を上げた。ようやく外に出てきたと思ったのだろう。

口を開けブレスを放つが、その瞬間分身たちは一斉に手に持っていたソレを周囲に投げた。

響く爆音。

十体いた分身は、一瞬で消し飛んだ。……分身体のステータスは本体とほぼ同等だから、実際に喰らえばああなるってことか。アカの防御があるとはいえ、ゾッとするな。

「ガルウウオオオオオオオオオオッ！」

ようやく獲物を仕留められたと思ったのか、竜は歓喜の咆哮を上げている。

「――『分身の術』」

再び、俺は『分身の術』を発動させる。それを今度はヤツの背後から特攻させた。

「おーい、こっちだ！」

「ッ⁉　グルァァ……？」

遥か上空にいても、その声は届いたのだろう。

竜は背後に現れた俺を見て、困惑した声を上げた。

「――どうした俺はこっちだぞ」

「いやいや、こっちだ」「こっちこっち」「どうしたこっちだぞ？」

「ほら、こっちだこっち」「俺はここだ」「いや、こっちだ」「ほら、ここ」「こっちだよー」

更に次々と別の場所から姿を見せる俺。

「ガ……ガァ……？」

竜には訳が分からなかっただろう。ブレスを喰らう直前、分身たちが投げたのは石化したアカの分身体だ。

そこを座標代わりに、別々の方向から分身を出現させただけなのだが、そんなことヤツには分からないだろう。混乱した様子で、無数の俺を見回している。

「ほら、こっちだ！」

「へいへーい、竜ビビってる！」

「遠くからちまちま撃ってないで、かかってこいよ！」

「ばーか、ばーか！」

「らんらんるー！」

俺は分身体にできる限り大声を上げさせながら、ヤツの周囲を走り回らせる。

こちらからの攻撃手段がない以上、こうしてヤツの注意を引きつけるのが俺の役目だ。

自分で言っておいて安っぽい挑発だなぁとは思うが、割と効果はあったらしい。

「ガルル……ガアアアアアアアアアアッ！」

竜は怒りに身を震わせ、周囲へ何度もブレスを放った。いくつも火柱が上がり、大爆発《だいばくはつ》が起こる。

——その瞬間を、待っていた。

「一之瀬さん！　今です！」

「――はいっ！」

攻撃している今ならば、ヤツの動きを制限できる。

狙いを定め、一之瀬さんは銃の引き金を引く。スキルによって創られた二メートルを優に超える化け物ライフル――通称、一之瀬スペシャルver.2.0だ。

狙いはヤツの目。放たれた銃弾は、吸いこまれるように竜の右目に直撃した。

「ギィ……ギャアオオオオオオオオオ!?」

「よし、通じたっ」

竜は瞳《ひとみ》から血を流しながら絶叫した。痛みには慣れていないのか、バタバタと翼をはためかせながら身をよじっている。思わず俺はガッツポーズをする。鱗に覆われていない部分ならば、一之瀬さんの狙撃でダメージを与えられるようだ。

ゲームやラノベだと銃弾や弓矢を逸らすスキルや加護があるけど、そういった類いのスキルをあの竜が持ってなくてよかった。攻撃が通じると分かっただけでも収穫だ。

問題はむしろこっちの方か。

「一之瀬さん、大丈夫ですか？」

「ん……ちょっときついですが、あと一～二発くらいなら大丈夫です」

少し苦しそうな表情を浮かべる一之瀬さん。彼女の化け物ライフルは威力は絶大だが、その反動が非常に大きい武器だ。撃てる回数には制限がある。

「無茶はしないでください。あとは俺が何とかします」

「え、何か倒す方法を思いついたんですか？」

「……賭《か》けですが、ここは俺に任せてください」

俺はモモの影渡りで竜の正面まで移動する。すると、すぐに竜が俺に気付き、呻《うな》り声を上げた。

「ガルルル……」

「どうした？　まさか自分が攻撃を喰らうとは思ってなかったか？」

「……！　ガルルルルルッ！」

苛立たしげに呻り声を上げる竜に、俺は内心ビビりまくりながら、

「いいのか？　今度は目じゃなく、その心臓を貰うぞ」

「ッ……！」

無論、そんなことはできない。ハッタリだ。だが効果はあるはず。

ヤツは先ほどの挑発に乗った。つまり俺の言葉を理解していた。ならばハッタリだって通じる。

強者として振る舞うんだ。ハッタリと駆け引きで、向こうを退かせろ。

《熟練度が一定に達しました。『演技』がLV4から5に上がりました》

「……」

「……」

僅か数秒。だが永遠にも思えるような睨み合《あ》いが続く。

そして――先に動いたのは竜の方だった。

「グルル……ルゥゥウウウウオオオオオオオオッッ!!」

ヤツは憎らしげに咆哮を上げると、翼を羽ばたかせ、空の彼方《かなた》へと消えて行った。あっという間にその姿が見えなくなる。

竜の気配が完全に遠ざかったのを確認して、俺はその場に座り込んだ。

「た、助かったぁ……」

「し、死ぬかと思いました……」

緊張が解けたのか、一之瀬さんもその場に倒れこんだ。

本当に怖かった。本物の竜の恐ろしさを嫌というほど味わったよ。

『安全地帯』の外にできた巨大なクレーターの数々を眺めながら、生き残れたことに安堵《あんど》する。

ハッタリが効いてよかった。もしあのまま続けていればヤツは一之瀬さんがあと数発しか攻撃できないことに気付いただろう。

ハイ・オークのような戦闘狂《バトルジャンキー》であれば、あのまま戦いを続けていただろうが、ヤツがダーク・ウルフのような慎重な性格で助かった。

「わんっ」

「きゅー」

モモとキキも敵が去ったことを察したのか、影から出てきて俺の膝の上に乗っかった。

ぺろぺろと俺の顔を舐めてくる。

「モモとキキもお疲れさま。怖かっただろ。よく頑張ってくれたな」

「わんっ！　わんわん」

ぶんぶん尻尾を振りながら「もっと褒めて」と甘えてくるので、思いっきり甘やかしてやる。らぶりー。戦いで疲れた心が癒やされるわー。

「きゅー……」

「ほら、キキちゃんはこっちおいでー」

「きゅっ⁉　きゅ、きゅーん」

俺に撫でられてるモモを羨ましそうに見つめていたキキは、一之瀬さんに抱きかかえられてそのままモフモフされる。

最初はちょっと不満げだったキキもその手つきに翻弄《ほんろう》されたのか、気持ちよさそうに顔をほころばせた。

「アカもお疲れさま。今回はお前のおかげだよ」

「……♪《ふるふる》」

そう言うと、アカも嬉しそうに体を震わせた。

実際アカの座標《ポイント》の功績は大きい。それにモモの『影渡り』、キキの『支援魔法《バフ》』。どれか一つでも欠けていれば、こうはならなかっただろう。つくづくいい仲間に恵まれたもんだ。

(竜の方にもマーカーはしておいた。これで向こうの位置は常に把握できる)

これでもう奇襲を受けることもないし、逆にこっちから奇襲を仕掛けることもできる。

何とかなって本当によかった……。

こうして俺たちは竜を撃退することに成功するのだった。

――竜の襲来。

その情報は瞬く間に市役所中を駆け巡った。

『安全地帯』の境界線付近で突如起きた謎の大爆発。それによってできた巨大なクレーターの数々。

それらが全て竜の力によって引き起こされたと知ると誰もが打ちひしがれた。

ティタンの一件がトラウマになっていたのだろう。自分たちに安全な居場所なんてない。

そう考え、先の見えない不安に絶望し、中には自殺未遂を起こす輩まで現れたほどだ。

その混乱を鎮めたのは上杉《うえすぎ》市長と藤田さんだった。

彼らは打ちひしがれる人々を必死に説得し、奮い立たせた。

俺たちが竜を退けたという事実も大きかったのだろう。

たとえ強大な力を持ったモンスターでも、自分たちは戦える、生き残れる術《すべ》はあるのだと、上杉市長の言葉を彼らは信じた。

――戦わなければ生き残れない。

ティタン、そして竜の相次ぐ襲撃によってそれまで目を背《そむ》けていた住民たちも覚悟を決めたらしい。

自発的にレベルを上げようとする者たちが増えだしたのだ。

とはいえ、レベルが一つか二つ上がった程度じゃ戦力としてはまだまだ力不足だが、スキルが使えるか使えないかの差は大きい。今後の活躍に期待である。

「とりあえず、当面の問題はあの竜だな……」

白い少女が言っていた隣町の脅威とはあの竜のことで間違いないだろう。

明日からまた忙しくなりそうだ。

「ふぁぁ……なんにせよ、一晩休んでから考えるか……」

さすがに疲れた。今日はもうゆっくり休むとしよう。そう思った直後だった。

《メールを受信しました》

「……誰だ？　こんな夜更けに……」

一之瀬さん……じゃないよな？　隣の部屋だし、わざわざメールを使う必要は……あるな。

彼女なら十分ありえる。とりあえず、受信トレイを開いて――は？

差出人の名前を見て俺は固まった。なんでコイツが？

内容は、今から会えませんか、というもの。場所は『安全地帯』の境界線付近。

そして差出人は――

「――五十嵐……十香……？」

さかのぼること数分前――
「――それでいい加減教えてくれるかしら？　アナタたちは何をそんなに怖がっているの？」
市役所の一室にて――五十嵐十香は目の前の男へ問いかける。震えながら椅子《いす》に腰かけるのは、自衛隊の生き残りの一人だ。

「あの……それは……」

「答えられないの？　ねえ、この私が質問してるのに？」

「ッ……！　す、すいません！　答えます！　答えますからどうか自分を嫌わないでください！」

十香が失望したような表情を浮かべると、自衛隊の男は絶望したような表情を浮かべ彼女の足元へ縋《すが》った。必死に懇願する男を見下し、十香はほくそ笑む。

スキル『魅了』。相手の意思を捻じ曲げ、己の意思に沿うよう洗脳するスキル。

学校にいた頃よりもスキルのレベルも上がり、耐性スキルを持たない者であればこの通りだ。

（父も、結局十和田《とわだ》さんから何も聞き出せなかったみたいだし、しょうがないわよね……）

竜の襲撃のせいで、ここは再び混沌《こんとん》と化した。この混乱を一刻でも早く切り抜けるには、やはり情報が不可欠。隣町にいる真の脅威をいち早く知る必要がある。

「あの竜に壊滅させられたにしては、アナタたちの反応が妙に気になったのよね」

十香はてっきりあの竜こそが自衛隊を壊滅させた元凶かと思ったが、彼らの反応を見て違和感を覚えたのだ。

自衛隊の生き残りは皆――十和田を含め、竜を見た瞬間、驚きこそすれ、それ以上の反応は見せなかった。自分たちを壊滅させた元凶を前にしてはあまりに淡白な反応である。それが何を意味するのか？

（隣町にいる化け物は竜ではないのね……）

つまり他にいるのだ。あの竜以上に、彼らを怯《おび》えさせる何かが。

（知らないままで済ませていいわけない……）

だからこそ、彼女はこうして強硬手段に出た。『魅了』をむやみに使うのは彼女とて不本意だが、状況が状況だ。手段を選んではいられない。一刻も早く情報を得なければ、自分の――なにより最も大切なサヤカの安全が危ぶまれる。

「さあ、教えなさい。隣町には何がいるの？　なぜあなたたちはそうまで怯えるの？」

一体何があったらこうまで怯えるのか？

強いモンスターなら、彼女だって何度も見てきた。

恐怖し、何度も死にかけた。だが、その経験を鑑《かんが》みても、彼らの怯えは異常だ。

「――ないんです……」

「聞こえないわ。もう一度、はっきり言ってちょうだい」

「――覚えて、ないんです」

「……は？」

一瞬、十香は男が何を言っているのか理解できなかった。

「自分たちは……何も覚えていないんです。何に襲われたのか……それが思い出せないんです……」

「……冗談でしょう？」

「冗談なんかじゃありません！　本当に思い出せないんです！　ただ何か……得体のしれない化け物が、俺たちの仲間を……そう、多分俺たちの仲間を皆殺しにしたんです！　でないと説明がつかないんです！」

嘘を言っているようには見えなかった。だが化け物に襲われた。なのにその化け物のことを思い出せないとはどういうことだ？　明らかに矛盾《むじゅん》しているではないか。

「これを……見てください」

「……？」

そう言って男が差し出したのは一枚の写真だった。

自衛隊員の集合写真のようだ。五十人近い自衛隊員が、駐屯地《ちゅうとんち》を背景に映し出されている。

「これがどうかしたの？」

「コイツらは……多分、俺の仲間だった奴らです……」

「多分ってなによ？　同僚の顔くらい覚えているでしょう？」

だが男は首を横に振った。

「……思い出せないんです。コイツらの誰も……。今、一緒に生き残っているメンバー以外誰も覚えていないんです！　同僚だったはずなんです！　一緒に戦ってきたはずなんです！　なのに……俺は、俺たちは誰も思い出せない！　どうしてか思い出せないんです……うぅ……」

頭を抱えながら涙を流すその仕草はとても演技には思えなかった。

彼は本当に覚えていないのだろう。この写真に写っている隊員たちを。

だからこそ、彼は怖いのだ。仲間を失うだけの何かがあったはずなのに、それを思い出せない。

それこそが彼らがこれほど怯える理由だった。

（記憶の欠落……？　まさか――ッ！）

つい数時間前にも、同じようなことをとある男性から説明されていた気がする。

「……少し調べてみる必要がありそうね」

窓の外を見る。月明かりに照らされながら、町を覆う木々がやけに不気味に見えた。


「――で、俺をここに呼び出したと？」

「くぅーん？」

「ええ。昼間アナタから聞いたトレントの特性と、自衛隊の方の話には色々と共通点がありましたから」

現在、俺は五十嵐さんと共に夜の山道を歩いていた。モモやキキも一緒だ。久々の夜のお散歩が楽しいのか、モモはちょっとご機嫌である。

「それは分かりましたが、何故俺に協力を？　……正直、アナタが俺を頼る理由がよく分からないのですが？」

「……アナタ以外に頼れる方がいなかったからですよ。西野君には警戒されていますし、父や市役所の方々ははっきり言って力不足ですから」

「だから俺だと？　俺が西野君に相談するとは考えなかったんですか？」

「その可能性は低いと判断しました。アナタなら私のスキルを警戒して、仲間を巻き込むより一人で動く方を選ぶと思いましたので」

……嫌な信頼だな。まあ、その通りなんだけどさ。現状、彼女の『魅了』に対して耐性スキルを持っているのは俺と西野君だけだ。下手《へた》に周りを巻き込むよりも、俺一人の方が動きやすい。それに万が一の時の連絡手段はあるしな。

「ちなみにサヤちゃんとクロは？」

「もう寝てます」

「……」

うん、疲れてたからな。まあ、仕方ないよな。まだ中学生だもん。

「……それに万が一のことがあってはいけないですし」

「……？　何か言いましたか？」

「いいえ何も。ともかく協力感謝します」

五十嵐さんはリュックから懐中電灯を取り出し、前方を照らす。

「この林を抜ければ国道に出ます。そこからはバイクで一気に隣町まで移動しましょう」

――隣町にいるモンスター。それが何なのか調べるために、彼女は俺に協力を求めた。

俺も彼女の話を聞いてこれを了承した。……ああ、嫌な予感がする。

林を抜け、国道に出ると、俺は『アイテムボックス』からバイクを取り出す。

「……本当に何もないところから道具を取り出せるんですね」

「色々と制限はありますけどね。それじゃあ、後ろに乗ってください」

アカの擬態したヘルメットを渡す。五十嵐さんは素直に後ろに乗り込んだ。

ふにょん、と圧倒的ボリュームが俺の背中に伝わる。……ありがとうございます。

「しかし、何故一旦林の中に出たのですか？　直接国道沿いに出た方が効率がいいのでは？」

「色々と制約があるんですよ。『影』を使った移動も万能ではないってことです」

時間帯によって『影』の広さは変わり、動きが制限されてしまうこともある。

いくら『影』を操《あやつ》るモモでも、元々の影が小さければ、入り口を作ることができないのだ。

だからできるだけ日の当たらない、影が多い場所を選んで設置しているのである。

「制約……時間帯による斜光《しゃこう》の関係でしょうか？　日中では影の面積が制限されますし」

「……さあ、ご想像にお任せします」

何でそこまで正確に分析できるんだよ、この人。心でも読んでるのか？

「それにしても五十嵐さんが直接動くなんてちょっと意外でしたよ」

誤魔化すように俺は話題を変える。

「……そうですか？」

「ええ。学校ではみんなを指揮する立場にあったのでしょう？　どういう心境の変化ですか？」

「……別に大した理由はありませんよ。状況が変われば動き方も考えも変わります。けん爺――上杉市長は私よりもずっと人を纏めるのが上手《うま》い方ですから。組織に頭は二つもいりません」

へぇ……俺はてっきり彼女は人を操るのが好きな支配者タイプな人かと思っていたのだが、それは勘違《かんちが》いだったのか？　学校でのあれは必要に駆られてということなのかな？

「……それにできるだけあの子を――サヤちゃんを危険な目に遭わせたくはありませんので」

「……それはまあ、同感ですね」

この厳しい状況下でも笑顔を絶やさない彼女の天真爛漫さは貴重だ。あの笑顔と明るさに救われてる人は多いだろう。

「本当ならクロもできるだけ傍には置きたくないのですが……あの子、それだけは頑として譲らなくて……」

「それは――」

その口ぶりからすると、五十嵐さんは知っているのか？　学校であの惨劇を引き起こしたのがクロだってことを。

「……知っていますよ。クロがモンスターに変貌し、私たちのいた学校を壊滅させたことを。全部、サヤちゃんが再会した時に話してくれましたから」

「……」

さっきから心でも読んでるのかこの人？

すると五十嵐さんはクスッと笑って、

「……表情を見ればわかりますよ。クドウさん、交渉事《こうしょうごと》に向かないってよく言われるでしょう？」

「……」

ええ、その通りですよ。社畜時代はよく清水チーフに注意されてたよ。

おかしいな。演技や感情を抑制するスキルも手に入れたはずなのに、その辺はあまり成長してないのだろうか？

「……クロがしたことを私は許せませんでした。当然ですよね？　それまで築き上げてきたもの全てを台無しにされたんですから。正直、腸《はらわた》が煮えくり返る思いでした」

ぎゅっとしがみつく力が強くなる。ついでに胸も更に押しつけられる。

「……私はクロを殺すことを提案しました。いつまた暴走する危険があるか分からないですし、クロもどこかそう望んでいるようにも見えました」

「……」

「そしたらあの子、なんて言ったと思います？　『クロが罰を受けるなら私も一緒に受ける』って言ったんですよ？」

「ッ……本当ですか？」

「本当ですよ。冗談を言っているようには見えませんでした。本気で彼女はそう言ったんです。ズルいと思いませんか？　私があの子に手を上げるなんてできっこないのに……そんな打算なんて少しも感じさせないんですよ、あの子……」

サヤちゃん……そこまでクロのことを大切に思ってたのか。とはいえ、俺もモモが同じ立場だったら、同じ行動をとるだろうし、人のことは言えないか。

「……本当に大切に思ってるんですね、サヤちゃんのことを……」

「ええ。大切な幼馴染で――大事な私の妹です」

県境にあるトンネルを抜け、山道を抜ける。モンスターの襲撃もなくスムーズだ。

もう隣町までは目と鼻の先。あと少しでたどり着くのだが、そこで俺は違和感を覚えた。

（……おかしい、静かすぎる）

まだ郊外の外れとはいえ、いくらなんでも感じる気配が少なすぎるのだ。

『索敵』は正常に発動している。なのにモンスターどころか、人や動物の気配すらしない。

後部座席に乗る五十嵐さんもそのおかしさを感じ取ったらしい。

「……やはり私たちの疑問の答えがこの町にいるようですね」

「ええ……ここからはさらに慎重に行きましょう」

だがアクセルを踏み、町へ入ろうとした瞬間だった。

――不意に、目の前の地面が割れた。

「……えっ？」

「ッ――な、何だ!?」

反射的に俺は五十嵐さんを抱えて、バイクから飛び降りた。

その判断は正しかった。割れた地面から物凄い勢いで無数の何かが飛び出してきたのだ。

「何だ…これは……？」

目の前で蠢《うごめ》くのは一本一本が人の体よりも太い極太の木の根だった。それが噴水のように何十、何百本も溢《あふ》れ出し、目の前を覆い尽くしている。それらは一瞬で俺たちが乗っていたバイクを絡《から》めとり、爆発、炎上させた。

（まさか、これってトレントの根？　いや、でもこんな巨大な――）

昼間に戦った花つきとは比べ物にならない。一本一本の長さが何十、いや下手したら百メートル以上もあるぞ？　あまりにもデカすぎる。

それにこの存在感……昼間に戦った竜と同等……？　いや、下手したらそれ以上……？

「……五十嵐さん、アレを『鑑定』できますか？」

「え？　は、はい！　やってみます！」

顔を上げ、彼女は木の根の方を見る。だが――

「え？　嘘……『鑑定』、できないッ⁉」

「なっ……！」

その瞬間、無数の木の根が一斉に俺たちの方を向いた。目はないはずなのに、まるでこちらを見ているかのような動きだ。

（まさかこいつ……俺と同じように『鑑定妨害』を――？）

ひしひしと伝わる敵意。正体不明のコイツは、どうやら俺たちを敵と認識したらしい。

無数の木の根がこちらへ迫る。動きはスライムクラゲや花つきと同じように直線的だが、そのスピードが尋常ではない。速すぎる……こんなの一撃でも喰らったら即ミンチだ。

（『影渡り』で――いや、無理だ。間に合わないっ）

まずは距離を稼ぐ。即座に前方に『アイテムボックス』の壁を展開、後方へ飛ぶ。刹那、俺のいた場所に無数の根が叩きつけられた。アスファルトの地面が粉々に砕け散る。

（お、おいおい、冗談じゃないぞ？）

一瞬の時間稼ぎにもならないだと？　それに今の俺でようやくギリギリ躱せるスピード……。本当になんなんだ、こいつは？

（ッ――マズい、視界が塞がれた……！）

土埃《つちぼこり》が舞い、周囲を覆い尽くす。

集中しろ。『広範囲索敵』、『地形把握』を使って周囲の状況を把握しろ。一瞬でも意識を逸らせば即、詰みだ。

粉塵《ふんじん》の中、迫りくる無数の根を躱しながら俺は走る。

「げほっ、こ、この煙の中で見えてるんですか？」

「黙っててください！」

「は、はひ！」

今は説明してる余裕もない。思わず怒鳴《どな》ると、五十嵐さんは腕の中で大人しくなった。

現在、俺は五十嵐さんを両手に抱えて――いわゆるお姫様抱っこの状態で走っている。

せめて背中に背負えれば、アカで固定してもっと自由に動けるのだが、この根はそんな暇すら与えてくれない。

（振り切れない――ッ）

本当にこの根の主は、花つきと同じ種族《トレント》なのか？

速さも破壊力も比べ物にならない。花つきの更に上位種……もしくはハイ・オークやティタンと同じようなネームド……？

（ッ――囲まれた！）

思考を遮《さえぎ》るように前方、そして更に地面からも無数の根が地面を突き破って現れる。

どうする？　『影渡り』で逃げようにも、あのスピードじゃ体を沈めきる前に攻撃を食らってしまう。それにあの威力の前には『アイテムボックス』の壁も無意味。

アカの膨張や『石化』もこの一瞬じゃ間に合わない。

せめて五秒――いや、三秒でいい。どうにかして時間を稼ぐことができれば『影渡り』で一気に『安全地帯』まで逃げ切れる。

「……時間を稼げばいいんですか？」

「え？」

不意に、抱かれていた五十嵐さんが声を上げた。唐突に彼女は前方へと手をかざす。

「――召喚《サモン》、ファイヤー・ウォール・エレメンタル」

直後、俺たちの周囲に炎の壁が出現した。

「ッ⁉」

これは――まさか魔法のスキルか？

「今です！」

――ッ！　そうだ。考えてる暇はない。

突然現れた炎の壁によって、こいつらは一瞬動きを止めた。待ち望んでいたわずかな時間稼ぎ。

「モモッ！　アカ！」

「わんっ！」「〜〜〜《ふるふる》！」

足元の『影』が広がる。同時にアカが体を膨張させ、俺たちの肉体を覆い尽くし、その表面を『石化』させる。即席の二重防壁。

（間に合え――！）

『影』に入る。その直後、無数の根が『石化』したアカの表面を砕いた。

だがほんのわずかな差で、俺たちの方が速かった。

俺たちが影に沈み切ると同時に、根は何もない地面を叩きつけるのだった。

「ハァ……ハァ……た、助かった……」

危なかった。あと少しでも遅れていたら、今頃俺たちはミンチにされていただろう。

（本当に何だったんだあれは……？）

感じる気配はトレントのそれだったが、その大きさ、強さがあまりに違いすぎる。

もしあれが花つきの使っていた攻撃と同じなのであれば、本体はどれだけの大きさだというのか？

（でも『追跡』のマーカーはつけておいた……）

これをたどれば本体の位置も把握することができる。俺はさっそく本体の位置を探る。

その瞬間、バチッと電気のようなものが体に走った。どうやら繋がったようだ。

――喰イタイ……

「……？」

何だ？　今、頭の中に何かが流れ込んできた。

――腹ガ減ッタ……。

これは……声？　いや、思考か？

――喰イタイ。喰イタイ、喰イタイ、喰イタイ。

――喰イタイ、喰イタイ、喰イタイ、喰イタイ、喰イタイ、喰イタイ。

『追跡』のパスを通じて、本体の思考が流れ込んでくる。

頭の中に、濁流のようにどんどんと流れ込んでくる。や、やめろ、入って来るな！

――喰イタイ、喰イタイ、喰イタイ、喰イタイ、喰イタイ、喰イタイ喰イタイ喰イタイ喰イタイ喰イタイ喰イタイ喰イタイ喰ワセロ喰ワセロ喰ワセロ喰ワセロ喰ワセロ喰ワセロ喰ワセロ喰ワセロ喰ワセロ喰ワセロ喰ワセロ喰ワセロ喰ワセロ喰ワセロ喰ワセロ喰ワセロ喰ワセロ喰ワセロ喰ワセロ喰ワセロ喰ワセロ喰ワセロ喰ワセロ喰ワセロ喰ワセロ喰ワセロ喰ワセロ喰ワセロ喰ワセロ喰ワセロ喰ワセロ喰ワセロ喰ワセロ喰ワセロ喰ワセロ喰ワセロ喰ワセロ喰ワセロ喰ワセロ喰ワセロ喰ワセロ喰ワセロ喰ワセロ喰ワセロ喰ワセロ喰ワセロ喰ワセロ喰ワセロ腹ガッタ腹ガ減ッタ腹ガッタ腹ガ減ッタ腹ガッタ腹ガ減ッタ腹ガッタ腹ガ減ッタ喰イタイ喰イタイ喰ワセロ喰イタイ喰イタイ喰ワセロ喰ワセロ喰ワセロ腹ガッタ腹ガ減ッタ喰イタイ喰イタイ喰ワセロ喰ワセロ喰ワセロワセロ喰ワセロ喰ワセロ喰ワセロ喰ワセロ喰ワセロ喰ワセロ喰ワセロ喰ワセロ喰ワセロ喰ワセロ

喰ワセロ喰ワセロ喰ワセロ腹ガッタ腹ガ減ッタ腹ガッタ腹ガ減ッタ腹ガッタ腹ガ減ッタ腹ガッタ腹ガ減ッタ喰イタイ喰イタイ喰ワセロ喰ワセロ喰ワセロ喰イタイ喰イタイ喰ワセロ喰ワセロ喰ワセロ腹ガッタ腹ガ減ッタ喰イタイ喰イタイ喰ワセロ喰ワセロ喰ワセロワセロ喰ワセロ喰ワセロ喰ワセロ喰ワセロ喰ワセロ喰ワセロ喰ワセロ喰ワセロ喰ワセロ喰ワセロ喰ワセロ喰ワセロ喰ワセロ腹ガッタ腹ガ減ッタ腹ガッタ腹ガ減ッタ腹ガッタ腹ガ減ッタ腹ガッタ腹ガ減ッタ喰イタイ喰イタイ喰ワセロ喰ワセロ喰ワセロ喰イタイ喰イタイ喰ワセロ喰ワセロ喰ワセロ喰ワセロ腹ガッタ腹ガ減ッタ喰イタイ喰イタイ喰ワセロ喰ワセロ喰ワセロ喰ワセロ喰ワセロ喰ワセロ喰ワセロ喰ワセロ喰ワセロ喰ワセロ喰ワセロ喰ワセロ喰ワセロ喰ワセロ喰ワセロ喰ワセロ喰ワセロ喰ワセロ喰ワセロ喰ワセロ喰ワセロ喰ワセロ喰ワセロ喰ワセロ喰ワセロ喰ワセロ喰ワセロ喰ワセロ喰ワセロ喰ワセロ喰ワセロ喰ワセロ喰ワセロ喰ワセロ喰ワセロ喰ワセロ喰ワセロ喰ワセロ喰ワセロ喰ワセロ喰ワセロ喰ワセロ喰ワセロ喰ワセロ喰ワセロ喰ワセロ喰ワセロ喰ワセロ喰ワセロ喰ワセロ喰ワセロ喰ワセロ喰ワセロ喰ワセロ喰ワセロ喰ワセロ喰ワセロ喰ワセロ喰ワセロ喰ワセロ喰ワセロ喰ワセロ喰ワセロ喰ワセロ喰ワセロ喰——

「——うわああああああああああああああああああああああああっ⁉」

反射的に、俺は『追跡』をオフにした。

「ハァ……ハァ……ハァ……」

「わんっ⁉」「きゅー⁉」

突如叫んだ俺に驚いたのか、モモとキキが『影』から出てくる。

「す、すまん、皆。驚かせちゃったな……」

「くぅーん？」

「だいじょうぶ？」とモモはペロペロと俺の頬を舐めてくる。

心配してくれているのだろう。アカやキキも俺にすり寄って、心配そうに見つめてくる。

「大丈夫だ、ごめんな……」

……何だったんだ、今のは？『追跡』を通して、向こうの思考がこちらに流れ込んでくる？　そんなことがありえるのか？　いや、ありえるんだろうな。実際に体験したんだし……。

(でも……何だ、あの悍ましさは)

ぶるりと体を震わせる。

ハイ・オークやティタンから感じた恐怖とはまったく別種の恐怖。心を蝕《むしば》み、吐き気を催すかのような嫌悪感《けんおかん》。べっとりと張りついた脂汗《あぶらあせ》。思い出すだけでも吐き気がこみ上げる。

アレはヤバい。間違いなく、今まで出会ったどんなモンスターよりもヤバい存在だ。あんなのが隣町にはいたのか……。

「あ、あの……大丈夫、ですか？」

「へ？」

振り向くと、五十嵐さんがいた。ああ、そうだった。すっかり忘れてた。

「……ああ、五十嵐さん。先ほどは助かりました……」

「あ、いえ……こちらこそ」

頭を下げると、釣られて五十嵐さんも頭を下げた。

「先ほどのあれは魔法のスキルか何かですか？」

「ええ、『精霊召喚』ってスキルです。MPを消費し、火、土、風、水の精霊を呼び出し使役することができます。……誰にも教えていない私の切り札です」

そんな便利なスキルがあったのか。てか、この人、まだスキルを隠し持ってたのかよ。今まで魔法系統のスキルを見てこなかったからなんか新鮮だ。まあ、俺の『忍術』も似たようなものだけど。

（まずは一之瀬さんたちに連絡するか……）

メールを開けば、未読が――うん、めっちゃ溜《た》まってた。

とりあえず無事だと伝えておこう。詳しい内容は戻ってからだな。

「あの……スキルのことはできれば黙っていてほしいのですが？」

「精霊召喚ですか？　別に隠す必要なんてないんじゃ？」

「いえ……私が前線に出れば、サヤちゃんも一緒に出る可能性が高まるので……」

だから黙っていてほしいと？　どんだけサヤちゃんのこと好きなんだよ。

「別に問題ないですよ」

「で、ですが――」

「たとえ危ない目に遭ったとしても、俺があの子を守ります。それなら問題ないでしょう？」

「ッ……」

サヤちゃんに死んでほしくないのは俺だって同じだ。いや、彼女だけじゃない。西野君も、六花ちゃんも、二条や清水チーフも、藤田さんも、もう誰にも死んでほしくない。みんなで生き延びてほしい。

「――ていいんですか？」

「ん？　なんですか？」

よく聞こえなかった。

「……信じていいんですか？　あの子を、サヤちゃんを絶対に守ると？」

「……ええ、勿論」

そう言うと、五十嵐さんは目を見開き、感極《かんきわ》まったような表情を浮かべた。

「……分かりました。それではこれからよろしくお願いします」

すると、頭の中に声が響いた。

《イガラシ　トオカが仲間になりたそうにアナタを見ています》

《仲間にしますか？》

「……」

そんなアナウンスが鳴り響く。

彼女の方を見る。どこか期待に満ちた眼差《まなざ》し。そして何かを決意したような表情。

「……なるほど」

その顔を見て、俺は即決する。迷う必要なんてなかった。

《申請を却下しました》

「何故っ⁉」

「いや、当たり前でしょう？」

アナタを仲間にしたら、一之瀬さんや西野君の胃が持たないよ。

「な、納得できません。クドウさん、私を後ろに乗せてた時は妙に嬉しそうな感じでしたのに！」

「そ、それとこれとは別問題です！」

おっぱいは仕方ないんだよ！　誰だってああなるわ！　てか、あれやっぱりわざとか。道理で妙に押しつけてくると思ったよ、ちくしょう。ありがとうございます。

「あ、そうだ、ちょっと待ってください」

「……何ですか？　まだ何か？」

そろそろ戻らないと一之瀬さんからのメールがヤバいんだけど？

「さっきのモンスターについてですが、一つお伝えすることがあります」

「？　『鑑定』は失敗したのでしょう？」

「はい、スキルやステータスを見ることは失敗しました。でも名前だけは見ることができたんです」

「……なんという名前だったんですか？」

「――〝ペオニー〟。それがあのモンスターの名前です」

「……随分《ずいぶん》と可愛らしい名前ですね？　花みたいなふわふわした感じの名前だ」

「文字通り花ですよ。ペオニーはドイツ語で牡丹《ぼたん》という意味です」

「……物知りですね。」

「ッ……べ、別に大したことじゃありませんっ。ただ花は好きなので多少勉強していただけです」

さいですか。……しかしネームドだったのか、あのモンスター。

にしても、名前だけが見えた、ねぇ……。そう都合よく行くだろうか？

（……もしかして、わざとか？）

なんとなくだがそんな気がした。

名前を教えたのも、簡単に『追跡』で本体の位置を割り出せたのも、その経路《パス》を通じて思考が流れ込んできたのも、もしかしたらあのモンスターのメッセージなのかもしれない。

――逃がさない、と。

あのモンスターは――ペオニーは、そう言っているのではないだろうか？

もしそうだとしたら本当に厄介なモンスターが現れたもんだ。

というか、どいつもこいつも俺たちのこと狙いすぎじゃないか？

「それにしても……」

「まだ何か気になることが？」

「いえ……大したことじゃないんですが……」

五十嵐さんはふと考え込む仕草をしながら、

「あのモンスターの名前がペオニー。そして以前、市役所を襲った岩の巨人の名前がティタン。これって偶然《ぐうぜん》でしょうか？」

「どういう意味です？」

「牡丹には様々な別名が存在するんですよ。代表的なのは〝花王〟、他にも〝忘れ草〟、〝名取草〟なんて呼び名もあるんです。それに〝ティタン〟もドイツ語で鉱物を表す言葉です。どちらもそのモンスターを表現していると思いませんか？」

「確かに、そうですね」

そういえば、あのハイオークにも〝ルーフェン〟という名前がついていた。後で調べたが、ルーフェンはドイツ語で〝叫ぶ〟という意味らしい。アイツにぴったりの名前だろう。

「でも、だとすればおかしくないですか？　どうしてモンスターにこ、の、、、、世界の言語で名前がつけられているんでしょう？」

「――――」

五十嵐さんの言葉に俺はポカンとなる。

言われてみれば、確かにその通りだ。

今の世界が二つの世界が融合した新たな世界なのであれば、今のこの世界には、俺たちの世界の言語と、モンスターたちがいた向こうの世界の言語。二つの言語が存在するはずだ。

スキルや職業もすべて日本語で表記されていたから、そういうものだと思っていた。

システムの仕様なのだと。言語はこの世界のモノで統一されているのだと。

でも、もしそうじゃなかったとしたら？

「……」

ふと、頭に浮かんだ突拍子《とっぴょうし》もない妄想。いや、さすがにそれはありえないか。

――モンスターたちのいた世界でも、俺たちの世界と同じ言語が使われていただなんて。

「——ということがありました」

拠点に戻った俺は、一之瀬さんたちに事の次第を説明した。

『メール』でもある程度は伝えていたが、その衝撃は大きかったらしい。西野君も六花ちゃんも絶句していた。

（……というか、みんな普通に起きてるんだな……）

時刻は既に朝の四時すぎだ。深夜どころか早朝の時間帯なんだけど。

むしろ一之瀬さんにいたっては、『引き籠りにとっては、むしろこれからが活動時間ですが、なにか？』なんて言っていた。隣にいる六花ちゃんは若干眠そうだったけど。

「しかし、よくまあ次から次にそんなモンスターに遭遇《そうぐう》しますね。……クドウさん、モンスターを引き寄せるスキルでも持ってるんですか？　あ、どうぞ」

「はは、返す言葉もありませんね……。頂きます」

西野君が淹《い》れてくれたコーヒーを飲む。あ、美味《おい》しい。

インスタントなのに妙に香りや味が際立《きわだ》ってる。

「しかし巨大な植物のモンスターですか……」

「ええ、名前はペオニー。おそらくはトレントの上位種、もしくは変異種だと思いますが、その強さは通常のトレントとは段違いです」

正直、アレは反則に近い強さだった。思い返すだけでもぞっとする。

モモの『影渡り』がなければ、おそらく逃げ切れなかっただろう。

「つーか、私たちまだ普通のトレントとも戦ってないから、いまいち強さが分からないんだけど？

いや、名前持ちだし、すげーヤバい奴だってのは伝わったけどさー」

と、コーヒーをすすりながら六花ちゃん。苦かったのか、砂糖とミルクをつけ足している。

「そうですね……たとえるなら『今の俺とほぼ同じかそれ以上の速度で、一本一本が破城鎚《パイルバンカー》並みの破壊力があり、それを何十本も同時に攻撃できる』って感じですかね」

「なにそれチートじゃん」

加えてその攻撃範囲も広い。

追跡で感じたヤツの本体の位置からして、その有効攻撃範囲は数キロに及《およ》ぶことになる。

（……もしかしてあの竜もアイツから逃げてきたのか……？）

思い返してみれば、あの竜が現れたのも隣町の方角からだった。

もしかしたら隣町であのペオニーに遭遇し、こちらへ逃げてきたのかもしれない。もしそうだとすれば、その戦闘力はあの竜以上ということになる。

「それで……そのモンスターがここを襲撃してくる可能性は？」

「……十分に考えられますね」

「そうですか……」

はぁーと西野君は大きくため息をつく。なんか最近ほんと疲れた表情が板についてきたね。でも慣れちゃ駄目だよその表情。

「つかさ、マジヤバくない？　そのスーパートレントも気になるけど、あの竜までいるんだよ？　これどうすんのさ？」

「ええ、とんでもなく厄介な状況ですね……」

ティタン・アルパの時よりもさらに状況は深刻だ。

「とりあえず俺は日が昇ったら、市長や藤田さんの所へ報告へ行きます。クドウさんは休んでいてください」

「すいません、助かります」

ここは西野君の厚意に甘えるとしよう。さすがに疲れた。

「……それにしてもペオニーの件もそうですが、よくあの生徒会長と一緒に行動して無事でいられましたね。驚きましたよ」

「あー、それは……まあ、俺は耐性スキルを持っているので」

確かに、洗脳された経験がある西野君からすれば、彼女と行動するなんて考えられないか。

「色々と話しをしましたよ。その上で、おそらく彼女はもう脅威にはならないと思います」

もし彼女が再び『魅了』を使う時が来るとすれば、それはおそらくサヤちゃんの身に危険が迫るか、上杉市長に何かあり、この『安全地帯』が揺らいだ時だろう。

彼女のサヤちゃんに対する感情は本物だ。そうでなければ、一対一で俺と会おうだなんてしないだろう。

　すると西野君は驚いたような表情を浮かべる。

「……彼女まで懐柔《かいじゅう》してしまうなんて。本当にすごいですね、クドウさんは」

「懐柔したつもりはありませんよ。ただサヤちゃんを信じる彼女を信じてみただけです」

「だとしても、俺にはそんなことできません。クドウさんだからできたんです」

「そうですかね……？」

「ええ、そうです……」

　ちょっと落ち込みがちに西野君は言うが、それはちょっと違う気がする。

　誰にだってできることと、できないことがある。俺にしてみれば、西野君の方がよっぽど多才だし、色んなことができると思う。

「西野君、俺は――」

「さ、もう遅いですし、そろそろ休みましょう。おやすみなさい、クドウさん」

「あ……」

　タイミング悪く、会話を切り上げられて、言いそびれてしまった。

　まあ、西野君なら言わなくても大丈夫か。俺よりもずっとしっかりしてるしな。

　そして翌日――事態は急転することになる。


――ソレはとても苦しんでいた。

——足リナイ。全然、足リナイ。
ソレは体を揺らし、周囲に何かいないか確かめる。
地面から伝わる振動、足音、大気を伝わる振動、呼吸音。
それらを全て感じ取り、ソレは獲物を探し喰らいつく。
《経験値を獲得しました》
声が届く。足りない。全然、足りないのだ。
再び根を伸ばし、枝を伸ばし、葉を飛ばし、花粉を撒き、獲物を探し、喰らいつく。
足りない、足りない、足りない。
もっと、もっと、もっと、もっと、もっと、もっとだ。
《経験値を獲得しました》
《経験値を獲得しました》《経験値を獲得しました》
《経験値を獲得しました》《経験値を獲得しました》《経験値を獲得しました》
《スキル『暴食』が発動します》《スキル『肉体再生』を獲得しました》《経験値を獲得しました》
《経験値を獲得しました》《経験値を獲得しました》《経験値を獲得しました》《経験値を獲得しました》
《経験値を獲得しました》《経験値を獲得しました》《経験値を獲得しました》《経験値を獲得しました》
《経験値を獲得しました》《経験値を獲得しました》《経験値を獲得しました》
《スキル『暴食』が発動します》《スキル『ＨＰ自動回復』を獲得しました》《スキル『衝撃吸収』を
獲得しま《経験値を獲得《経験値を獲得し《経験値を獲《経験値を経験値経験値経験値を——

声が響く。まだ満たされない、まだ満たされない、満たされない、満たされない。
もっとだ。もっと、もっと、もっともっともっともっともっと。
いつしか声が聞こえなくなった。周囲には何もなくなっていた。
――腹ガ減ッタ……。
本能に従い、スキルに従い、欲望に従いソレは――暴食の大樹は動き出した。

# 第三章　共同戦線

「……何だアレ？」

目が覚めた俺《おれ》は窓の外の景色を見てそう呟《つぶや》いた。

根だ。巨大な太い根が、空中に張りついていた。

更にその遥《はる》か後ろ――山の景色の中に一本の巨大な木が見えた。

しかも少しずつだがゆっくりと動いているように見える。いや、巨大すぎるためにゆっくりに見えているのかもしれない。

もはや考えるまでもない。アレがペオニーの本体なのだろう。

「隣町からここまで移動してきたってことか……」

ありえない話じゃない。花つき――上位種のトレントは自分で移動ができるし、実際に俺もこの目で見た。ならば、その更に上位の存在であるペオニーが自力で移動できない道理はない。

（だとしてもデカすぎるだろ……）

根の長さや大きさからして本体は相当なデカさだと予想していたが、想像以上だ。周囲の山々の倍以上――下手《へた》したら樹高数百メートルはあるぞ？

ティタンの身長はおおよそ十メートル近くあったが、アレはその数十倍だ。

もしかしたらスカイツリー並みの高さがあるかもしれない。

ありえないだろ。あんなのどうやって倒せばいいんだ……？

「クドウさんっ！」「おにーさんっ」

そんな俺の思考を遮《さえぎ》るように、バンッとドアが開き、パジャマ――というかジャージ姿の一之瀬《いちのせ》さんとタンクトップにホットパンツ一枚というラフな格好の六花《りっか》ちゃんが入ってきた。……六花ちゃん、もしかしなくてもノーブラですか？　シャツの上からアレが浮き出てるんだけど……。

「二人ともおはようございます」

「お、おはようございます」

「おはよー……って、呑気《のんき》に挨拶《あいさつ》してる場合じゃないっしょ。アレ、あれ見てって！」

六花ちゃんは窓の外に映る巨大な根を指さす。

「ええ、どうやら向こうは随分《ずいぶん》と手が早いようですね……」

まさか昨日の今日でもうここまで来るなんて。

『安全地帯』の中には入れないのか、透明な壁に張りつくようにその根を伸ばし、何度も鞭《むち》のようにしならせ叩《たた》きつけている。

「デカすぎて縮尺が狂って見えますね……」

「……ありえないでしょ、あれ。手前のビルよりおっきく見えるんだけど……」

「……西野君《にしのくん》は？」

「ニッシーは先に市役所に向かったよ」

「さすが、行動が早いですね。なら俺たちも準備ができたら、そっちに向かいましょう」

急いだ方がいいな。既に市役所の方からはパニックの気配が伝わってくる。

昨日の竜《ドラゴン》に続いてこれだ。仕方ないと言えば、仕方ないけど、下手したら暴動どころじゃ済まなくなるかもしれない。藤田《ふじた》さんたちが上手《うま》く治めてくれていればいいけど大丈夫だろうか？

頭を抱えながら、俺たちは身支度を整え、市役所へ向かった。


市役所にたどり着いた俺たちが見たのは予想通り――いや、予想以上の大混乱だった。

「おい！　あの蔦《つた》はいったい何なんだ！」「また新しいモンスターが出たのか⁉」「ここは本当に大丈夫なの？」「また昨日のドラゴンみたいなモンスターが出たのか！」「助けてくれよぉ！」「もう無理だ！私たちはみんな死んじまうんだあああああー！」「死にたくない！死にたくないよおおおお‼」「おい！市長と藤田さんはどこだよ！」「なんとかしてくれよおおおおおお！」

「お、落ち着いて！　皆さん落ち着いてください！」

「せ、先輩、これもう無理ですよぉ！」

「それでも何とかするの！　やる前から諦《あきら》めない！」

「そ、そんなぁー！」

市役所の玄関前に溢《あふ》れているのは避難民。おそらくはレベル0かレベルを上げたばかりの人々だろう。誰《だれ》もが絶望し、泣き叫びながら市役所の職員に詰め寄っている。それを食い止めているのは清水《しみず》チーフと二条《にじょう》、それに市役所の職員が数人だけだ。藤田さんや上杉《うえすぎ》市長の姿は見当たらない。

（藤田さんたちの気配は……会議室か）

西野君や五十嵐《いがらし》さんの気配も同じところから感じるし、話し合いの最中のようだ。

「うわぁー、またすごい光景だねー。どうするおにーさん？」

「どうするもこうするも、別に正面から行く必要はないでしょう」

市役所の中にもアカの座標《ポイント》は設置してある。『影渡り』を使えば、あの人混みをかき分けて入っていく必要はない。一之瀬さんのスキルであれば、人混みをかき分けて進むこともできるが、吐くので却下。

「てか、アレ止めなくていいの？」

玄関の方を指さしながら、六花ちゃんが尋ねてくる。

「……あそこは彼らに任せましょう」

二条や清水チーフ、市役所の職員は全員レベル10を超えている。ステータスの開きがある以上、最悪力技で押さえつけることができるはずだ。……二条の奴《やつ》は涙目だけど。

「いや、そういう意味じゃなくておにーさんの後輩さんが……いや、まあいいや」

「？」

六花ちゃんは何かぶつぶつと言っているが、とにかく今はそれどころじゃない。

「モモ、頼む」

「わんっ」

足元の『影』が広がり、一瞬で俺たちは影に沈んだ。

会議室へとたどり着くと、藤田さん、上杉市長、西野君、そして五十嵐さんの姿があった。自衛隊の面々の姿もある。

「おはようございます、クドウさん」

入るなり、五十嵐さんが挨拶をしてくる。気のせいか少し距離が近いような……？　まあ、いいか。とりあえず適当に挨拶を済ませ、席に着く。誰もが深刻そうな表情を浮かべていた。

無理もないか。朝起きたら、突然あんな規格外の化け物が現れれば、誰だってこうなるだろう。

「そういえば、柴田《しばた》君たちは？」

「下で避難民の相手をしてもらっています。特に五所川原《ごしょがわら》さんは住民に顔が利《き》くので」

意外と顔が広いね、五所川原さん。さすが、丸太使い。

索敵で気配を探ると、確かに玄関の方から柴田君らの気配がした。

（『影』に入った俺たちと入れ違いになったのか……）

ていうか、五所川原さんはともかく、柴田君は大丈夫なのか？　あの喧嘩《けんか》っ早い性格だと、避難民ぶっとばして更に混乱させかねないんじゃ……。

そんなふうに考えてるのが顔に出たのか、西野君はくすっと笑って、

「大丈夫ですよ。アイツは短気ですが、弱い奴に手を出す馬鹿《ばか》ではないので」

こちらの心を読んだかのようにフォローを入れてきた。

まあ、西野君がそう言うなら大丈夫か。……ん？　その理屈ならいつも絡《から》まれてる俺は何なんだ？

「それより、今の問題は下の混乱よりあっちの方でしょう」

「そうですよね……」

西野君が指さした先には、『安全地帯』の見えない壁に張りつく無数の巨大な蔦と、山を越えて屹立《きつりつ》する巨大な木が見える。

「正直、あんな化け物どうすればいいのか分かりませんよ……」

お手上げだと言うように、西野君は肩《かた》をすくめる
「確かにな。昨日聞いたが、あれはトレントというモンスターらしいな。町のあっちこっちに生えてたあの木がモンスターだって聞いた時は驚いたが、その上位種があんなデカブツだったとはな。驚きを通り越して呆《あき》れちまったよ」

そう言って、渇いた笑みを浮かべる藤田さん。

「存在を喰《く》っちまう木のモンスター、その上位種か……。十和田《とわだ》の言ってた意味がようやく分かったよ」

藤田さんは自衛隊の方を見る。隊長の十和田さんをはじめ、皆顔が青ざめて震えていた。

（……なるほど、隣町の自衛隊基地を壊滅させたのはアイツで間違いないようだな……）

彼らにしてみれば、ペオニーはトラウマの象徴だろう。

「藤田さん、率直《そっちょく》に聞きますが、彼らは戦えるのですか？」

「……正直、厳しいかもな」

おいおい、そりゃ困るよ。自衛隊の皆さんはこの市役所では一応トップレベルの戦力だ。

それが震えて使い物にならないなんて笑い話にもならないぞ?

「まあ、どうにか説得してみせるさ。でもそのためにはまず全体の動きを決めておかなきゃいけない」

「でも倒すって言っても、あんな化け物、どーやって倒すのさ?」

「それはこれからみんなで考えるのさ」

藤田さんは懐《ふところ》から煙草《たばこ》を取り出し、火をつける。

「幸い、アイツはこの『安全地帯』には入ってこれない。そこを利用して、境界線ギリギリから色々試すしかねぇだろ」

確かに現状、俺たちのアドバンテージはこの『安全地帯』の結界だけだ。

この中からなら一方的に相手に攻撃ができるし、昨日の竜もそれで撃退することができた。

とはいえ、敵のスキルによる二次災害や、ティタン戦で発生した『安全地帯』を丸ごと埋めるような事態は避けなきゃいけないから、そこは注意が必要だが。

(でも……実際どうすればいいんだ……?)

あんな巨大な化け物相手じゃ破城鎚《パイルバンカー》も『忍術』も大してダメージは与えられないだろう。というか、実際昨日戦った感覚じゃ、せいぜい根を数本、相手にするだけで精いっぱいだ。

一之瀬さんの狙撃《そげき》やモモの『影』サポートが加わっても、相手にできる根の本数が増えるだけ。

その本体であるあの巨大な木を何とかしなければ勝ち目はないのだ。

(相手は植物だ……。そこを何とか利用できないか?)

昨日のトレントとの戦いで有効だったのは火と農薬だ。

でもあれだけ巨大だとそれこそ町中を火の海にするくらいでなければ焼き尽くすのは不可能だろう。農薬だって、一体何百リットル必要になるか分からない。どちらも物理的に不可能だ。

(何より、アイツは動くことができる……)

その場から動かないならまだしも、アイツは植物のくせに自走することができる。

たとえ町を火の海にしてヤツを焼き殺そうとしても、すぐにその場を離れるだろう。もしくは根や蔦を使って、自分の周りの火を消してしまうかもしれない。

つまり必要なのは、ペオニーの動きを封じ、アイツを確実に殺せるだけの火力ということになる。

加えて、本体に攻撃を加える前にあの無数の蔦もなんとかしなきゃいけない。

うん、無理。詰んでるわ、これ。

(……いっそ逃げるか?)

一之瀬さんやモモたちだけを連れて逃げれば、俺たちだけなら助かるだろう。

でもずっと逃げ続けるなんて無理だ。

なにより西野君や藤田さんたちを見捨てて逃げるなんてもうできるわけない。

(瞬間移動や羽でも生えて飛べれば話は違うんだろうけどな)

そもそもこの状況が異常すぎる。昨日の今日でまたこんな地獄みたいな状況になるなんて。

竜の襲撃からまだ一日も経《た》ってないのに――、

「…………ん?」

いや、待て。ちょっと待て。今、何かが引っ掛かった。

町を火の海にするほどの火力……？

あの無数の蔦を躱《かわ》して、本体に飛び込めるだけの機動力……？

「……あ」

そうだ、いるじゃないか。高速飛行ができて、高火力を連続で放てる存在が。

場所は分かる。条件も揃《そろ》っている。でも本当にそんなことが可能なのか？

アイツを——あの竜を仲間にするだなんて。

——竜をテイムする。

言葉にすれば簡単だが、それがどれだけ難しいことかは身に染《し》みて理解している。

巨大なクレーターを作り出す超火力、消えたと思うほどの高速飛行。

確かにこれを戦力にできるのならこれほど魅力的なモンスターはいないだろう。

だが、それはあくまで『手に入れることができれば』の話だ。

（無理ゲーだよな……）

だって竜だぞ？　最近のネット小説なんかじゃ竜って主人公の踏み台や噛《か》ませ犬のイメージが強いけどあんなの嘘《うそ》っぱちだ。

実際に相対してみると生物としての格がどれだけ違うかを思い知らされる。

ペオニーもありえない強さだが、竜だって十分すぎるほどありえない存在だ。思い返すだけでも震えが止まらなくなる。

「くぅーん……?」

俺の不安を感じ取ったのか、モモが『影』から出てきて心配そうに見つめてくる。

「……大丈夫、なんでもないよ、モモ」

「……」じー

モモは「ほんとに?」と首を傾げて見つめてくる。かわいい。

更にキキも『影』からひょこっと顔を出し、こちらを見つめてくる。かわいい。

「「……」」じー

無言のちっちゃい二匹のじーって超かわいい。こんなの耐えられるはずもない。

「本当に大丈夫だって。な?」

「「……」」こくり

納得はしていないけど了解したという感じでモモとキキは『影』に戻った。

(とりあえず一之瀬さんたちにも相談してみるか)

実行するにしろ、しないにしろこんな作戦俺一人では絶対無理だ。

一之瀬さんや西野君の意見も聞きたい。

西野君は藤田さんや市長と一緒に『安全地帯』からペオニーへの攻撃方法についていろいろ話し合っている。

「――という訳で、トレントには農薬や除草剤が有効です。今からでもあるだけかき集められませんか？」

「できるとは思うが……だがあのサイズじゃどれだけかき集めても焼け石に水だぞ？」

「ないよりかはマシです。集められるだけ集めておきましょう。柴田にも頼んで『薬品生成』で同じような成分の液体が作れないか相談してみます」

「ふむ……職員や新しくレベルを上げた奴にも確か『医者』の職業を持ってる奴がいたな。ソイツにも頼んでみよう」

「それと農薬や除草剤が有効なのであれば、酢や塩水でも同じような効果が期待できると思うんですが……」

「塩や酢は貴重だ。外からの救援が期待できない以上、これ以上、食料を浪費《ろうひ》するのはあまり好ましくないが……」

「そんなことを言ってる場合じゃないだろう。そもそもアレをどうにかしなきゃ儂《わし》らは全員死ぬんだぞ？」

「そんなことは分かってますって。でも意見の一つとして留めておいてほしいんですよ、市長」

「塩ですか……。海水を使えればいいんですが『安全地帯』の外ですからね……」

「ああ、『アイテムボックス』に入れるにしても、一旦《いったん》海まで行かなきゃいけねぇ」

「外に出た瞬間、あの蔦に絡め取られて終わりでしょうね」

「それより火はどうなんだ？　あれも一応植物なんだろう？」

「有効だと思いますが火力が足りません。何よりスキルではなく、通常の火だと『安全地帯』の中に引火しないよう注意しないといけませんし……」

「だったら――」

なかなかに白熱している。どうやら『安全地帯』の中からペオニーに攻撃する手段を考えているようだ。

農薬、除草剤、それに火。こちらから一方的に攻撃できるのは『安全地帯』の大きな利点だが、どれも決め手には欠ける。

(やっぱり遠距離からの強力な攻撃手段が必要だよな……)

竜をテイムできれば、その問題が一気に解決する……かもしれない。

他には自衛隊のミサイルとか……いや、無理だな。

あのサイズじゃ通常火器じゃ役に立たないだろう。

「クドウさん、どうしたんですか？　そんな難しい顔して？」

「え？　ああ、すいません」

悩んでいたのが表情に出てたらしい。一之瀬さんが心配そうな顔で見つめてくる。

てか、顔が近い。下から上目使いはやめてください。

「いえ、実はちょっと思いついたことがありまして――」

俺は一之瀬さんに先ほど考えていたことを話した。

「――なんですかその無理ゲー」

んで、聞いた第一声がこれである。俺と全く同じ感想だ。

「というか、そんなことよく思いつきましたね」

「思いついただけですよ。実行するかどうかは別です」

「でもあの竜ですか……うーん……」

「何か気になることでも？」

「いえ……その、あの竜って隣町の方から来たじゃないですか。それって多分、ペオニーから逃げてきたんだと思うんですけど……」

「……ええ、俺も同意見です」

以前、戦った時もどこか焦《あせ》っているような様子だったたし、あれはもしかしたらペオニーからの追撃を恐れていたのかもしれない。

「それを戦力……というか切り札にして大丈夫なんですか？」

「うーん……」

「そもそも竜をテイムするって……葛木《かつらぎ》ちゃんの『魔物使い』を使うってことですよね？」

「……そうなりますね」

アカやキキの時のように自主的仲間になってくれるのが一番いいのだが、さすがにそれは期待できないだろう。

となれば、竜をテイムする方法はサヤちゃんの持つ職業『魔物使い』だけになる。

まあ、俺も第五職業に『魔物使い』を選べばその限りじゃないけど、未《いま》だにこれ選ぼうとすると、モモたちが反対するんだよなぁ。

サヤちゃんに聞いた話では、強力なモンスターを従わせるには相応のリスクが伴うらしい。

彼女が未だにクロ以外のモンスターを仲間にしていないのがその証拠だ。

「とりあえず一度、サヤちゃんの意見も聞いてみましょう」

「ですです。あ、そういえば、クドウさん、あの竜って今どこにいるんですか？」

「えーっと、ちょっと待ってください」

『追跡』のマーカーをたどり、竜の位置を再確認する。ペオニーと違い、こっちは大人しいもんだ。

「……ここから二十キロほど離れた山岳地帯ですね。昨日からずっと動いていませんね」

場所はペオニーが来た隣町とは真逆の方向にある山岳地帯。おそらく一之瀬さんから受けた傷が癒えていないのだろう。体を休めているようだ。

（事前にいくつか座標《ポイント》も設置しないとな……）

竜に接触するには、まず『安全地帯』の見えない壁に張りついているペオニーの包囲網をかいくぐらなくちゃいけないんだよな。

現在ペオニーは『安全地帯』のおよそ四分の一を覆《おお》っている。もし外に出ようとすれば、すぐに気付かれるだろう。

これをどうにかしないといけないんだけど、さてどうしたもんか？

悶々《もんもん》と考えていると、不意に、追跡《マーキング》していた竜の気配が変わった。

「ッ――――これは……！」

「ど、どうしたんですか、クドウさん……？」

「竜の気配が、変わりました。でもこれは……」

でも、これは――

「どういうことだ？　あの竜……こっちに近づいてきている？」

「なっ――!?」

絶句する一之瀬さん。

話し合いをしていた西野君や藤田さんらも驚いた顔でこちらを見つめてくる。

「皆さん、緊急事態です！　竜がこっちへ向かっていますっ！」

物凄いスピードだ。それにパスを通じて伝わってくるこれは――怒りの感情？

でも俺たちに向けられたものじゃない。まさか――

「あの竜……まさかここでペオニーと再戦するつもりか……？」

冗談じゃない。

何の備えもない状態であの怪物二匹に暴《あば》れられれば、その余波だけでここは壊滅状態になるぞ。

それにあの竜だってまだ傷は癒えていないはずだ。なのにどうして？

疑問と焦燥感《しょうそうかん》に駆られながら、俺たちは会議室を飛び出した。

モモの『影渡り』を使って市役所の外へ出る。

場所は境界ラインのすぐ近く――昨日、竜の襲撃を受けた場所だ。

竜の気配を探ると、どんどんこちらに近づいている。相変わらず馬鹿げた速度だ。スキルと本能がビンビンに警鐘《けいしょう》を鳴らしている。『安全地帯』の中にいてもこれだ。一体、外で相対したらどれだけの恐怖を感じるのだろう。

(……本当に従えることなんてできるのか?)

――竜をテイム。夢のまた夢に聞こえるような馬鹿げた作戦だ。

「ク、クドウさん、竜は……?」

ひょこっと、『影』から一之瀬さんが出てくる。次いで西野君、六花ちゃんも現れる。

「おそらくすぐに――ッ」

そう言いかけた直後、ぞわりと、寒気がした。

「伏《ふ》せてください!」

叫んだ。それとほぼ同時に、

「ギュアアアアアアアアアアアアアアアアアアアアアアアッッ!!」

竜の咆哮《ほうこう》が響き渡り、閃光《せんこう》が瞬いた。

爆発《ばくはつ》。

目の前で巨大な火柱が上がる。火の粉が舞い、熱風が肌を焦《こ》がす。

(ッ……いきなりかよ……!)

まさか初っ端からブレスをぶっ放してくるとは。立ち込める砂煙が視界を覆う。

(竜の気配は――上か)

遥か上空に黒い点のようなものが動いていた。

今の攻撃でヤツも竜の接近に気付いただろう。

（ペオニーは……？）

ボンッ！　と粉塵《ふんじん》を突き破り、無数の根が現れる。

それは上空を飛行する竜へ向けて一直線に放たれた。

こちらも凄《すさ》まじいスピードだ。竜の飛行速度には及《およ》ぶまいが、それでも今の俺と同じくらいの速度。

「ギュウウウウアアアアアアアアアアアアアアアアアアアアアアッッ!!」

咆哮。チカチカと眩い光が数度、モールス信号のように瞬き、次いで爆発が起こる。

ブレスの連射。竜を捕えようとしていた根は全《すべ》て消し炭になった。

『〜〜〜〜〜〜〜〜〜〜〜〜〜〜〜〜〜〜〜〜〜〜〜ッ!!』

黒板をひっかいたかのような不気味《ぶきみ》な音が響き渡る。

これはおそらくはペオニーの叫び声だ。

視線を向ければ、郊外に見える巨大な樹木――ペオニーの本体が震えていた。

ダンスフラワーのようなコミカルな動きだが、それをあの巨体でやられると不気味でしかない。

巨大な樹冠が揺れ、無数の木の葉が舞った。今度は木の葉の刃による範囲攻撃だ。

昨日の花つきも同じような攻撃をしていたが、その規模が違う。

それはまるで、嵐によって巻き上げられた無数の瓦礫のようだ。

しかも襲い掛かるのは、人を易々と切り裂ける鋭利な刃。人間など一瞬でミンチにされてしまうだろう。

「ギュアアアアアアアアアアアアアアアアアアアアア！」

対して、竜は再びブレスを放つ。ただ今度のブレスは範囲が広い。

木の葉の刃が届く前に、その全てを燃やし尽くすつもりなのだろう。

（あのブレスは威力だけでなく、範囲も調節可能なのか……）

やはりこの竜も桁違《けたちが》いの存在だ。昨日、追い払えたのが奇跡に感じられるほどの圧倒的強さ。二体の化け物による攻防の余波が衝撃波となって周囲に波及する。

「きゃあっ！」

「ぐっ……」

衝撃波と暴風が肌を切り裂く。

地力のステータスが低い西野君と一之瀬さんには、それだけでも十分な脅威だった。

吹き飛ばされそうになるのを必死にこらえている。

「一之瀬さん！　西野君！　早く『影』の中に！」

「ッ……すいません」

西野君と一之瀬さんは頭を下げ、『影』の中に入る。

「相坂《あいさか》さんも、早く」

「えっ？　あ、うん……！」

上空の戦いを見つめていた六花ちゃんも『影』の中に入る。

「何か気になることでもあったのですか？」

「……いや、大したことじゃないんだけどさ……」

六花ちゃんは『影』へと体を完全に沈める前にもう一度空を見上げ——

「なんかあの竜、変な感じしない？　昨日と違うっていうか……」

「え……？」

そう言われて、俺ももう一度空を見上げる。

竜は高速で飛行しながら、攻撃を避け、ブレスを放っている。

じっとその様子を観察してみると確かにどこか違和感を覚えた。

——動きがぎこちない……？

昨日、一之瀬さんにやられた傷が癒えてないからか……？　いや、そういう感じではない。

もっと別の——まるで勝負を急いでいるかのような動きだ。

そういえば、さっき『追跡』で気配を探った時もそうだった。

あの時も、ヤツはどこか焦っているように思えた。でも何を焦っている……？

「ギュアアアアアアアアアアッ！」

『～～～～～～～～～～～～ッ！』

思考を遮るように竜の咆哮と、ペオニーの怪音が響き渡る。

二体の攻防はより激しさを増し、その光景はさながら怪獣映画のようだった。

「ギュアアアアアアアアアアアアアアアアッッ!!」

ここで竜が勝負に出た。

無数に放たれた根をかいくぐり、ペオニー本体に急接近したのである。

「ギュウウウウアアアアアアアアアアアアアアアッッ!!」

咆哮と共に一際《ひときわ》大きなブレスがペオニーに向かって放たれる。その威力は今までで最大級。

『〜〜〜〜〜〜〜〜〜〜〜〜〜〜ッッ!!』

対してペオニーは自身の前方に無数の根による巨大な壁を作り出した。

巨大な炎弾と木壁が激突する。拮抗《きっこう》は一瞬。

『――――!?』

ペオニーが驚愕《きょうがく》したかのように体を揺らす。

竜の放ったブレスは、ペオニーの壁を突き破り、そのままの勢いでペオニーの本体へと命中したのだ。

一際大きな爆発と共に、ペオニーの巨体が大きく揺れた。

煙が晴れると、ペオニーの巨大な樹皮の一部がジュウジュウと焼け爛《ただ》れていた。

「効いてる……のか……?」

バキンッと、焼けた枝が折れ、地面に落ちる。とはいえその大きさは普通の樹木よりも遥かに大きい。ズズン！　と轟音《ごうおん》を立て下にあった建物が押しつぶされた。

ペオニーからすれば無数にある枝葉の数本だろうが、それでもダメージを与えられた衝撃は大きかったのだろう。

『～～～～～～～～～～～～～～～～～～～～～～～～～～～～！』

ペオニーは一際大きな奇声を上げた。体をくねらせ痛みに悶《もだ》えているように見える。

「すごい……」

やっぱりあの竜は強い。桁違いだ。

欲を言えば、このままヤツがペオニーを倒してくれることを期待したが、そう上手く事が運ぶはずもない。そもそもそれで済むならば、隣町からヤツが逃げてくる理由がない。

（……おそらくペオニーにはまだ手が残っているはずだ）

竜すら逃亡させるほどの切り札が。その予感は正しかった。

『～～～～～～～～～～～～～～～～～～～～～～～～～～～ッッ‼』

先ほどよりもさらに大きな奇声を上げると、ペオニーは大きく体を揺らした。

ドクン、ドクンと幹が脈打つと、樹冠に巨大な赤い花が咲いたのだ。

それも一つではなく何十、何百と赤い花が咲き乱れる。

（アレは……昨日の花つきと同じ赤い花……？）

いや『望遠』でよく観察してみればそのサイズや細部が違う。

花つきのソレとは違い、ペオニーの花は直径三メートルほどの巨大なバラのような形をしていた。

ペオニーが体を揺らすと、花から金色の粉が周囲に拡散した。

（あれは……花粉か？）

風によって巻き上げられた花粉が光を反射し、何とも幻想的な光景を作り出している。

あれもトレントのスキルなのか？　いや、花つきは使ってこなかったから、ペオニー固有のスキルか？

「ギュアッ⁉」

対して、この時初めて竜は動揺したような声を上げた。即座に後退し、ペオニーから距離をとる。

あの花粉は竜が警戒するほどにヤバい代物なのか？

ペオニーが再び大きく体を揺らすと、周囲に舞った花粉が一気に広がる。

だが遥か上空にいる竜までは届かない。一体どういう効果があるんだ？

「あの花粉……麻痺《まひ》と混乱、それに幻覚効果があるみたいですね」

「へぇーなるほど……――って、え？」

隣を見れば、いつの間にかそこには五十嵐さんがいた。手には双眼鏡が握られている。

「い、いつからそこに？」

「西野君たちが『影』に隠れた時に入れ替わりで」

「そ、そうですか……」

戦いを見るのに夢中で気付かなかった。完全に油断してたわ。びっくりしたよ。

（というか、モモ。なんで彼女を『影』に入れたんだ？）

（く、くぅ～ん……）

ちらりと『影』に目を向ければ、モモが顔をちょっとだけ出して申し訳なさそうな顔をしていた。

ぐっ、そんなキラキラした目を向けるなよ……可愛《かわい》いじゃないかっ。

まあ、多分モモの勘《かん》がそうした方がいいって思ったんだろうな。

実際この場には俺しかいないし、そう警戒しなくてもいいか。

「どうかしましたか？」

「いえ、別に……。それよりも、どうしてあの花粉の効果が分かったんですか？　それも『鑑定《かんてい》』のスキルですか？」

「はい。ペオニー本体と違って、あの花粉には『妨害』が働かないみたいですね。その効果がきちんと『鑑定』できました」

ふふん、と五十嵐会長ちょっとドヤ顔である。

レンズ越しでも『鑑定』は可能なのか。便利なスキルだな。俺も欲しい。

『質問権』さんは意地が悪いし、素直な『鑑定』さんが欲しいです。

「ということは、あの花粉が周囲に散布されている限り、竜はペオニー本体に接近できないってことか……」

「ええ……あの竜も花粉の効果については知っているのでしょう。先ほどよりも距離をとっているように見えます」

竜は周囲を高速で旋回しブレスを放つが、ペオニー本体には届かない。

その前に無数の蔦の壁に阻《はば》まれてしまう。

もっと接近した状態で、高出力のブレスを撃たなければペオニーにはダメージを与えられない。

だがあの花粉が周囲に飛散している限り竜はペオニーには接近できない。

なるほど、ペオニーもいやらしい手段を使う。

だが、これではペオニーも決め手に欠けるはず……まだ何かあるのか？

「ッ……！　クドウさん、あれを見てください！」

「なっ……！」

見れば、ペオニーの幹――ブレスを食らった箇所が再生を始めていたのである。

傷ついた箇所は瞬く間に修繕《しゅうぜん》され、元の状態へと戻ってしまった。再生能力かよ、反則だろ。

「ペオニーは持久戦に持ち込むつもりでしょうね。あの花粉と再生能力がある以上、あとは竜の息切れを待てばいいのですから」

「……」

五十嵐さんの見立ては正しいだろう。こりゃ相性《あいしょう》が悪いなんてもんじゃない。最悪だ。

これでは竜に勝ち目はない。

そしてこの状況は非常にマズい。このまま竜が敗北すれば、俺たちの作戦は実行前から頓挫《とんざ》してしまうことになる。

「……いいんですか、このまま放っておいて？」

五十嵐さんは双眼鏡を片手にこちらをじっと見つめる。

「先ほどの会議室での会話……全部を聞いたわけじゃないんですが、あの竜がアナタの計画には必要だったのでは？　このままだとあの竜……死んじゃいますよ？」

「……聞いていたんですか？」

「ああ、やっぱりそうだったんですね。予想が当たってました」

ふふっと再びドヤる五十嵐さん。殴りたい、その笑顔。てか、あっさり引っかかったのがちょっと悔しい。

（……でも確かに彼女の言うとおりだ）

どうにもあの竜は引くつもりはないらしい。ここでペオニーと決着をつけるつもりなのだろう。

だが状況は劣勢。そして俺たちもこのまま手をこまねいているわけにもいかない。

どうにかしなければいけないが、どうすればいい？

ペオニーの注意を引くだけならできなくもない。

役に立たないと思っていたあの『上級忍術』を使えば、かなり危険だがこちらに注目を集めることはできる。

でもそこから先の作戦が思いつかない。

（ペオニーの注意を引きつけてる間に、あの竜を説得する……）

前回の戦いから見るに、言葉は通じるはず。でも……誰があの竜を説得するっていうんだ？

「――あ……」

いや、待てよ……？　ふと、あるアイデアが浮かんだ。

あまりに突拍子《とっぴょうし》もなく、それでいてかなり危険で成功するかどうかも微妙な作戦だ。でもこのままじっとしていれば詰む。

「……五十嵐さん、すいません。サヤちゃんの力を借ります」

「え……？」

俺はすぐに『影』の中にいる一之瀬さんにも声をかけた。今回も彼女の協力が不可欠だからだ。

「……しょ、正気ですか？」

「勿論《もちろん》」

俺の作戦を聞いた一之瀬さんは目を丸くして驚いていた。隣で話を聞いていた五十嵐さんも呆然《ぼうぜん》としている。

「正直、今回も一之瀬さんの腕頼りになりますが、お願いできますか？」

「な、何とかやってみます」

ふんすっと頷《うなず》いて見せる一之瀬さん。

その隣で擬態《ぎたい》を解いたアカも「がんばるよー」と震えている。

「よくもまあ、そんな馬鹿げた作戦を思いつきましたね……」

「褒め言葉として受け取っておきます」

「皮肉じゃなく、素直に驚いてるんですけどね……。ちなみに何か手伝うことはありますか？」

何でも言ってくださいと胸に手を当ててこちらを見る五十嵐さん。何でも、ねぇ……。

「それじゃあ一つ、いや二つですね。お願いしたいことがあります」

「何でしょう？」

「まずあの竜を『鑑定』することはできますか？」

できないと思うけど、一応試しておこう。こくりと頷いて、五十嵐さんは双眼鏡で竜を見つめる。

そして、

「――見えました」

「ッ……！　本当ですか？」

正直期待していなかっただけに驚いた。之瀬さんも驚いている。

「全て――ではないですが、ステータス、それとスキルは見えました。どうやらあの竜はクドウさんやペオニーと違い『鑑定妨害』は持っていないようですね。一部は文字化けしていて見えませんけど……」

五十嵐さんは俺たちに竜のステータス、そしてスキルを教えてくれた。


**???????**

**ブルードラゴンLV38**
HP:1400／5200
MP:550／2300
力:1200、耐久:800、敏捷:2500
器用:1200、魔力:2200
対魔力:1100、SP:176

**固有スキル**

■■■■

**スキル**

爪撃、ブレス、竜鱗、高速飛行、索敵
威圧、咆哮、狂化、ブレス強化
ブレス超強化、爪撃強化、竜鱗強化
飛行速度強化、危険感知、射程強化
意思疎通、念話、MP消費削減
気配遮断

なんとまあ、馬鹿げたスキルとステータスだ。

全てのステータスにおいて俺の遥か上をいってやがる。

スキルのレベルまでは見れなかったが、これだけで十分すぎる成果だ。『鑑定』すごい。『鑑定』欲しい、マジで。

とはいえ、これならいけるかもしれない。あればいいなと思っていたスキルも確認できた。

「頼んだぞ、モモ」

「わんっ」

モモも「まかせてっ」と頷く。

「で、もう一つは？」

「ああ、それは――」

五十嵐さんに頼みたいことを伝える。それを聞いた彼女は完全に笑みがひきつっていた。

「……そ、それを私にやれと？」

「できるでしょう？」

「わ、分かりました。やりますよ、やってみせますっ」

五十嵐さんはやけくそ気味に頷いてくれた。サヤちゃんが絡むと、ほんとこの人、素直だな。

「……クドウさん、なんか五十嵐さんと距離が近くなってません？」

「へ……？　別にそんなことないと思いますけど？」

「むぅー」

何故《なぜ》か一之瀬さんはむくれながら、背中を押しつけてきた。なんなんだろう?

よし、それじゃあ作戦開始だ。


竜は雄叫《おたけ》びを上げ、必死に戦っていた。

「ギュァァアアアアアアアアアアアアアアアアアアアアアアアッッ!!」

だがその体は既にボロボロだった。

あの花粉によって接近できない以上、竜の攻撃手段は遠距離からのブレスのみ。

だがそれも距離が離れすぎていれば、無数の根によって阻まれペオニーまでは届かない。

『〜〜〜〜〜〜〜〜〜〜〜〜〜〜〜〜〜〜〜〜ッッ!!!』

対するペオニーの攻撃手段もほぼ同じ。無数の木の葉による範囲攻撃だ。

だが竜と違いその攻撃は次第《しだい》に竜に届き始めていた。

——竜の体力の限界。

竜のブレスとて無限ではない。回数を重ねればその威力は弱るし、射程だって短くなってゆく。

対してペオニーは自己再生スキルがあるため、何度攻撃を行おうともその威力が落ちることはない。

時間を重ねるごとに両者の違いは、圧倒的な優劣となって表れ始めていた。

「ギュア……アァ……アァ……」

満身創痍《まんしんそうい》。

そして、決着の瞬間は訪れる。しゅるりと、ついにペオニーの蔦が、竜の脚に届いたのだ。

「――――ッ⁉」

疲弊《ひへい》していた竜はそれに気付くのが数瞬遅れた。

ペオニーの蔦は瞬く間に竜の脚を絡め取った。

ガクンッと、竜の体が空中で急停止する。すぐさまブレスで蔦を焼き切ろうとするがもう遅い。

勢いよく竜は蔦に引っ張られ、おもいっきり地面に叩きつけられた。

「ギュアアアアアアアアアアアアアアアアアアアアアアアアアアッッ‼」

たまらず竜は悲鳴を上げる。空の支配者たる自分が空を見上げるなど、あまりに屈辱的であった。

何とか蔦を爪《つめ》で切り裂き、何とかその場から飛び立とうとするが、既に視界にはあの根と葉が広がっていた。

その檻《おり》は、まるで逃がさないと言っているようだった。既にボロボロのこの身ではせいぜいあとブレスを一発撃てるかどうか。あの攻撃を防ぐことなどできないだろう。

「ギュア……」

竜は己《おのれ》の運命を悟る。

自分は間違いなくここで果てるのだろう。

「グルルル……ッ！」

だがその瞳《ひとみ》はまだ死んでいなかった。諦めていなかった。

口に己の残った魔力を込める。諦めない。死んでたまるものか。

「ギュゥゥウウウアアアアアアアアアアアアアアアッッ!!」

咆哮と共に、竜は最後のブレスを放とうとする。竜の怒りを思い知らせてやる。

だが次の瞬間――目の前に広がる無数の根の一部がはじけ飛んだ。己の攻撃ではない。まだ自分は撃っていない。では誰が?

――赤イ銃弾?

竜は驚異的な視力でその正体を看破する。

根の一部を破壊したのは赤い銃弾だった。それは昨日、竜が右目をやられた時の攻撃に似ていた。

更に不可解な現象が起こる。

根に打ち込まれた赤い銃弾はぐにゃりと形を変え、小さなスライムの姿となった。

「ッ⁉」

更にそのスライムは体を震わせ、ポップコーンのように、その数を爆発的に増やしてゆく。

数を増したスライムは重力に従いそのまま竜の方へと落ちてくる。無数のスライムが日の光を遮り、小さな『影』を竜の額に作り出した。

「――わんっ!」

「ッ⁉」

すると突然、目の前に犬が現れた。何だ、この犬っころは? 一体どこから現れた?

「ちょ、ちょっと待ってよ、モモちゃん。私まだ心の準備ができてないんだからぁ」

――人の声?

見れば、いつの間にか犬の隣に少女がいた。日本刀を携えた陽《ひ》だまりのような雰囲気《ふんいき》の少女だ。

『えーっと、初めましてだね、竜さん。私、葛木三矢香《さやか》っていいます』

「ギュァ……？」

竜はさらに混乱した。

頭の中に声が響く。目の前のこの少女の声のようだ。

『えーっと、混乱してるみたいですけど大丈夫です。私たちはアナタに危害を加えるつもりはありません。私たちはアナタを助けに来ました』

「？」

この少女は何を言っている？　助ける？　誰が？　誰を？

『えっとそんなに時間はないんです。カズ兄があのでっかい樹を引きつけてるけど、もう限界みたいで——』

「ギュァ……？」

そこで竜は目の前の犬っころがじっと自分を見つめていることに気付いた。

「わんっ」

何だ？　嚙み殺《ころ》されたいのか？

敵愾心《てきがいしん》をむき出しに、竜は犬を睨《にら》みつけるが、向こうは視線を逸らすどころか、恐怖に震えることもしなかった。

己を前にしても震えないその胆力に竜は少しだけ感心する。

すると、
《モモが仲間になりたそうにアナタを見ています。仲間にしてあげますか？》
「…………………………ギュァ？」
頭の中に響いたその声に竜は完全に混乱した。

作戦そのものはシンプルだ。

まず俺が忍術でペオニーの注意を引き、その隙《すき》にサヤちゃんとモモが竜に接近する。

接近する方法はモモの『影渡り』だ。

銃弾に擬態したアカを一之瀬さんが撃ち、竜の周辺——可能であればペオニーの一部に被弾させ、即席の影を作り出す。

そしてサヤちゃんとモモで竜を説得し、仲間にする。これが今回考えた作戦だ。

『よくもまあ、そんな馬鹿げた作戦を思いつきましたね……』

五十嵐さんは呆れていた。

そうだな。自分でもそう思うよ。本当に馬鹿な作戦だ。おまけにその馬鹿な作戦に、また仲間を巻き込まなきゃいけないんだからな。本当に嫌になる。

この十日間で何度自分の命を賭《か》け金にしただろう。その賭けに、何度一之瀬さんやモモたちの命を上乗せしただろう。

もっと俺が天才だったら、もっと俺が賢かったら、きっと安全で確実な方法を思いつくんだろうが、あいにくと俺は凡人で、これが考えうる精いっぱいなんだ。

——ああ、感覚が麻痺してくる。

戦闘に、この世界に、そして命の軽さに。駄目だと分かっていても頭から離れない。たった数日で俺の価値観や精神は、随分変わってしまったように思う。

「でも、何故サヤちゃんの『魔物使い』を使わないんですか？　そっちの方が確実なのでは？」

「……いいえ。聞いた話では『モンスター契約』でモンスターを無理やり従属させるにはリスクがあるらしいんです。モンスターが主人の力を上回っていた場合、その力を抑え込めず、暴走させてしまうみたいなんです」

おそらくはそれこそがモモたちが危惧《きぐ》する『魔物使い』のリスク。クロのように自発的に仲間にならなければ、『魔物使い』の主は常にモンスターからの反逆に気をつけなければいけないのである。

「——って、そんなリスク、五十嵐さんならとっくに知っているのでは？」

サヤちゃんから聞いているだろうに。すると、五十嵐さんは

「ええ、勿論」

とあっさり頷いた。

「なので、もしアナタがそっちの方法を採ろうとした場合、私はどんな手段を使ってでもアナタを止めるつもりでした」

「……約束は守りますよ。ただ、それでも今回の作戦にはサヤちゃんの協力が不可欠です。それは

了承してください」

「……分かっています。危なくなったらすぐに逃げるように、言い含めておきますから」

とまあ、そんな感じで五十嵐さんも納得し、サヤちゃんにも作戦を説明した。

今頃《いまごろ》は一之瀬さんの傍《そば》に待機していることだろう。

「さて、俺も集中しないとな……」

一足先に、モモの『影渡り』を使って外に出る。

位置的には竜から一番遠い位置、それでいてペオニーの注意を引くには十分な場所。潜伏《せんぷく》も機能してるし、そうそう簡単には気付かれないだろう。

「さあ、上手く行ってくれよ……」

俺は祈るように上級忍術を発動させた。

「――『巨大化の術』」

直後、ビルを軽々超えるほどの巨大な俺がその場に出現した。


『――？』

その瞬間、ペオニーは硬直した。

……アレはナンダ？

竜との戦いの最中、その巨人は突如として出現した。

大きさは竜の数十倍。その顔には見覚えがある。まだ辛うじて覚えている。

確か昨日、取り逃がした人間だ。でもあんな巨大じゃなかった気がする。

人間は不敵な笑みを浮かべながら此方へ近づいてくる。それを見て、ペオニーは思った。

――スゴク、喰イ甲斐《がい》ガアリソウダ……。

竜との戦いの最中であるにもかかわらず、ペオニーの関心は巨大な人間に引き寄せられた。

なぜなら自分は空腹なのだ。とてもお腹《なか》が減っているのだ。

多少は強いけど一口で終わる小さな竜と、弱そうだけど喰い甲斐がある大きな餌《えさ》。

どちらを選ぶかと問われれば、ペオニーは後者を選ぶ。より腹が満たされる方を選ぶのだ。

『～～～～～～～～～～～～～～～～～～～～～ッ』

体を揺らし、ペオニーは無数の蔦を巨人へと放った。

巨人は避けようとしなかった。ズブリ、とペオニーの根は容易《たやす》く巨人を貫いた。

――脆《もろ》イ。

感想はそれだけ。だがペオニーの攻撃は――いや、食事はまだ終わらない。

巨人を貫いた根の先端がハエ取り草の口のように変化し、巨人へと喰らいついたのだ。

アァ、最高ダ。

味は大したことはないが、その量が素晴らしい。こんなにたくさん食べたのは久方ぶりだ。

更にペオニーは根の数を増やし、一分もしないうちに巨人を食い尽くしてしまった。

――喰イ足リナイ

あれだけの量は素晴らしかったが、まだまだ全然足りない。飢えがまたすぐに襲ってくる。

「――どうした、俺はまだここにいるぞ?」

『ッ⁉』

だがその直後、ペオニーは驚いた。なんとそこには今しがた喰い終えた巨人が再び現れたのだから。

しかも先ほどよりも大きい姿になっている。

何故かは分からないが、そんなことは些細《ささい》な問題だ。

『～～～～～～～～～～～～～～♪』

だってこの巨人はわざわざ自分に喰らわれるために蘇《よみがえ》ってくれたのだ。

ああ、なんて素晴らしい。

ペオニーは些細な疑問や小さな竜のことなどすっかり棚上《たなあ》げし、再び巨人に喰らいついた。

――釣れた。
俺は内心でほっとしつつ、頭上で繰り広げられる光景を見つめていた。
ペオニーに捕食され、巨大化した俺はあっという間に貪《むさぼ》り尽くされてゆく。
肉が飛び散り、血の雨が降《ふ》り注《そそ》ぐその光景は、正直目を逸らしたくなる。
(ま、俺自身は痛くもかゆくもないんだけど……)
――上級忍術『巨大化の術』
これは俺自身が巨大化するのではなく、俺の前方に巨大な俺の分身を作り出す忍術だ。

ただこの分身はデカいだけで戦闘能力は殆《ほとん》どない。

建物を壊す力なんてないし、重い物を持ち上げることもできない。質量を伴った幻——とでも表現すればいいのだろうか。触ることもできるし、声も出せるが、それだけだ。

言ってしまえば、ただ相手の注目を集めるためだけの術——それが『巨大化の術』だ。

正直、使いどころが難しく役に立たない忍術だと思っていた。おまけにやたらMPを消費する。

一体作り出すのに必要なMPが100ってコスパ悪すぎだろ。

俺の現在のMPは300ちょっとなので、たった三回使っただけであっという間にMPが尽きてしまう。『MP消費削減』を使ってなお、これだけの消費量だ。おまけにこの分身は必ず本体が近くにいなければ作れない。

正直、使い勝手が悪く、使うことのない忍術だと思っていた。

でも今回の作戦では最適な忍術だ。昨日、『追跡』のパスを通じて流れ込んできたアイツの思考は鳥肌が立つほどに悍《おぞ》ましいものだったが、そのおかげで分かったことがある。

アイツは常に空腹を感じている。

理由は分からないが、異常なほどにアイツは喰うことに執着している。ならば、目の前に巨大な餌をぶら下げられたら喰いついてくるはず……。

その予想は正しかった。

巨大化した俺の分身にアイツは無我夢中で喰らいついている。

冷静に観察すれば、足元に俺がいることにすぐ気付くだろうに、そんな気配は微塵《みじん》も感じられない。恐ろしいほどの食欲への執着だ。

ペオニーにとっては喰うことが全てであり、他は全て些細なことなのだろう。現に今しがた戦っていた竜に向いていた意識が途端に薄れている。これで時間は稼げる。

とはいえ、せいぜいもってあと数分だ。

「頼んだぞ、サヤちゃん、モモ……」


「わんっ！　わんわん！」

「……ギュァ？」

モモの問いかけに、竜はぽかんとしたまま固まっていた。混乱しているのだろう。まあ、それも無理はない。いきなり小さな犬が仲間になれと言ってきたのだ。

「竜さん、お願いします！　私たちの話を聞いてくださいっ！」

同じようにに日本刀を携えた少女も竜に語りかける。その声は不思議と竜の頭に届いた。

これはサヤカの持つスキル『意思疎通』だ。モンスターや動物にも自分の意思を伝えることができる便利なスキルである。

「わんっ！　がるるる！　がうがう！」

「きゅー！　きゅう、きゅううううう！」

更にクロやキキも『影』から身を乗り出して、竜への説得に加わった。

「……」

ボロボロの体で、必死に頭を働かせ、竜は状況を整理する。

つまりだ。要するにこいつらは、自分を仲間にして、共にあの木を倒そうと言っているのだろう。

「──ギャゥゥ……ゥゥウウウオオオオオオオオオオオオオオオンッッ！」

そう理解した瞬間、竜の全身から怒りが溢れ出した。

その矮小《わいしょう》な身で、己と肩を並べて戦うだと？　ふざけるのも大概にしろ。

「きゃっ⁉」『わぉーんっ』『きゅーっ』『くぅーんっ』

人間の少女と犬っころたちは、その咆哮を浴びて吹き飛ばされる。

そら見たことか。脆弱にもほどがある。

「ギャルルルル……」

ああ、腹ただしい。身のほども弁《わきま》えないクズどもが。本当なら殺してやりたいが、状況が状況だ。

特別に見逃してやると、竜は吼《ほ》えた。

「ッ……痛たた……。すごいね、ちょっと吼えただけでこの威力なんて……」

するとあろうことか少女は起き上がったではないか。竜は少し驚いた。

「……くぅーん。わんわん」

「え？　クロの方が、もっとすごい声を出せるって？　はは、こんな時に張り合わなくていいよ」

少女は朗らかに笑うと、再び己の下へ近づいてくる。

「……竜さん、警戒しているのも分かります。信じられないって気持ちも分かります。でも、それでもお願いします。私たちを信じてください」

何を言っている？　この少女は何故自分を恐れない？

「ううう……わんっ！　わんわんっ！」

あの柴犬も再び語りかけてくる。真っ直《まっす》ぐな目だ。竜である自分を前にしても、一歩も引く気がない。大した胆力だ。だがイライラする。神経を逆なでする。

「ウゥ……ギュゥゥウウウアアアアアアアアアアアアアアアアアアアアッッ！」

消えろ！　目障《めざわ》りだ！　と、竜は再び咆えた。

「わんっ！　わんわんっ！」

「きゅーっ。きゅう、きゅきゅーん」

あっという間に、目の前の少女と犬たちはボロボロになった。

それでもまだ立ち上がる。

「……大丈夫だよ、怖くないから。そんなに怯《おび》えなくても、私たちはアナタに何もしない」

怯えている？　怯えているだと？

ふざけるな、ふざけるなふざけるな、ふざけるな！

我は竜だ！　生まれ持っての強者だ！　恐れるものなど存在しない！　ああ、腹ただしい！　この者たちを見ていると、何故か無性にイライラする。

竜は咆える。吹き飛ぶ。でも逃げない。恐れない。何故だ？　何故、諦めない？

竜には――彼女にはその行動が理解できなかった――……。

——その竜《かのじょ》に名はなかった。

彼女は竜の中で特に強い力を持って生まれた。

空を駆ける翼、全てを切り裂く爪、そして万物を灰燼《かいじん》に帰す強大なブレス。その全てを十全に使いこなす彼女に敵はいなかった。

圧倒的強者であり、他の生物など、塵芥《ちりあくた》にも等しい存在だと思っていた。

『そんなことはない。人を——他の生物を侮ってはいけないよ』

そんな彼女に助言するのは、彼女の番《つが》いである夫の竜だ。彼女の夫もまた特別な竜だった。

竜の頂点に君臨する者に与えられる称号《スキル》『竜王』の所有者であり、自分よりも強い唯一の存在だった。

彼女は夫のことは愛していたが、彼のその言葉だけは理解できなかった。

人も虫も魔物も全て等しく下等。爪を振るえば切り刻まれ、息の一つで灰燼に帰す存在だ。何故、夫がそうまで評価するのか分からない。

『——今はまだ分からなくてもいい。でもいずれ君も本当の強さが理解できるようになるさ』

意味は分からなかったが、寝床でそう語る夫の姿はカッコよかった。

ある日、そんな彼女に転機が訪れる。

『——最近、人間たちが妙な動きをしている』

彼が言うには、大陸のあちこちで、人間たちが妙な動きをしているという。奇妙な力を感じるし、何かよくないことを企《たくら》んでいるのかもしれないと。

彼女は夫と共に人族の集落を訪ねることにした。夫には人族に知り合いがいたのだ。大陸最強と謳《うた》われ、『死王』の名を冠する人族の魔術師。彼女なら人間たちの動きを何か摑《つか》んでいるかもしれないと思ったのだ。

だが目的地に向かう直前、彼女たちを異変が襲った。

突如として空が真っ黒く染まり、禍々《まがまが》しい霧が発生した。それらは激しい地鳴りを伴いながら、一瞬で広がり、彼女たちを呑み込んだのである。

霧が晴れ、気が付くと彼女は別の大陸――いや、別の世界にいた。

別の世界――そう判断したのは、前にいた大陸とあまりに景色が違いすぎるからだ。

――夫はどこだ？　逸《はぐ》れてしまった。探さなければ。

彼女は訳も分からぬまま、新しい世界の空を駆けた。

自分たちがいたあの美しい空とは比べ物にならないほどにこの世界の空は汚れていた。肺が汚れ、鼻が曲がるようだ。

帰りたい。夫と共に、あの緑豊かな大陸へ、巣へ帰りたい。

三日三晩、彼女は血眼《ちまなこ》になって空を飛び続け、ようやく夫の気配を感じた。

急いで彼の下に駆けつけると、彼は何かと戦っていた。

天を切り裂くほどの巨大な樹木だった。

『～～～～～～～～～～～～ッッ！』

「ガアアアアアアアアアアアアアアアアアアアアッッ！」

巨大な樹木は無数の蔦を操《あやつ》り、無数の木の葉を飛ばし、彼と死闘を繰り広げていた。

とはいえ、戦いは『竜王』である彼が優勢であった。

巨大な樹木も、『竜王』の彼が放つ強大なブレスには成す術がなく、少しずつその体を炭へと変えていた。

再生が追いつかないほどの圧倒的な攻撃力。圧倒的強者は世界が変わっても圧倒的であった。

だが、

「た、隊長ッ！　早く、こっちです！」

「待ってくれ、今行く！」

戦場から少し離れた場所に逃げまどう人族の姿があった。

その情けない姿に彼女は失笑する。やはり脆弱な種族ではないか、と。

『～～～～～～～～～～～～～～～～～～～～～～ッ！』

その脆弱な人族に向けられて根が放たれる。

いや、それは放たれたというよりも、攻撃の軌道上に偶然《ぐうぜん》、彼らがいたというべきか。不運としか言いようがなかった。

彼女にとっても、人間なんてどうでもいい存在だった。故に放置した。

だが、彼だけは違う反応を示した。

彼はあろうことか戦いの最中にペオニーから目を逸らし、その人間たちを助けるために動いたのだ。

『ガアッ！』

精いっぱいに手加減したブレス。それは人間たちに迫っていた根を一瞬で焼き尽くした。

だがその致命的な隙をペオニーは見逃さなかった。一瞬で彼を絡め取り、締めつける。そしてだらだらと涎《よだれ》を垂らし、食らいついた。すぐに彼女は夫を助けようとした。

『やめろ！　近づくな！　お前ではこいつに勝てない』

何故止めるの？　あの人間たちを助けなければ負けなかったのに。

『済まない。あの人間たちには世話になったんだ。この世界のことをいろいろ教えてもらった。だから死なせたくなかった』

夫が喰われていく。なくなっていく。やめて、止めて、ヤメテ。

『ガハッ……ハア、ハア……どうやら俺はここまでのようだ……。だがむざむざ喰われるわけにはいかない。俺の知識と力を、お前に託す』

どうしてそんなことを言うの？　アナタは『竜王』。無敵の存在でしょう？

『すまない。ああ、もっとお前と……一緒に生きたかったなぁ……』

そう言って、彼は残った腕で己の魔石を抉り出し、彼女へ投げつけた。

彼女の胸にぶつかった瞬間、魔石は溶け込むように彼女の中へと取り込まれた。

『――生きてくれ』

ぐちゃ、ぐちゃ、ぐちゃ、と。

魔石を失い、彼だったモノがペオニーに食い尽くされる。

彼女にとってある意味幸運だったのは、ペオニーに食い尽くされる前に、彼が絶命したことだろう。トレントの記憶操作は生きている者にしか作用しない。故に死体であれば、食われたとしても記憶はそのまま残るのである。

《──ザザ────申請を確認》

《────接続────接続────失敗》

《対象の個体が一定条件を満たしていません》

《スキルの作成を失敗しました》

《対象個体が条件を満たすまでスキルを保留とします》

頭の中に響いたその声の意味は分からなかった。

だが、一つだけ確かな事がある。自分は彼に託されたのだ。力と知識と、そして命を。

でも──それでも許せなかった。殺す、こいつは絶対に殺してやる。

怒りのままに彼女はペオニーに戦いを挑んだ。挑むなと言われても、挑まずにはいられなかった。

彼女は戦った。

だが、やはり彼の言う通り、彼女ではペオニーには勝てなかった。

結局、彼女は逃げるしかなかった。屈辱だった。憎い敵を討《う》つこともできず、弱い自分が情けなくて仕方なかった。

──そうだ。弱いくせに。無駄《むだ》に足掻《あが》こうとする。

強大な敵を前にしても諦めないその姿にイライラする。

まるで現実を受け入れられない子供のようで、見ていて気分が悪くなるのだ。


「――それは、違うよ」

「……ギュァ……？」

不意に、目の前の少女が口を開いた。

「それは弱さなんかじゃない。強さだよ。誰かのために一生懸命に頑張ることは決して弱くもないし、無様でもみっともなくもない」

何を言っている？　この少女は、何を言っているのだ？

「……偶《たま》にね、スキルを通じて、相手の気持ちが流れてくることがあるんだ。今は、アナタの気持ちが流れてきた……」

『意思疎通』は決して一方通行のスキルではない。自分の気持ちを相手に伝えるだけでなく、相手の気持ちも理解できるからこそ『意思』の『疎通』なのだ。

「悲しかったんだよね。悔しかったんだよね……。私にはアナタの気持ちが分かるよ……」

だって自分もそうだったから。

かつてサヤカは学校で最も大事な家族の暴走を止めることができなかった。

――サヤちんはさ、自分の親友が困ってるのを見たら迷わず助けられる？

六花にそう問いかけられ、彼女は返答できなかった。自分には何もできないと卑下《ひげ》した。

だからこそ、そう行動できる人間は本当に強い人なのだと、そう答えた。

でも、今なら言える。はっきりと答えられる。

「助けるに決まってるよ！　私は……私はアナタを助けたいっ！　私だって誰かの力になりたい！　会ったばかりだけど……まだ全然仲よくなんてなってないけど、それでも言うよ！　何度だって！」

そう言って少女は——葛木三矢香は竜へと手を伸ばす。

あの時のように、カズトがクロを救ってくれたように、今度は自分が誰かを救う番だ。

「一緒に戦おう、竜さん！　私たちも手を貸すから、だからお願い！　この手を取って！」

「……」

これが——そうなのか？

夫が言っていた強さとはこのことだったのか？　ボロボロでも、何度倒れても、立ち上がり、諦めない強さ。空を駆ける優雅さなど微塵もない。されど土にまみれたその気高さは重く強い。

——人を、他の生物を侮ってはいけないよ？

やはり夫の言っていたことは正しかった。強さの種類は一つではなかったのだ。

ああ、まったく腹が立つ奴らだ。

決して勝てない相手に挑むなどまるで鏡を——自分を見ているようでイライラする。

《モモが仲間になりたそうにアナタを見ています。仲間にしてあげますか？》
再び、頭の中に響いたその声に、彼女は今度こそ返事をした。

——何とか間に合った。

パーティーメンバーの項目を確認した後、俺はすぐに分身を解除して、モモの『影』に潜った。

その直後、俺のいた場所へ猛スピードでペオニーの根が殺到した。

「ハァ、ハァ……あ、危なかったぁー……」

再び外に出ると、そこは『安全地帯』の中だ。地面にへたり込み、空を見上げる。

あと数瞬『影』に入るのが遅れていれば、俺は今頃ペオニーに喰われていただろう。

分身を食ってる最中は気にも留めてなかったくせに、喰い終わった瞬間に俺に意識を向けてきたのだ。

だんだんペオニーの行動原理が分かってきた。

アイツにとっては『喰うこと』が全てなのだろう。戦闘はあくまでそのための手段であって、目的は腹を満たすことなのだ。だからこそ、竜との戦闘を放棄してでも、巨大化した俺を喰うことを優先した。

「く、クドウさーん」

「ん……？」

声のした方を見れば、一之瀬さんたちが手を振っていた。こちらに向かって走って――あ、もうバテてる……。仕方ないのでこちらから出向いた。

「ぜぇー……ぜぇー……お、お疲れさまです……」

「え、ええ……そちらこそ、お疲れさまです」

俺よりもちょっと走っただけの一之瀬さんの方が遥かに疲れてるように見えるけど、それは突っ込まないでおこう。

「おにーさん、お疲れさまー」

「クドウさん、お疲れさまです」

西野君と六花ちゃんもこちらにやってきた。

「それで……作戦はどうでしたか？」

「大丈夫です、成功しましたよ」

心配そうに聞いてくる西野君に、俺は笑みを浮かべる。

「ッ――じゃあ……？」

「ええ、竜が仲間になりました」

その言葉に、三人はわぁっと声を上げる。

「マ、マジ？　すごいよ、おにーさん!?」

ガバッと六花ちゃんが抱き着いてくる。

おっふ……お、うぉぉ……。やば……これはヤバい。

圧が……肉の圧が半端《はんぱ》ない。すっごい柔らかい。それに超いい匂《にお》い。

「お、おい六花!? なにをしてるんだっ」

「リッちゃん!?」

「お、落ち着いてくださぃ、相坂さんっ」

なんとか理性を保って六花ちゃんを引きはがす。

惜しい気はするけど……いや、正直もうちょい堪能《たんのう》していたかったけど、なんとか引きはがす。

突然の行動に西野君や一之瀬さんも驚いているようだ。

「へ？ あー、ごめん。つい興奮しちゃって。ごめんね、ナッつん」

「むー……」

そう言って、何故か六花ちゃんは一之瀬さんの方に頭を下げていた。

いや何故そっちに謝る？ そして何故一之瀬さんもむくれてる？ そして西野君は何故か複雑そうな表情をする。

「と、とにかく、作戦は成功です。モモ、出てきてくれ」

「――わんっ」

俺の呼びかけに応じてモモが『影』から姿を現す。

次いでキキも『影』から出てきた。

「モモ、キキありがとうな。今回はお前らのおかげだ」

「わんっ、わふぅー♪」「きゅー、きゅぅぅんー♪」

感謝の気持ちを込めて二匹を撫《な》でると、モモもキキも嬉《うれ》しそうに目を細めた。

「それでクドウさん、竜は今どこに？」

「──『影』の中です。どうやら、今はアカとサヤちゃんが話をしているようですね」

『影』の中からアカとあの竜の気配が伝わってくる。

すぐに影から出てこないのは、竜が『安全地帯』の中で暴れ出《だ》さないように説得しているからだ。

「パーティーメンバーに加わったとはいえ、竜はまだこちらに気を許したわけじゃないようです。その辺を説得するまで、『影』から出さないようにするみたいですね」

「わんっ」「きゅー」

モモとキキは説得は任せてと、再び『影』に潜る。本当に頼りになる三匹である。

それにサヤちゃんも。間違いなく今回のＭＶＰは彼女だな。

ん、待てよ？　竜のスキルには『意思疎通』や『念話』ってのがあったたし、俺たち人間とも対話が可能なんじゃないか？

「わん、わんわふぅー」

するとまたこちらの考えを読んだように、モモが『影』から顔を出す。

曰《いわ》く、『モモたちのことはみとめたけど、まだ人間《カスト》たちまでみとめてない』とのことらしい。アニメや漫画なら非常にツンデレちっくなセリフだが、それを竜に言われると、寒気しかしないな。

「ともかく一歩前進ですね」

「ええ」

竜という強力な戦力を俺たちは手に入れることができたのは十分すぎる戦果だ。

「さて、とりあえず一旦体を休めたいですし、拠点に戻りましょう。その後で今後の方針を決めるということで」

「そうですね」

「さんせー」

「……ですね」

俺たちは家に戻って体を休めることにした。

多分、この時の俺は浮かれてたんだろう。竜を仲間にして、ようやく一歩前に進んだことで、その小さな変化に俺は気付けなかった。

俺の後ろを歩く西野君の表情に暗い影が差していることに――。


一方、五十嵐十香《とおか》は恐慌状態にあった住民たちの鎮静に当たっていた。

（あーもうっ、ホントに無茶言いますね、あの人は……）

竜が仲間になり、『安全地帯』の中に入れるようになれば、またその姿を見て住民たちはパニックを起こす。それを事前に何とかしてほしいと、彼女に無茶ぶってきたのだ。

（私が人前でこのスキルを使いたくないことを分かっているでしょうに……）

でもやるしかない。

サヤちゃんが頑張って作戦を成功させた以上、その後のアフターケアくらいはしなければ。

十香は手に持った拡声器の電源を入れる。そして大きく息を吸い込み、

『みなさーーーーんっ！　落ち着いてくださーーーーーーーいっっ!!』

市役所前に群がる住民たち全員に聞こえるように大声を上げた。

「な、何だ？」「この声……もしかして十香ちゃんか？」「あの藤田さんのお子さん？」「え、そうなのか？」「あの人結婚してたのか？」「ハァ…ハァ…踏んでもらいたいんだな」「おい、お前らそんなこと言ってる場合じゃないだろ」「そうよ、今はそれどころじゃ――」

『大丈夫です、皆さん、落ち着いてください。どうか、私たちの声に耳を傾けてください』

「おい、だから今はそれどころじゃ――」「ま、まぁ待てよ……少しくらいなら聞いても良いんじゃねぇか？」「そ、そうよね。十香ちゃんの言葉だし……」「いや、でも……まあ、少しくらいならい……のか？」「ハァ、ハァ……あの綺麗《きれい》なお口で罵《ののし》ってもらいたい……」「お前はちょっと黙れ」

すると、今までパニックに陥《おちい》っていた住民たちが嘘のように静まりかえった。

それまで玄関で必死に説得に当たっていた清水や二条も驚いた表情を浮かべる。

『慌てる必要はありません。怯える必要もありません。私たちは今まで何度もこのような危機に直面してても乗り越えてきました。何故、今回は無理だと諦めるのですか？　私たちには市長や自衛隊の皆さまもついています。どうかその力を信じてください』

いつの間にか誰もが彼女の言葉に聞き入っていた。

その声はまるで脳を直接揺さぶるかのような不思議な力を持っていた。

否《いな》、事実その通りなのだ。

スキル『魅了』は対象を自分の意に沿うように魅了するスキルだ。

その対象を不特定多数に向けた場合、誰しもが自分の言葉に耳を傾《かたむ》ける集団操作が可能なのである。

とはいえ、その精度は一人の時に比べて格段に落ちるが、この場にいるのは殆どがレベル1未満の避難民。その効果は絶大であった。

住民たちは徐々に落ち着きを取り戻し、彼女の指示に従ってゆく。

(あぁ……このスキルのことは最後まで隠し通すつもりだったのに……)

洗脳系のスキルを持つ自分が、この状況下でどれだけ危険視されるか嫌というほど理解している。

おそらくこの後、上杉市長や彼女の父親から厳しい問《と》い質《ただ》しがあるだろう。

(この私の誘いを断るばかりか、あまつさえこんな雑事を押しつけるなんて……)

なんという屈辱か。この責任はきっちりと取ってもらわなければいけない。

サヤちゃんを守ると言ったように、自分も守ってもらわなければ割に合わない。

あの逞《たくま》しい腕で、自分を抱きかかえて、逃げた時のように彼は自分を守るべきなのだ。

(そうよ、そうするべきなのよ。こんな……こんな物のように扱われるなんて屈辱……んっ)

そう考えると、だんだんと頬《ほお》が紅潮し、背筋がゾクゾクしてくる。

きっと耐《た》え難《がた》い屈辱に、この身は怒りに震えているのだろう。多分、きっとそうだ。

……自分の中に目覚めた新たな世界に、彼女はまだ気付いていなかった。


その日の夜、西野は『安全地帯』の中にある公園のベンチに一人で座っていた。

「ハァ……」

何度目かになるか分からないため息。

「すごいよなー、カズトさんは……。ホントにすごいよ」

手に持った缶コーヒーを揺らしながら星空を眺める。表情は暗い。

自分にはできないことを簡単にやってのける。いや、それは違うか。簡単なわけない。何時だって彼は命懸けで、ギリギリで乗り越えて結果を出してきた。

その姿は、近くで見ていた自分にも鮮烈で強烈で、壮烈であった。仲間でいることが誇らしいと思えるほどに。

「でも……」

それでも、こう思ってしまうのだ。

――なんでそれが自分じゃないんだろう、と。

分かっている。自分に力がないからだ。

西野には、彼のような強力なスキルやステータスはない。

それに頭を使い、仲間を動かすことが西野の強みなのだから、役割が違うと言ってしまえばそれまでだ。

でも、それでも彼だって男なのだ。

好きな女の子の前ではカッコつけたいし、良い姿を見せたい。

「はぁ……」

今日だって、彼に無邪気に抱き着いてる六花を見たら、どうしようもないほどに胸が切なくなった。

なんであの人なんだ。なんで自分じゃないんだ。

何度もそんなふうに考えてしまう。

六花が笑えるようになった――それだけでいいじゃないか。

親友《イチノセ》と再会して、以前とは見違えるほどに明るくなった――それだけで十分じゃないか。そう
思っていた、はずなのに――。

「……何で俺、カズトさんに嫉妬《しっと》してるんだよ」

本当に、嫌だ。

そんなふうに考えてしまう自分が、どうしようもないほどに嫌だった。

こんな黒くてドロドロした感情を自分が抱くなんて。

ずっと目を背《そむ》けていた、ずっと気付かない振りをしていた自分の感情に、西野は向き合うことが
できなかった。

いや、そもそも自分には六花を好きになる資格すらないというのに。

彼女をあんな目に遭わせて、その上親友がいたことにすら気付かなかったのに。

どの口で、そんな言葉を吐くと言うのか。

「醜《みにく》いな、俺は……」

だから一人になりたくて、こんな夜更けに一人で公園にやってきた。

こんな姿、誰にも見せたくなかったから。でも、

「――おや、どうしたんだい、こんな夜更けに」

「え？」

声がした。

顔を上げ、声のした方を見れば、そこには一人の男性が立っていた。

人懐《ひとなつ》っこい笑みを浮かべるのは、いかにもオッサンという言葉が似合うだろう。

そこにいたのは――

「五所川原……さん……」

オッサン、五所川原八郎《はちろう》がそこに立って自分に手を振っていた。

どうしてこのおっさんがここにいるのだろう？

正直、今夜は誰とも会いたくなかった。

独りで気分を落ち着かせたい西野としては水を差された気分だった。

「隣に座ってもいいかな？」

「……どうぞ」

頷きつつも、心の中では早く帰れと思った。

五所川原は「よっこいしょ」と言いながら、ベンチに腰かける。

「それで……どうしたんですか、こんな夜更けに?」

「それはこっちのセリフだよ。西野君こそどうしたんだい、こんな夜更けに? 明日も早いだろう?」

質問を質問で返すなよ、と突っ込みたかった。

「……別に。目が冴《さ》えたから少し散歩していただけですよ」

「ふぅん、散歩ねぇ……。なるほど、なるほど。じゃあ、私も同じ理由だ」

「……」

イラッとした。

だが怒鳴《どな》りつけるわけにもいかず、西野は無言で夜空を見続けた。

五所川原も、手に持った缶コーヒーをちびちび飲みながら、同じように夜空を見上げる。

「電気が使えるようになって、この辺は明るくなったねぇ。でもやっぱり以前に比べればまだまだ夜は暗い。でもそのおかげで星空がよく見えるようになった」

「……」

確かに、以前は見えなかった星々が、今はよく見える。

まあ、視界の端に『安全地帯』の見えない壁に張りついてるペオニーの蔦が映らなければ文句《もんく》はないのだが、そこを突っ込むのは野暮《やぼ》だろう。

「西野君、私はね、子供のころからこうして星空を眺めるのが好きだったんだ。大人になって結婚してからは、妻や娘ともよく一緒にこうして眺めたもんだよ」

そう言って、五所川原は左手の薬指にはめた指輪を優しく撫でる。

そういえばこの人、妻子持ちだったな、と西野は今更ながら思い出した。

奥さんと娘さんは見つかったのだろうか？

「ずーっと広がる星空を眺めているとね、自分の小さな悩みなんてどうでもよくなってくるんだ。仕事で失敗しても、妻に叱《しか》られても、娘に嫌われても、それでも変わらず星は私たちの頭上に輝いている。そんな星たちを見てるとね、また頑張ろうって気持ちになるんだよ」

「……意外ですね。五所川原さんがそんなにロマンチストだったなんて」

「はは、よく言われるよ。でも人は見かけによらないって言うだろ？　君や柴田君がいい例だ」

「俺や柴田が、ですか……？」

「そうとも。君や柴田君は不良ぶっているが、その内面にはきちんと芯《しん》がある。仲間想《おも》いで、意外と熱血漢で、それでいて根は真面目《まじめ》だ。いくら悪ぶって見せても、分かる人はきちんと分かる」

「……別に、そんなこと」

「あるよ。私が保証する」

強い口調だった。

その言葉には妙な重みがあり、西野は自然と五所川原の方を見た。

冴えない中年の顔だ。どこにでもいるようなおっさんの顔だ。

なのに、どうしてか今は少し違って見えた。

だから西野はつい反抗してしまう。

「ありえませんよ、そんなこと。どこをどう見ればそう思うんですか？　五所川原さん、アナタは知らないでしょう。俺がホームセンターで、ハイオークから逃げる時に、仲間にどんな指示を出したかを……」

あの時、あのハイ・オークとオークの群れの襲撃を受けた際、西野は仲間にこう指示を出した。

避難民を囮《おとり》にして、バラバラに逃げろ、と。

当然作戦内容を知らなかった避難民たちの大半はモンスターの囮として、無残に殺され、生き延びたのはほんのわずかだった。五所川原はその数少ない生き残りだ。

もしこの事実を知っていたら、そんな言葉を吐けるわけがない。そう思った西野だったが、

「勿論、知ってたとも」

五所川原のその言葉に、西野はぽかんとなる。

知ってた？　知っていて、それでも自分にそんな言葉をかけたというのか？

「なん……で……？」

「何で？　あの状況では、ああする以外に選択肢なんてなかっただろう。実際、あの時の私たちは何の力もない、自分たちのことばかりを考える役立たずだった。あの状況では切られて当然だっただろうね。君は仲間を守るために、最善を尽くしたんだ。それを責めることは誰にもできないよ」

「……」

何でそんなことを知っているんだ、と西野は思った。

「もう一度言うよ、西野君。君は強い少年だ。だから――あえて言わせてくれ」

「……？」

「――自分とクドウ君を比べて、卑下するのはやめなさい」

「ッ……!?」

核心を突く一言に、西野は動揺した。

どうして分かった？　そう顔に出ていたのだろう。

五所川原はふっと笑い、

「私はね、これでも人を見る目はある方なんだ。一応、社長だったからね。社員一人一人の顔や性格は覚えていたし、どんな悩みがあるのか、どんな不満があるのか、それに気付いて改善してあげるのも仕事の内だった。だからすぐに分かったよ。君が悩んでいることは」

「……」

「羨《うらや》ましいと思うのかい、彼が？」

五所川原が問うてくる。

「彼のようになりたいと、君は本当に思っているのかい？」

「……当たり前じゃないですか」

ぽつりと、こぼすように西野は口を開く。

「あれだけ強くて、あれだけ色んなスキルを持っていて、どんな敵にだって立ち向かって、今日なんて竜を仲間にしたんですよ？　これが羨ましくないなんてことがありますか？」

「思わないね。私はちっとも思わない。だって彼は――」

「それは五所川原さんが、あの人の活躍を間近で見ていないからそう言えるんですよっ！」

五所川原の言葉を遮って、西野は叫んだ。

これまで溜《た》めこんでいた鬱憤《うっぷん》を吐き出すように。

「あんなすごい活躍を見せられれば、誰だって思いますよ。クドウさんみたいな力が欲しい！　クドウさんみたいになりたいって！　でもそれっておかしいことですか？」

「……」

「俺だって……俺だって頑張ってるんですよ……。でも、駄目なんです。俺じゃ、アイツを……六花を守ってやれない。アイツを笑顔にしたのは一之瀬で、アイツを守れる力を持つのはカズトさんだ。俺は……俺に何ができるって言うんですか！　何一つ、俺にはあの人に勝てるものなんてない！せいぜい作戦を立てて、仲間を指揮するのが関の山だ！　それだって藤田さんや十和田さんの方が何倍も上手くできる！　俺だったら仲間を死なせてた場面だって何回もあった！　俺の替えなんていくらでもいるんです！」

「西野君、それは――」

「ええ、分かってますよ！　これがただの醜い嫉妬で、馬鹿な劣等感で、どうしようもない八つ当たりだってことは！　でもそんなの分かってるんです！　でも……でもどうしようもないじゃないですか！　頭では理解していても、心が納得してくれないんですよ！」

ぎゅっと拳《こぶし》を握りしめ、西野はありのままの自分をさらけ出す。

それは、世界がこうなって彼が初めて他人に見せた弱さだった。

カズトのように強くなりたい。彼のように六花の隣に立って、彼女を守って戦いたい。

でも、自分にはそれができない。弱いから。スキルがないから。ステータスが低いから。力がないから。それがどうしようもなく、彼の心を締めつける。

心のどこかで思ってしまうのだ。

――なんで俺じゃないんだろう、と。

それは誰しもが心の中に持っているものだろう。

あんなふうになれたら、あんなことができたら、と。

嫉妬とは言い換えれば、他人に対する憧《あこが》れや羨望《せんぼう》の裏返しだ。

憧れているから、羨望するから、人は嫉妬してしまうのだから。

だが五所川原は西野をじっと見つめ、

「君はクドウ君じゃない」

はっきりとそう言った。

「君は九堂和人《くどうかずと》じゃない、西野京哉《きょうや》だ。君は彼にはなれないし、クドウくんも君になれない。そして――君の代わりだって誰にも務まらない」

じっと、西野の目を見つめ、

「人が誰かの代わりになるなんてできないんだよ。代わりが務まるのは、会社の仕事くらいのもんだ。いや、それだって完全には無理だろうね。その人じゃないと嫌だっていう取引先はいくらでもいるし、その人がいるからこそ一緒に仕事をしてくれる人たちがいる。憧れても、嫉妬しても、その人自身になることは誰にもできない」

「……じゃあどうしろって言うんですか？　諦めろって言うんですか？」

「そうだ」

「ッ……」

はっきりと五所川原は断言した。

「クドウ君になろうとするのは諦めなさい。君は、君自身にしかなれないのだからね」

「え……？」

「君がクドウ君に嫉妬してるなら、クドウ君に負けないように努力し続けるしかないんだ。君が自分自身を認められるようにね。そして、その努力を見てくれている人たちは必ずいる。君が頑張れば、諦めなければ、その想いは必ず相坂君や他の皆にも届く」

「……そうでしょうか？」

「そうとも。いや、もうとっくに届いていると、私は思うけどね」

「え？」

「――西野さんっ！」

少し離れたところから声がした。

見れば、柴田や他の仲間たちが息を切らしてこちらへ走ってくるのが見えた。

「探しましたよ。メール送っても返事がないし、心配させないでください」

「え……？　あ、ああ、すまない」

西野が謝罪すると、柴田たちは心底ほっとした表情になった。

「よかったっす。西野さんに何かあったら、俺ら悔やんでも悔やみきれないっすから」

「……」

西野は柴田たちの顔を見る。ただ自分の気持ちを整理したくて、一人になっただけなのに、ここまで彼らに心配させていたのかと思うと、複雑な気持ちになった。

「六花や一之瀬たちも探してますから、とりあえずアイツらにも連絡してもらっていいっすか？　俺よりも西野さんが直接連絡した方がいいと思うんで」

「ああ、分かった。……六花もか？」

「当たり前じゃないっすか。というか、西野さんを探そうって、最初に言ったのはアイツですよ？」

「……そうか」

柴田のその言葉に、西野は少し表情を取り戻す。

メールを送ると、すぐに返事が戻ってきた。

『――りょーかい、心配させないでよねー』

いつもと同じ六花からのメール。

それが今は少しだけ温かく感じた。

不意に、肩に手が置かれる。隣に立つ五所川原が自分を見ていた。

「ほら、君を見てくれる人たちはちゃんといるだろう？　ちなみにね、ホームセンターでのことを教えてくれたのは柴田君なんだよ？」

「アイツが……？」

「ホームセンターから逃げ延びて、合流した後だったかな。その時に教えてくれたんだ。土下座《どげざ》して、謝罪されたよ。だが彼は一言も、君のことを責めていなかった。自分たち全員に責任がある。だから次に彼に会っても、どうか責めないでくれと」

「……」

知らなかった。アイツがそんなことをしていたなんて。

「言っただろう。君の思いは、ちゃんと届いているって」

「……そう、ですね。そんな簡単なことも見えなくなってたんですね、俺は……」

「ん？　どうしたんっすか、西野さん？」

「いや、何でもない。戻ろう、俺たちの家に」

「うっす」

歩きながら、西野はもう一度夜空を見上げる。

「……俺は俺自身にしかなれない、か」

憧れても、嫉妬しても、自分は自分以外の誰にもなれない。

悩みが解決したわけじゃない。気持ちに整理をつけたわけでもない。

きっとこれからもこの劣等感と嫉妬は自分を苛《さいな》むだろう。

——でも、それでも前に進み続けるしかないのだ。

ならば足掻こう。少しでもアイツの隣に立てる自分になるために。

前に進もう。少しでもあの人の強さに近づけるように。

「……ああ、やってやろうじゃないか」

歩き始めた彼の顔に、もう影は差していなかった。


西野を拠点に送りつけた後、五所川原は一人ベンチに腰かけ夜空を見上げていた。

「やれやれ、なんとかなったようだね」

市役所に戻って来た時はだいぶ追い詰められた表情をしていたが、あれならもう大丈夫だろう。

「クドウ君もそうだが、西野君も大概自己評価が低い。自分たちがどれだけ、仲間に必要とされているか、ちゃんと理解してくれなきゃね……」

自分のことは自分が一番分かっていると言うが、意外とそうでもない。

こと、他人からの評価に関しては特にだ。

「まだ何か隠しているような気がしたが……あの様子なら大丈夫だろう」

話している最中、五所川原はまだなにか西野には隠していることがあるのではないかと感じていた。

だがあの様子なら、きっと乗り越えられるだろう。

「だが、少し……彼には嘘をついてしまったね……」

そう言って彼は懐《ふところ》から一冊の手記を取り出す。くたくたになりかなり年季が入っているそれは、
彼が毎日欠かさずつけていた日記帳だった。

世界がこうなるずっと以前から彼は日記をつけることを習慣にしていた。

「……九月三日　娘がプレゼントをくれた。黒いハンカチだ。おこづかいをこつこつ貯めて買ったらしい。お礼はスマホの新機種がいいと言っていた。これはなかなか高い買い物になりそうだ」

パラパラと適当にページをめくる。

「……十月四日　今日は妻との結婚記念日だ。情けないことに妻に言われるまで私はそのことをすっかり忘れていた。妻には呆れられ、娘にも怒られた。明日はどうやって二人の機嫌《きげん》をとるか苦労しそうだ……」

ページをめくる。

「……十二月三日　妻に買い物を頼まれた。急いで買ってこいと言われ、買い物をして戻ってみると、テーブルの上には大きなケーキや私の好物ばかりが置かれている。それを見て、私はようやく今日が自分の誕生日だと気付いた。忘れていても、こうして妻と娘が思い出させてくれる。それはとても幸せなことなんだと、気付かされた」

ページをめくる、めくる、めくる。

そこには家族の思い出が、彼の記憶が綴《つづ》られていた。

「――本当に幸せそうだね、この時の私は……」

それはどこか他人事のようなセリフだった。いや、事実その通りなのだ。

――五所川原は妻と娘のことを全く覚えていないのだから。

西野に語った彼の思い出は、彼が自分の日記を見て、さも自身の記憶のように語ってみせただけ。

実際には、今も妻と娘の顔も思い出せない。どんな姿だったか、声だったか、どんな匂いをしていたか、その温《ぬく》もりも、何もかも彼は思い出せない。

「トレント、か……」

娘は隣町の高校に通っていた。妻も娘に一人暮らしさせるのが不安だと一緒について行った。

隣町――そう、ペオニーが出現した町にだ。

トレントに食われた者は存在を失う。つまり、彼の妻や娘はもう――

「……頑張らないとね、私も」

日記を懐にしまい、彼は立ち上がる。

「……悲しむこともできないんじゃ、妻と娘に申し訳がないじゃないか」

# 第四章　暴食の大樹

夜が明けた。今日から本格的なペオニー討伐《とうばつ》のための準備開始だ。

朝食を済ませると、俺《おれ》は一人で『安全地帯』の境界線に来ていた。

見渡す限り瓦礫の山と壊れたビル群が広がっている。相変わらず世紀末な光景だが、それよりも目を見張るのが、宙に張りつくペオニーの根だ。空中に張りつく大量の根は、こちらに入ってこないと分かっていても不気味《ぶきみ》で仕方のない光景である。

（破られる心配はないと思うけど……これだけ圧巻だとやっぱり身構えちゃうな……）

一本一本が腕よりも太く、ドクン、ドクンと脈打ち、まるで極太の血管のようだ。

試しに一本切ってみるがすぐに再生してしまった。切断された部分は地面に落ちるとみるみるうちに枯れてしまう。

（反撃してくる気配は……ないな）

反撃が無意味だと分かっているからか、それともこんな末端部分など失っても何ともないからか。ともかく反応がないならそれでいい。邪魔が入らないと分かれば、それで問題ない。

「よし、モモ」

「わんっ」

足元の『影』を踏むと、すぐにモモが姿を現した。

「お疲れ、モモ。もう大丈夫か?」

「わん、わんわんっ」

モモはだいじょうぶだよーと頷《うなず》く。昨日からモモたちは『影』の中でずっと竜《ドラゴン》の説得をしていたのだ。どうやら上手《うま》くいったようだが、やはりちょっと——いや、かなり緊張するな。

今日、ここに来たのは竜と顔合わせをするためだ。

パーティーメンバーにはなってくれたが、アカやキキと違って自主的に仲間になってくれたわけじゃないからな。色々と不安も多い。まずは俺一人で顔合わせをしようということになった。

一之瀬《いちのせ》さんはだいぶ渋ったけどな。

「ふぅー……」

やっぱり緊張するな。息を整え、手に滲《にじ》んだ汗をズボンで拭く。

「それじゃあ、モモ。頼む」

「わんっ」

モモは一旦《いったん》『影』に潜る。すると波紋《はもん》が広がるように、一気に『影』が広がった。

——来る!

ドパァッ!とまるで噴水のように影が溢《あふ》れ出し、そこから一匹の竜が姿を現す。

光を反射させ藍色《あいいろ》に輝く美しい鱗《うろこ》、雄々しく広がる一対の翼、人間など丸呑《まるの》みできるであろう巨大な口からは鋭い牙《きば》を覗《のぞ》かせている。何度見てもその存在感は圧倒的であった。

「ガルルルル」

竜はキョロキョロと周囲を見回し、次いで足元にいる俺に気付いた。

「……」

「……よ、よう？」

じぃっとこちらを見つめること数秒――竜の背後で何かが砕けた。

「ッ⁉」

土埃《つちぼこり》が舞い、ヤツの背後にある瓦礫が吹き飛ぶ。

そこでようやく俺は、竜が自分の尻尾《しっぽ》を地面に叩《たた》きつけたのだと理解した。

「グルゥウゥウウウウウアアアアアアアアアアアアアアアアアアッ‼」

「～～～～ッ⁉」

ヤバい。超怖い。何でいきなり怒りモードな訳？　モモたちの説得は？　俺喰《く》われるの？

震えるのを必死に我慢していると、すぐにモモとキキが『影』から姿を現した。

「わんっ！　わんわんっ！」「きゅー！　きゅきゅぅーん！」

「ガルォ……？」

「わん！　わふぅー！　わんわん」「きゅう！」

「……ガァ」

必死に説得するモモたち。

するとなぜか竜はどこか呆《あき》れた表情になった――ように見えた。少なくとも俺には。

「……ガルル」

竜が再び俺を見る。

するとバチッと頭の中に電気が走ったような衝撃を感じた。

「痛っ……⁉　な、何だ？」

『――繋《つな》ガッタカ？』

頭を押さえていると、何やら声が聞こえた。

いつも聞く天の声とは全く別の、やや低めの透き通った女性のような声音《こわね》だ。

『――ドウシタ？　呆《ぼ》ケテイナイデ、反応シロ。コノ声ガ聞コエテイルダロウ？』

目の前の竜が覗き込むようにこちらを見つめてくる。

「………まさかこの声って？

『――無論、我ダ』

キエエエエアアアアアアアアシャアベッタアアアアアア！！！

驚いて腰を抜かす俺を見て、竜はまたしても呆れたような表情を浮かべた。

そういえば、この竜のスキルには『意思疎通』と『念話』があったっけ？　色々衝撃的なことが多すぎてすっかり失念していた。

『言ッテオクガ、誰《だれ》デモ我ト『念話』ガできルワケデハナイ。我ガ認メタ者ノミ、我ノ声ガ届ク』

それはもしかしてパーティーメンバーのことを言っているのだろうか？

いや、世界がこうなる以前からスキルを持ってたっぽいし、純粋に他種族とのコミュニケーションを取るためのスキルなのだろう。自分が認めた云々は多分、プライドが高そうだからだろうな。……一応俺も認められたってことでいいのか？　しかしそう考えると、モモすごいな。仮にも竜に認められたってことなんだから。

「わふんっ」

モモ、ドヤ顔である。褒めてもいいんだよ？　モフモフしてもいいんだよ？　と俺の方をチラチラ見てくるので、勿論《もちろん》全力で撫《な》でてあげた。

「きゅきゅー！」

羨《うらや》ましそうに甘えてくるキキにも精いっぱいモフモフする。

あー、ラブリー。癒やされるわー。二匹のおかげで、だいぶ気分が落ち着いてきた。

すると何やら竜が興味深そうにこちらを見てることに気付いた。

『……ソレハ貴様ラノ風習カ？　肌ト肌デ触レ合ウコトデ親交ヲ深メル？　フム、ヨカロウ』

竜は無言で頭をこちらに差し出してくる。

「……？」

『ドウシタ？　早ク触レロ』

「え？」

『貴様ラノ風習ニ則ッテヤル。ハヤク触レロ』

「は、はい！　分かりました！」

めっちゃ睨《にら》んでくるので俺は急いで竜の顎《あご》を撫でた。すると竜は気持ちよさそうに喉《のど》を鳴らす。

『ホゥ、悪クナイ……』

「わんっ」『きゅー♪」

モモとキキが「でしょー?」って竜の足元をくるくる回る。

(……ぶっちゃけザラザラしてすごく痛い……おろし金みたいだ)

撫でるたびに皮膚がガリガリ削られる。とはいえそんなこと言えるはずもないので、俺はしばらくの間、竜が満足するまで撫で続けるのであった。

『――フム、モウヨイ。満足ダ』

しばらく撫で続けて、ようやく竜は満足した。あー、手が痛い。めっちゃひりひりする。

『我をコレほど心地《ここち》良クサセルトハ。ソノ二匹の言葉ハ嘘《うそ》デハ無カッタラしイ』

「わんっ。わふーん」『きゅー、きゅうー」

『影』の中でモモやキキはどんな説得をしていたのだろう。すっごく気になる。

「えーっと、モモやキキからは、どんなふうに俺のことを聞いてたわけ?」

『人族最高の英雄デアリ、最強の存在ダト言ッテいたぞ? アト撫《な》デルのが、とても上手いと』

そんな訳ないだろ! いや、撫でるのに関しては自信あるけどさ。モモ、キキ、嘘はよくないよ?

「くぅーん?」『きゅぅ?」

俺が目で訴えても、モモとキキは不思議そうに首を傾げる。

え? ちょっと待って、お前らの中で俺ってそんな存在なの? というか、竜さんや。ちょっと顎撫でただけで、なんでそんなこと分かるわけないだろ。どう考えたって嘘だって分かるだろ。

『人族最強カ……。まさかあの『死王』ト同格ノ存在がこの地ニいるとはな……道理で何度殺しても死なないはずダ。ヤツも何度殺しても平気で生キ返る化け物だったからな』

……死王ってなんですか？　なんか俺とんでもないモノと同格の存在にされてない？

何度殺してもって……あ、そうか『分身の術』で攪乱《かくらん》してた時か。確かに忍術を知らないモンスターからすれば何度も蘇《よみがえ》ったように見えるか。

というか、先ほどから頭に響く声が流暢《りゅうちょう》になってきている。

竜とのパスがより強くなってきてるからかな？

『この我と手を組むのだ。半端《はんぱ》な格なら爪《つめ》で引き裂いてやろうかとも思ッたが、『死王』ト同格ならば致シ方ない。我と手を組むことを許すぞ、人間』

「お、おぅ……」

なんかよく分からないうちに竜の中では俺が人類最強の存在になっていた。

どうしよう、メッキが剝《は》がれる予感しかしない。うん、そうだな。今のうちに正直に話して――

『無論、嘘であれば即座に食い殺す』

「ヨロシクネー」

うん、アレだな。前向きに考えよう。せっかくモモたちが頑張って説得してくれたんだ。なんとか俺もその期待に応《こた》えないといけないよな。

ともかくモモたちが上手く？　説得してくれたおかげで、俺は竜とのファーストコンタクトに成功するのだった。ああ、胃が痛い……。

「そういえば、お前に名前ってあるのか？」

『む……？』

「いや、ずっと竜って呼ぶのもアレかなって思って……。ほら、アカやキキみたいに名前があれば、そっちで呼んだ方が良いかなと思ってさ」

『……我に名などないぞ？』

パーティーメンバーの欄に名前が載ってなかったから予想はしてたけど、やっぱりか。

「じゃあ、もしよければ名前をつけてもいいか？　勿論、そっちがよければだけど」

『……いいのか？』

「ああ。アカやキキも俺が名前をつけたんだ」

『……』

竜は一瞬何か考え込むように目をしばたたかせる。

「あ、いや、勿論嫌なら――」

『……くだらぬ名であれば許さぬぞ？』

「精いっぱい考えるよ」

よ、よかった。てっきり名前をつけるのを嫌がるのかと思った。

さて、なんてつけよう。やっぱ鱗が青いし、アオってつけたいけど、やっぱ安直だよなぁ。

でも何となくこれまでずっと色で名前をつけてきたしなー。それっぽいのがいい。

「じゃあ――〝ソラ〟はどうだ？」

空色。藍色のこの竜は空を飛んでいると鱗が保護色となり、一瞬見えなくなるほどに空と同化して見えることがある。縦横無尽に天空を駆け廻るコイツにぴったりじゃないだろうか。

『ソラ……空か……』

竜は噛《か》みしめるようにその名を呟《つぶや》き、そして空を見上げる。

それはどこか昔を懐かしむような感じがした。

『――いいだろう。今日より我はソラだ。これからはそう呼べ』

「ああ、気に入ってもらえてうれしいよ」

さっそくパーティーメンバーの項目を確認する。

パーティーメンバー
モモ　暗黒犬　Ｌｖ３
アカ　クリエイト・スライムＬＶ５
イチノセ　ナツ　新人《アラビト》ＬＶ２
キキ　カーバンクルＬＶ２
ソラ　ブルードラゴンＬＶ３８

パーティーメンバーの竜の項目に名前が追加されていた。きちんと承認されたみたいだ。

……ていうか、改めて見るとレベル高いなー。ステータスも殆《ほとん》ど四桁《よんけた》だったし、改めてその化け物具合に驚いてしまう。

「それじゃあソラ、早速だけど一之瀬さんたちとも顔合わせを――」

『ッ……』

「ん？　どうした？」

ソラは腹に手を当てて、何かを確認するように目を瞬かせている。

『……いや、何でもない』

一瞬、苦しそうな表情をしてたけど気のせいか？

まあ、本人がいいって言ってるんだし、あまり追及して機嫌《きげん》を損ねるのもマズいか。

さて、それじゃ一之瀬さんたちに連絡するか。万が一、竜が暴《あば》れた時のために一之瀬さんたちには離れた場所で待機してもらっている。モモの『影渡り』を使えば、一瞬でここに移動できるしね。

……一之瀬さんが吐かないか心配である。


それから数分後――ガチガチに固まった一之瀬さんが隣に立っていた。

「あわ……あわわわわわ……」

もう傍《そば》から見ても可哀《かわい》そうなほどに震えている。生まれたての小鹿よりも震えていらっしゃる。

「だ、大丈夫です、一之瀬さん落ち着いてください。メールでも話したように、ソラとの話し合いは上手くいきましたから」

「わ、わわわわ分かってますよ。べ、別に、全然、ホント、全く怖がってなんていませんかららら……うっぷ」

一之瀬さんは口元を押さえ、吐くのを必死に我慢している。

まあ吐かないだけ進歩したのかなぁ。隣に立つ六花《りっか》ちゃんもさすがに笑みをひきつらせている。

「お、おっきいねー……。はは、さすがに、ちょっと怖いかも」

それでも一之瀬さんを後ろに下がらせ、自分が前に出るあたり、男前な六花ちゃんである。加えてもう片方の手は油断なく腰に携えた鉈《なた》に添えられている。六花ちゃん、マジ歴戦の戦士である。

「ひぃぃぃぃぃ……」

「とお姉、大丈夫だって、ほらいこうよ」

「さ、サヤちゃん、私は別に怖がってなんかいないわ。だ、だから、ちょっ、押さないで……」

その遥《はる》か後ろにサヤちゃんと五十嵐《いがらし》さんがいた。五十嵐さんのほうは完全にビビっているな。

「だ、大丈夫なんですよね？　本当に食べられるとかないですよね？」

「ないですよ。……ですよね？」

『……人など喰わん。不味《まず》いからな』

だそうだ。ちなみに好物は干し草と果物らしい。

試しに農協の倉庫で手に入れた干し草ロールをあげたら美味《おい》しそうに頬張《ほおば》ってくれた。収穫した麦畑とかに転がってるデッカイあれだ。ロールベールとかいうやつ。腹が減ってたのか、あっという間に四つも平らげてしまった。……それ一個300kg近くあるんだけど。

『それより、そちらの小娘はサヤというのか?』

「へ? サヤちゃんのことか? いや、正確には三矢香《さやか》って名前だよ」

『そうか。昨日は名を聞きそびれていたからな。その小娘――サヤカにも我を名で呼ぶことを許す』

「――うぇ? い、今なんか、声が聞こえたっ」

どうやら昨日の頑張りがソラに認められたらしい。サヤちゃんにも念話が届いたようだ。

「さて、五十嵐さんもビビってないで早くこっちに来てください」

「あ、ちょっ、そんな無理やり引っ張らないでください! くっ強引なっ――えへっ……」

無理やり手を摑《つか》んでソラの前に引きずり出す。

抵抗しているけど、ステータス差は歴然だ。

……ん? なんか若干嬉《うれ》しそうな気配が伝わって――気のせいだよな?

「そ、それで私がここに呼ばれた理由って何なんですか? 何も聞いていないのですが?」

「あ、そういえば私も聞いてなかった。カズ兄、なんの用?」

ああ、そっか。メールで来てくれって伝えただけだったモンな。

「実はソラの『鑑定《かんてい》』をお願いしたいんです」

「……? 『鑑定』なら昨日したでしょう?」

「あの時とは状況が違います。パーティーメンバーになったことでより詳細にステータスが分かるかもしれませんし、なによりソラは『ステータス』の存在を知らないみたいなんです」

「……え?」

その言葉に、俺の後ろにいた一之瀬さんや六花ちゃんも驚く。これは俺もさっきソラと話していて知ったことだ。

「そうだよな、ソラ?」

『ああ、『スキル』や『職業《ジョブ》』などといった言葉も初めて聞いた』

「……? あのクドウさん、先ほどから誰と会話をしてるんですか?」

「え? あ、そっか、一之瀬さんたちにはソラの念話は届いてないんですよね」

ちらりとソラの方を見る。

「ソラ、『念話』を一之瀬さんたちにも――」

『我が人で認めたのは貴様とそこの小娘だけだぞ?』

「……いや、それは光栄だけど、これからパーティー組むんだし会話がないと不便だろう?」

『貴様が間に入れば問題あるまい。それに――ん?』

ふと、ソラの視線が一之瀬さんの方を向く。正確には、彼女の持つライフルに。

『その武具……もしや我の目を撃ち抜いたのは、その娘か?』

「……だったらどうする?」

俺はスキルをオンにして警戒モードに入る。やっぱり目を撃ち抜かれたこと恨んでいるのか?

だがソラはふっと笑い――、

『――いいだろう。そっちの娘にも我と話をすることを許そう』

「え?」

「あ、あれ？　い、今なんか頭の中に声が……？」

今の反応からすると、一之瀬さんにもソラの『念話』が届いたのか？

「……恨んでないのか？」

『何故《なぜ》だ？』

「いや、だって、その目……」

ソラの目にはまだ生々しい傷跡が残っている。一之瀬さんにやられた傷は完治していないのだ。

『別に気にしてなぞおらん。これは我が油断したからだ。それに実力のある者は認めねば竜の誇りに関《かか》わる』

「そういうもんなのか……」

実力主義ってことか？　竜の価値観ってよく分からん。まあ、後で柴田君に治してもらえばいいか。でも一之瀬さんもソラに認められたらしい。そのことを一之瀬さんに説明すると、

「ワー、嬉シイナー」

ほぼ俺と同じようなリアクションとなった。

六花ちゃんや五十嵐さんは駄目みたいだけど、とりあえず一之瀬さんにも『念話』が届くのであれば、パーティーメンバー内でのやり取りは問題なくなる。これはこれでオッケーだ。

閑話休題《かんわきゅうだい》。

「話が脱線してしまいましたね。改めて言いますが、ソラはスキルやステータスの存在を知らなかったようなんです」

「知らなかったって……でも明らかにスキルを使ってましたよね？」

　一之瀬さんの問いに俺は頷く。

「ええ、自分が使える力については理解しているみたいですが、それをステータスとして可視化できることは知らなかったみたいなんです。おそらくソラたちがいた元の世界ではステータスという概念はなかったのでしょう」

「それって……もしかしてこの世界がこうなってから、ステータスやスキルが生まれたってことでしょうか？」

「ええ、おそらくは。ただまあ、ソラたちに限って言えば、元々持っていた力を可視化させただけなんでしょうけどね」

　俺はてっきりモンスターたちがいた元の世界に元々そういう法則があったのかと思ったが、どうやら違ったようだ。

　思い返してみれば、モモは何度かステータスをいじる仕草をしていたが、アカやキキがそういう仕草をすることはなかった。その違いにもっと早く気付くべきだった。

「あれ？　でも今は自分のステータスが見えるんだよね？　なら『鑑定』する必要なくない？」

「いえ、相坂《あいさか》さん、それは違いますよ。確かに今ならソラは自分で自分のステータスを見ることができますが、それを『念話』で上手く俺たちに伝えることができないんです」

「あ、そういうことか」

『念話』だとスキルの名称や効果がいまいち伝わりにくい。というか、ぶっちゃけ、ソラが言葉足らずで説明不足でよく分からないのだ。なによりソラ自身がスキルの効果を誤認している可能性もある。

たとえば『爪撃《そうげき》』一つ見ても、ソラは爪で切り裂く技だとしか言わなかった。具体的にどの程度の破壊力なのか、効果範囲や副次効果があるのかはまでは説明できない。おそらく本人は本能で使いこなしていたんだろうけどね。

「なので『鑑定』できちんとスキルを見て『質問権』で詳細を調べれば、情報の齟齬《そご》が生じることはありません。なによりソラ自身が自分のスキルの詳細を正確に把握できるんです」

手間はかかるが、これが一番確実な方法なのだ。

「という訳で、五十嵐さんお願いします」

「……分かりました」

五十嵐さんはソラをじっと見つめ、ポケットから出した手帳にさらさらと文字を走らせてゆく。

「……確かに昨日よりもスキルの詳細を見ることができますね」

予想は当たっていたようだ。

あ、そうだ。この際だから、モモたちのスキルやステータスの詳細も見ておきたいな。

今更、彼女が虚偽《きょぎ》の申告をするとも思えないし。

考えてみれば、モモたちのステータスを見るのもこれが初めてになるな。どんな感じだろう？

という訳で、五十嵐さんに頼んで鑑定してもらった結果、モモたちのステータスはこんなかんじであった。

## アカ

**クリエイト・スライムLV5**

HP:220／220、MP:120／120
力:1、耐久:98、敏捷:1、器用:1
魔力:1、対魔力:300、SP:30

### 固有スキル

■■■■

### スキル

衝撃吸収LV7、衝撃吸収強化LV2
斬撃無効LV7、軟化LV7、悪食LV7
索敵無効LV10、消臭LV10
精神苦痛耐性LV10、同族吸収LV4
分裂LV4、認識同期LV4、擬態LV7
意思疎通LV1、石化LV1、巨大化LV1

## ソラ

**ブルードラゴンLV38**

HP:4300／5200
MP:2000／2300
力:1200、耐久:800
敏捷:2500、器用:1200
魔力:2200、対魔力:1100
SP:176

### 固有スキル

■■■■■■■■

### スキル

爪撃LV10、ブレスLV10、竜鱗LV10
高速飛行LV10、索敵LV3、威圧LV5
咆哮LV5、狂化LV4、ブレス強化LV8
ブレス超強化LV7、爪撃強化LV7
竜鱗強化LV7、飛行速度強化LV8
危険感知LV3、射程強化LV5
意思疎通LV4、念話LV3
MP消費削減LV3、気配遮断LV2

## モモ

**暗黒犬LV3**
HP:422／422、MP:85／85
力:130、耐久:112、敏捷:480
器用:210、魔力:110、対魔力:120
SP:36

### 固有スキル

共鳴■■■■

### スキル

噛みつきLV4、体当たりLV2
引っ掻きLV2、悪路走破LV4
嗅覚強化LV2、索敵LV4
危機感知LV4、恐怖耐性LV4
ストレス耐性LV4、空腹耐性LV4
孤独耐性LV4、群狼強化LV4
敏捷強化LV1、意思疎通LV2
操影LV7、潜影LV5、影武器LV4
咆哮LV4、影渡りLV2、暗黒弾LV1

## キキ

**カーバンクルLV2**
HP:40／40、MP:80／80
力:10、耐久:11、敏捷:18、器用:21
魔力:11、対魔力:12、SP:24

### 固有スキル

■■■■

### スキル

戦闘支援LV3、応援LV4
支援魔法LV3、反射LV7
意思疎通LV1、呪い付与LV2
看破LV1

「……モモ、お前いつの間に固有スキルなんて手に入れてたんだ……？」

「わふん？」

モモはよく分からないといったふうに首を傾げる。可愛《かわい》い。

とりあえず『質問権』で調べてみるか。


『共鳴』

二つの世界が融合した新たな世界で、最初に魔石を摂取した生物に与えられるスキル。


この世界で最初に魔石を摂取……？

そういえば、最初にモモに出会ったあの日、パーティーメンバーになったモモは既にＬＶ２になっていた。俺と出会う前にもモンスターと戦ってたってことだ。

まさかあの時、既にモモはスキルを手に入れてたってことか？　そういえば最初に会った時もやたら魔石を欲しがってた。食べても安全な物だって――いや、自分が強くなれるって分かってたからか。

「はは、すごいじゃないか、モモ」

「うわー、モモちゃん、すごいですね」

「わふぅーん。わんわんっ」

俺と一之瀬さんに褒められて嬉しいのか、モモは体を擦り寄せて甘えてくる。

勿論、撫でる。一之瀬さんもめっちゃ撫でてる。らぶりー、癒やされるわー。

しかし最初に魔石を摂取した者に与えられるスキルか……。なんとなく取得条件が俺の『早熟』と似てるな。『早熟』も取得条件は最初にモンスターを倒した者だったはずだ。

（……でも一体どういう効果なんだ？）

『質問権』に出てきたのは、取得条件だけ。そのほかの詳しい効果については記載されていない。

くっそ、こういうところだよ、『質問権』の嫌なところは。

（それだけじゃない。その下には『[redacted]』のスキルも出てる……）

モモ、アカ、キキ、ソラ。全員の固有スキル欄に『[redacted]』のスキルが表示されている。

これは俺がハイ・オークを倒したときにも現れ、今もそのままになっている。

「モモ、このスキルはいつ出たんだ？」

「くぅーん？　……わん」

モモは「たぶん、きのう」と答えた。昨日か。変化があったとすれば、それは……、

「竜を仲間にしたこと、か……？」

竜を仲間にすることで発現する固有スキル？　でもそれなら俺にも出てるはずだよな？　ソラのステータスにも表示されてるし……。うーん、判断材料が少なすぎるな。

「く、クドウさん！」

すると突然、一之瀬さんが慌てたように声を上げる。

「どうしたんですか、一之瀬さん？」

「こ、これっ！　見てください、私のステータスっ」

「落ち着いてください、ステータスは他人には見えないでしょう」

「あ、そ、そうでした。すいません……」

「一体どうしたんですか？　なにか変化があったんですか？」

「ですです。今、なんとなく自分のステータスを確認したんですが、私の固有スキルの欄にも『■■■■《このスキル》』が表示されてるんです！」

「なっ……!?」

　それを聞いて俺は絶句した。一之瀬さんのステータスにも表示されただと？

「さっきここに来る前にはなかったんです。それが今になって突然――」

　もしやと思い、俺も自分のステータスを確認するが、俺のステータスには変化はなかった。元々持っていた■■■■が一つだけだ。

（もし仮に竜を仲間にすることが条件なら、昨日の時点で俺や一之瀬さんのステータスにも表示されているはず……）

　それが今になって現れた？　時間差？　もしくは『念話』？　竜と会話したこと？　もしくは竜に認められたこと？　いや、それとも知らない間に何か別の固有スキルの条件を満たしていた？

　そもそもこのタイミングでパーティーメンバー全員に現れたってのも気になる。

「……判断材料が少なすぎます。それにどの道、このスキルはこのままじゃ使い物になりませんし、保留にするしかないでしょうね」

「ですね……」

ペオニーとの決戦を控えたこのタイミングで不安要素を残しておきたくないが、これればかりは仕方ない。

「で、でももしこれが使えるようになれば私たちの戦力もかなり上がるんじゃ――」

「一之瀬さん、そういう希望的な観測はやめた方がいいですよ」

都合よくペオニーとの決戦の時にスキルが覚醒《かくせい》する――なんてことあるわけがない。それに今までの戦いを考えれば、スキル一つ目覚めた程度で戦力差を覆せるとも思えない。そんなあやふやな物に頼るよりも足元を固める方が重要だ。

「あ……そう、ですよね。すいません、変なこと言って」

「謝らないでください。変なことなんて何も言ってないですよ。俺の方こそ、頭から否定《ひてい》してしまってすいません」

一之瀬さんの手に重ねるように手を添え、できるだけ安心するように話しかける。すると一之瀬さんも俺の手に、自分の手を重ねてきた。

「それにこのスキル以外にも、俺たちにはまだできることがたくさんあります。そうでしょう？」

「ッ……で、ですね。となれば、まずはモモちゃんたちのスキルの把握ですか？」

「それもありますが、一番はモモたちのＳＰ《スキルポイント》ですね。これを既存スキルに割り振ることができれば相当な戦力アップになります」

ポイントの残量から言って、おそらくアカ、キキ、ソラの三匹は今まで一回もＳＰ《スキルポイント》を使っていない。おそらくスキルのレベルも使い続けてレベルを上げたんだろう。ソラに至ってはそれでＬＶ10まで上がってるんだから、一体どれだけスキルを使い続けたのか。それだけ生存競争が激しい世界だったのかもしれない。

モモはポイントの残量からしてどれかのスキルを上げるのに使った可能性はあるけど、それでも十分なポイントが残ってる。

『ポイントの割り振りとは何だ？』

「ああ、今から説明するよ。まず――」

「てか、その前にいーかげん手ぇ離したら、お二人さん」

「「え？」」

六花ちゃんに言われて、ようやく俺は一之瀬さんの手を握りっぱなしにしてたことに気付いた。

「ッ～～～～～！」

「あっ、す、すいません……」

「い、いえいえ、私の方こそ、ごめんなさいです。はい……」

慌てて手を放す俺と一之瀬さん。顔が真っ赤《まっか》だ。ヤバい、普通に触ってたけど、これセクハラとかじゃないよね？　心臓がすっげーバクバク鳴ってる。ごめんなさい、一之瀬さん。

「初々しいねー」

「……うーカズ兄……」

「ッ…………この人、サヤちゃんがいるくせに。…………そ、それに私のこともあんなふうに扱っておきながら……」

それをニヤニヤ見つめる六花ちゃんと、どこか不機嫌顔のサヤちゃん。ブツブツ呟きながらこちらを睨みつけているのが五十嵐さん。ちなみに何を呟いているのかは聞こえなかった。

『おい、早く説明しろ』

「あ、ああ。今話すよ」

空気を読まずに急《せ》かすソラがこの時はありがたかった。

時間はかかったが、俺はソラにスキルの詳細を一から全部説明した。ソラも真剣に聞き、スキルの効果を確かめるように、何度か試し打ちをする。SP《スキルポイント》の使用も問題なくできたようで、ソラは初めて見る自分のステータスプレートに驚いていた。それがちょっと面白《おもしろ》かった。

ソラは貯まっていたポイントを使い、『ブレス強化』、『ブレス超強化』、『爪撃強化』、『竜鱗強化』、『飛行速度強化』などに割り振り、地力を上げた。

ただ新しいスキルを獲得することはできなかった。どうやら俺たちと違い、モモやソラのステータスには『初期獲得可能スキル』や『取得可能スキル』という項目がなかったらしい。なので貯めたポイントは今までのスキルのレベル上げに使うことにした。モモたちと一緒に慎重に考え、いくつかのスキルのレベルを上げた。これで戦力はかなり上がったはずだ。

「あとは西野《にしの》君からの連絡待ちか……」

「ん？　ニッシーから？」

「ええ」

西野君は今朝《けさ》早くから、藤田《ふじた》さんたちとの話し合いを行っている。どうやらペオニーとの決戦に向けて、思いついた作戦があったようで、それが実行可能かどうか確認しに行ったのだ。

それともう一つ。これが一番大事なのだが、俺たちにあとどれくらい時間が残されているのかということだ。

いくら『安全地帯』に守られているとはいえ、その守りは有限だ。なにせ食料が少ない。

ペオニーにずっと張りつかれたままでは、外にレベル上げに行くことも、まともに食料を取りに行くこともままならないのだ。

俺の『アイテムボックス』に入ってる分と市役所の残存分を全部合わせた残量が、すなわち俺たちに残された時間というわけだ。

無論、全部を全員に平等に配布するわけじゃない。レベルの高い者には優先的に配布し、戦いに参加しない住民には我慢をしてもらう。決戦の時に腹が減って動けないじゃ、シャレにもならないからな。もし不平不満が出ても、五十嵐さんがいる。彼女の力を使えば、その辺を上手くコントロールできるだろう。

『メールを受信しました』

そうこうしているうちに、西野君からメールが来た。さっそく中身を確認する。

「今、西野君からメールがきました。例の作戦、どちらも実行可能だそうです」

「ッ……！　ほ、本当ですか？」

「ええ」

一之瀬さんたちは驚いている。ていうか、俺もかなり驚いた。まさかこんな作戦をあの市長や藤田さんが許可するなんてな。

「背に腹は代えられないってことでしょうね。とはいえ、これで今後の方針は決まりました」

「……決行は何時になったんですか？」

五十嵐さんの問いに、俺は少し間を置き答える。

「――三日後です。三日後、俺たちはペオニーに決戦を挑みます」

俺たちに残された準備期間は三日。たった三日だ。それまでに全《すべ》ての準備を終わらせなければいけない。鍵《かぎ》となるのは竜、そして――アカだ。

絶対に成功させる。勝って、皆で生き残るんだ。


ペオニーとの決戦までに残された時間は三日間。

それはくしくもティタンの時と同じ期間だった。あの時も、市長の『安全圏拡張』の条件達成のタイムリミットは三日だった。

（……あの時も大変だったな）

俺は藤田さんと一緒に自衛隊に助力を求めるために隣町に向かい、一之瀬さんはモモと一緒に武器強化の素材集めに奔走《ほんそう》した。西野君たちもレベルを上げ、全員一丸となってティタンとアルパを倒すために頑張った。あの時も、やれることはまだあったのに、三日という制限時間があるせいで思うように動けなかった。

でも今回はあの時よりもさらに過酷だ。なにせ今回はできることが非常に限られている。

『安全地帯』の壁にはペオニーの蔦《つた》がそこら中に絡《から》みつき、下手《へた》に外に出ようものなら、即座に捕食されてしまう。

ペオニーの捕食範囲は半端じゃない。おそらくこの町全域にヤツの根や蔦が届くと考えていいだろう。モンスターを狩ってレベルを上げることも、物資を補給することも満足にできない。自由に出入りすることができない『安全地帯』という名の檻《おり》に、俺たちは閉じ込められてしまっている。

とはいえ、弱音ばかり言ってもしょうがない。今はペオニーとの決戦に向けて備えなければ。

「それじゃあ、ソラ、頼んだぞ」

『ウム』

まずは西野君に確認してほしいと言われたことから取り掛かるとしよう。

俺はソラの背中に乗り、首元にしがみつく。

うーん、ちょっとバランスが悪いな。この辺は後でアカに相談する必要があるか。

まあ、今はいい。

すぅっと息を吸い込み、

「よし、ソラ——放てっ！」

「ギュアアアアアアアアアアアアアアアアアアアアアアアアアアアアアアッッ‼」

俺の合図とともに、ソラのブレスがペオニーへ向けて放たれた。

一方その頃《ころ》、

「――で、私たちずっとこんなことしてていーわけ？」

六花は手に持った鉈を振り回しながら、西野に訊《たず》ねる。

「ああ。今頃《いまごろ》、クドウさんも準備を進めてるだろう。俺たちは俺たちでできることをやる」

「こうしてずーっと壁に張りついた蔦を斬《き》っていく作業を？」

「ああ」

西野たちは朝からずっと壁に張りついたペオニーの蔦を斬る作業を続けていた。

とはいえ、一本一本が人の腕ほどに太い蔦だ。ただ斬るだけでも相当な体力を使う上、うっかり外に出れば、あっという間に捕食されてしまう。地味だが相当に体力と集中力を使う作業だった。

「こんなの斬ってもすぐ再生しちゃうじゃん」

「それでいいんだ。というか、事前に全部説明しただろ」

「そーだったっけ？　忘れた」

「お前な……」

呆れつつ西野は手に持ったストップウォッチを見る。

「三秒か……」

次に彼はステータスからメール画面を開き連絡を入れる。すぐに返事が来た。

「――よし、みんな、耳を塞《ふさ》げ」

「へ？」

六花は一瞬ポカンとしたが、すぐに背筋に怖気《おぞけ》が走り、反射的に耳を塞いだ。

そして次の瞬間――ズドォォォンッ！　と、大地を揺るがすほどの轟音《ごうおん》が鳴り響いた。

「い、今のって？」

「竜のブレスだ」

見れば、ペオニーの本体付近で、巨大な火柱が上がっていた。

その光景は、昨日見たそれよりも遥かに威力が増していた。

味方の攻撃だと分かっていても、そのあまりの破壊力に六花は身震いしてしまう。

「す、すんごいねー……」

ソラは100ポイント以上のＳＰ《スキルポイント》を保持していた。

それだけ大量のポイントがあれば、あれだけの強化も納得がいく。

特に攻撃関連のスキルはきっとカンストしているはずだ。

それでも、

「――やっぱり駄目か」

隣に立つ西野は冷静にそう呟いた。

砂埃《すなぼこり》が収まると、そこに依然として屹立《きつりつ》するペオニーの姿があった。

「嘘……」

「やはりあれだけの威力のブレスでも、この距離じゃ本体に届く前に防がれるみたいだな……」

予想通りとはいえ、さすがにこの結果には辟易《へきえき》する。

大きさだけではない。ペオニーはその防御力も、反応速度も反則的だ。

「でも無傷じゃない」

「え？　……あ、ほんとだ」

よく見れば、ペオニーの前方に突き出た根や蔦が何十本も焼け焦《こ》げていた。

ソラのブレスを防ぐために相当な数を使ったのだろう。

西野は即座にメール画面をチェックする。

「――約十秒か……」

手帳に結果をメモする。六花はその様子をじーっと見つめていた。

「よし、みんな、作業に戻るぞ」

「……」

「どうした、六花？　見てないで早く作業に戻れ」

「んー？　いや、いつものニッシーに戻ったなーって思っただけ」

それを聞いて、西野はくすっと笑う。

「いつものってなんだよ。茶化《ちゃか》してないでさっさとやれ」

「はいよー」

そして彼らは壁に張りついた蔦を斬る作業へと戻るのだった。

その間、何度もソラのブレスを撃つ音が鳴り響いた。


一之瀬は市役所の屋上にいた。

「かき集められるだけかき集めたけど、やっぱ素材は少ないなぁ……」

彼女の前には、『武器職人』として使用できる素材が並べられていた。

鉄くずや魔石、ジャイアント・アントの甲殻、スケルトンの骨、トレントの枝、その他諸々。

床を埋め尽くすほどのそれらを見つめ、彼女はため息をつく。

（でもこれだけじゃ私の銃やカズトさんの武器を強化することはできない……）

彼女の『武器生成』にはあらゆる素材が必要になる。

ティタンの時は、モモやカズトが外で集めてくれたおかげで何とかなったが、今回はそれができない。

レベルが上がり素材さえあれば、今まで以上の武器も作れるのになんとももどかしい。

（まあ、今回作るのはそれとは全く別のモノだし、なんとかなるかな……）

彼女が作るように言われたのは破城鎚《パイルバンカー》以上の武器ではなく、全く別のものだ。彼女の『武器創造』は破城鎚《パイルバンカー》や化け物ライフルだけでなく既存の武器やそれに付随するモノも作ることができる。

一之瀬はパラパラと渡された資料に目を通すと、その複雑さに頭が痛くなった。

「うう……胃が痛い。吐きそう……」

西野に頼まれたものとカズトに頼まれたもの。そのどちらも、三日後の決戦で重要な役割を果たすものだ。ある意味、彼女の働きが三日後の決戦を左右すると言っても過言ではない。

以前の彼女だったらその重圧《プレッシャー》に耐えきれずに逃げ出していたかもしれない。

でも、今は違う。今の彼女は以前のような人見知りの気弱な少女じゃない。

（そうだよ。カズトさんが頑張ってるんだ。リッちゃんも、モモちゃんも皆、自分にできることをやっている）

誰もが本気で自分にできることをやっている。生き延びるために、今を必死に足掻《あが》いている。

その姿を見せられて、どうして自分だけが何もしないでいられるというのか。

「ふぅー……よしっ、頑張ろう。ね、アカちゃん」

「……《ふるふるー》！」

気合を入れ直し、一之瀬は隣にいるアカと共に作業に取りかかるのだった。

胃の痛みはいつの間にか消えていた。

五十嵐十香《とおか》は市役所の玄関前にいた。彼女の前には大勢の人だかりができている。

「ではA班とB班の人たちは炊き出しの準備を、C班、D班はそれぞれのポイントで荷物の整理を、E班はもう少ししたら西野君、藤田さんのグループが戻るので彼らの手伝いをお願いします」

「「「分かりました」」」

住民たちは彼女の言葉に耳を傾け、それぞれの仕事に向かう。その顔には昨日までの不安や恐れは殆どない。彼女が寝る間も惜しんで『魅了』し続けた結果だ。

――混乱する住民の鎮静化と誘導。

カズトに命じられたことを、彼女はこの短時間でほぼ完璧《かんぺき》にやってのけていた。

不眠不休でスキルを使い続けたことで『魅了』はレベルが上がり、より多くの人々へその力を行使できるようになった。

元々竜とペオニーの襲撃によって精神がギリギリまで削られていた住民たちだ。彼らの弱った心には、彼女の言葉はスポンジのように染《し》み込《こ》み、今では彼女の言葉に熱心に耳を傾け、彼女の意に沿うように行動してくれている。その姿はある意味で信者に似ていた。実際、似たようなものだが、彼女にとっては都合がいいので問題ない。

手はいくらあっても足りない。戦力として数えることはできなくとも、今回の戦いはそれ以外にやるべきことが山のようにあるのだ。

（住民が一丸となって目的に向かう。ああ、なんて素晴らしい光景でしょうか……）

そんな光景を彼女は嬉しそうに眺めていた。

やはり人を意のままに動かすのは気分がいい。何十、何百という人々が自分の思った通りの行動をするのだ。その高み、優越感はやはりたまらなく心地いい。

（父やけん爺を説得するのは骨が折れましたけど。まあ、なんとかなってよかったわ）

自分が『洗脳』のスキルを持っていると知られたときはかなり驚かれたが、状況が状況だ。猫の手も借りたいこの状況では彼女のスキルは必要不可欠であり、藤田たちも渋々了承した。

（ま、戦いが終わったらいろいろ大変でしょうけど、その時は彼に守ってもらえばいいですしね。サヤちゃんのおかげでよい繋がりができました）

なにせ彼《カズト》やそのパーティーメンバーは今やこの市役所の最大戦力だ。大人といえど誰も意見することなどできないだろう。そして自分がきちんと役目を果たす限り、カズトにとって自分が必要な人材であり続ける限り、自分は彼という最強の盾に守られているのだ。そう思うとぞくぞくする。頬《ほお》が熱くなり、胸の鼓動が自然と高まる。きっと素晴らしい仲間（肉壁）ができて高揚《こうよう》しているのだ。そうに違いない。

「ふふ……うふふ。……あ、そういえば、あの人、サヤちゃんと幼馴染《おさななじみ》って言ってたけど、もしかして私も昔どこかで会ってたのかしら……？」

あとでサヤちゃんに聞いてみるとしよう。十香はそう思った。

藤田は十和田《とわだ》ら自衛隊員と共に、ある場所に来ていた。

「さて、作業を始めるか。時間は……一回五分くらいか。やれるか？」

「勿論だ。さあ、始めるぞ」

彼らは早速作業に入る。

「事前に例のスキルを手に入れた二人が仲間になったのは嬉しい誤算だったな」

「ああ、おかげでより効率的に作業を進められる」

作業を進めながら、十和田は藤田の方を見る。

「しかし、君の娘はすごいな。こんな作戦を思いつくなんて」

「十香ちゃんじゃねーよ。思いついたのは西野君だ」

「ああ、彼か。何度か話をしたが本当に高校生かと疑いたくなるほどだな」

今回のペオニー討伐のための作戦。

その全容を聞いた時、彼らは驚愕《きょうがく》したが、それ以上にその作戦をただの一介の高校生が考えたと聞いた時は、随分《ずいぶん》驚いたものだ。

「一皮むけたんだろうよ。迷いがなくなってた」

「？」

「精神的に成長したってことだ。ここに来た当初は、どこか影があったが、それがなくなってた。ありゃ化けるぜ。全く、誰がどう説得したのかはしらねーが、大手柄だ」

男子三日会わざれば刮目《かつもく》してみよとはよく言ったモノだ。

子供の成長はいつみても楽しい。

そんな彼の娘があんなふうに捻《ひね》くれてしまったのはある意味皮肉と言えるだろうが、それでも嬉しいもんは嬉しいのだ。

「しかし驚いたよ。まさかお前らがこの作戦に協力するなんてな」

「そうか？」

「ああ、だってずっと怯《おび》えてたじゃねーか。どういう心境の変化だ？」

「……逃げていても何も変わらないしな。それに――」

「それに？」

十和田は作業を進めながら、ふとある方角を見る。

「……あの竜を見た瞬間、うっすらと何かを思い出したんだ。俺たちは、誰かに何かを託された。それが何かは思い出せないが……ずっとあの大樹に怯えているままじゃ、ソイツに笑われるんじゃないかって気がしてな……」

「誰かって、誰だよ？」

「さあな、思い出せない。でも――」

十和田は必死に記憶を探るが思い出せない。自分が誰に、何を託されたのか。

「――ソイツはきっと、家族思いの良い父親だったと思う……」

市役所に来る前の空白の記憶。奪われた記憶。それを必死に手繰り寄せるように、十和田は作業に没頭した。

誰もが奔走する。

カズトも、一之瀬も、西野も、六花も、柴田《しばた》も、五所川原《ごしょがわら》も、五十嵐も。モモも、アカも、キキ、ソラも。藤田も、市長も、清水《しみず》も、二条《にじょう》も、十和田も、市役所のメンバーも、自衛隊の隊員たちも、レベルを持たない住民たちも。

誰もが一丸となって決戦の準備を進めた。

相手はどうしようもないほどに巨大な存在だ。

それでも、彼らは進み続ける。それだけが自分たちの生き残る道だと信じて。

――そして、三日という期間はあっという間に過ぎていった。

三日目の夜。全ての準備を終え、夕食を終えた俺はのんびりと屋根の上で空を眺めていた。

「どうしたんですか、こんなところで？」

「西野君……」

やって来たのは西野君だった。手には缶コーヒーを二本持っている。

「眠れないんですか？」

「いえ、少し明日のことを考えてました」

差し入れのコーヒーを飲みながら、俺はそう答える。

「やれるだけのことはやった。だから失敗しても胸を張れ――なんて理屈は通じませんからね」

「ええ、失敗は許されない」

それはすなわち俺たち全員の死を意味する。ペオニーに食われて、誰の記憶にも残らず、なんの足跡も残さず俺たちは消えていく。そんな未来は御免《ごめん》だ。

モンスターも碌《ろく》に狩れず、レベルは上がらなかったが、代わりに情報は集まった。

ペオニーの能力、その生態、思考、この三日で調べられることは調べ尽くした。

キキのおかげで予想外の収穫があったし、一之瀬さんに頼んでいたモノも全部完成した。

（柴田君のスキルのおかげで、ソラの目も完治した。準備は万端――）

「勝ちましょう、必ず」

「ええ、必ず」

手に持った缶コーヒーをぶつけ合い、俺たちは部屋に戻る。

それからしばらく一之瀬さんとチャットをして、モモを思いっきり撫でて、俺は眠りについた。

翌日――俺たちは『安全地帯』の境界ギリギリに来ていた。郊外に陣取るペオニーの巨体を眺めながら、俺は振り返る。

「全員、配置についたみたいですね」

「ええ」

『メール』でお互いの位置を確認し、作戦の最終確認を行う。作戦開始まで、あと一分ほどか。

大きく息を吸い、俺は仲間を見回す。

「一之瀬さん」

「はい」

「モモ」

「わんっ」

「アカ」

「……《ふるふる》」

「キキ」

「きゅー」

「ソラ」

『……フンッ』

「――勝つぞ、必ず」

すると後方でパンッと発砲音がした。作戦開始の合図だ。

「よし、まずは俺たちだ。開幕の一発、頼むぞ、ソラ」

『うむ』

ソラは翼をはばたかせ、空高く舞い上がる。

そして『安全地帯』の見えない壁天辺ギリギリで静止し、大きく息を吸った。

「全員！　耳を塞げ！」

すぐさま全員が耳を塞いだ。すぐさま手を振ると、ソラは頷き、口を開いた。

「ギュアアアアアアアアアアアアアアアアアアアアアアアアアアアアアアアアアアアアアッッ‼」

ソラの咆哮《ほうこう》が響き渡り、極大の閃光《せんこう》が瞬いた。

轟音。爆風。巨大な火柱と共に木霊《こだま》するペオニーの奇声。

「――よし、征《い》くぞッ！」

もう後戻りはできない。ペオニーとの決戦の幕が切って落とされた。


「――ギュアアアアアアアアアアアアアアアアアアアッッ！」

『～～～～～～～ッッ‼』

ソラのブレスとペオニーの防壁が激突する。

ポイントによって威力を増したソラのブレスもすごいが、それを防ぎきるペオニーの触手《しょくしゅ》もまた恐ろしい。地面から突き出した何百、何千という根と蔦がソラのブレスを封殺していた。

おそらくあの驚異的な防御や反応速度もペオニーのスキルなのだろう。

この三日間の準備でペオニーについて分かったことがいくつかある。

その一つが、あの根と蔦による『自動防御』だ。

ペオニー本体に危険が迫れば、あの触手は本体《ペオニー》の意思とは関係なく自動で動くようなのだ。いや正確には体の一部なのだから『反射』みたいなもんか。正直、反則的なスキルだと思う。ただあくまでこれは防御に関してだけで、攻撃に関しては明確にペオニーの意思が存在する。スキルに防御を任せているからこそ、アイツは攻撃に専念できるわけだ。

――そこにつけ入る隙《すき》がある。

「一之瀬さんっ！　キキっ！」

「はいっ」

「きゅー！」

俺の合図とともに、キキの額の宝石が光り、支援魔法《バフ》の光が一之瀬さんの体を包み込んだ。一之瀬さんも例の化け物ライフル――一之瀬スペシャルver2.0を構える。

「――いきますっ」

引き金を引き、発射された銃弾はビルの合間を縫い、ペオニーへ迫る。

だが本体に届く寸前、地中から飛び出た根によって一之瀬さんの銃弾は防がれた。

ソラのブレスに比べれば遥かに小さく、そして速いライフルの銃弾であってもペオニーの自動防御は作用するみたいだ。そして貫通力に特化した一之瀬さんの化け物ライフルであっても、ペオニーの樹皮は貫けない。

「もう一度っ」

再度、銃弾を装塡《そうてん》し、一之瀬さんは引き金を引く。

一発一発があのティタンにもダメージを与える威力を誇るのに、それでもペオニー本体には届かない。その全てが極太の触手によって防がれる。

「まだまだっ！」

それでも一之瀬さんの狙撃《そげき》は止まらない。

キキの『支援魔法《バフ》』と『反射』によって、一之瀬さんの狙撃にかかる負担は限りなく軽減されている。今ならば、何十発だろうが彼女は撃ち続けることができるだろう。十発近く撃ち続けたところで、俺は一之瀬さんに待ったをかける。

「一之瀬さん、いったん中止です」

「もう、ですか？」

「ええ、あまりに一度に撃てば、ペオニーに気付かれる可能性がありますから」

いや、アイツにそれを考える思考があるかどうかも疑問だが、とりあえずは一旦ここまでだ。

「次は俺の番です」

足元の『影』が広がり、俺はその中に身を投じる。

モモの『影渡り』――一瞬で俺は『安全地帯』の外に出た。

場所はペオニーとは正反対の方向だ。市役所を中心にできるだけ、ヤツと離れた場所に俺は出る。

「――『巨大化の術』」

そしてすぐに忍術を発動し、目の前に巨大な分身体を作り出した。

『～～～～～～～～～～♪』

すぐにペオニーは反応を示した。

触手を伸ばし、俺――正確には巨大化した俺の分身体を捕食しようとする。

「ソラ、今だっ」

『ウムッ！』

ソラは俺の周囲を旋回し、捕食しようとした触手をブレスで根元から焼き切る。

それはさながらレーザービームだ。スキルのレベルが上がったことによって、ソラのブレスも応用が利《き》くようなった。通常のブレスで先端部分を消滅させるよりも、この方が効率がいい。

無論、ペオニーの触手はすぐに再生し、巨大化した俺に迫る。その光景を見て俺は確信する。

（……やはりペオニーには優先順位が存在する）

ペオニーについて分かったことの二つ目。

それは行動の優先順位があるということ。アイツにとって捕食――すなわち食べることが全てなのだ。戦闘はあくまでそのための手段に過ぎず、より巨大で喰い甲斐《がい》がある獲物が近くにいる場合、アイツは攻撃ではなく捕食を最優先に行う。

「ガアアアアアアアアアアアアアッッ！」

『～～～～ッッ！！！』

だが捕食しようにもソラのブレスがそれを阻《はば》む。

苛立《いらだ》たしげに響くペオニーの奇声。喰いたくてたまらないペオニーにとって捕食を邪魔されることは何よりも耐えがたい苦痛だろう。

すぐにヤツは触手の一部をソラへ向けて放つ。

だがそれは巨大化した俺に向けられる本数に比べれば明らかに少なかった。

『舐《な》められたものだな！』

その程度、物の数ではないと言わんばかりにソラはペオニーの攻撃を避ける。

その間にも巨大化した分身体がペオニーの触手に絡め取られるが問題ない。所詮《しょせん》は分身体だ。痛くもかゆくもない。むしろ俺が食われているこの時間こそが絶好の好機。

「ソラ、撃ちまくれ！」

『無論！』

超高速でソラは大空を翔《かけ》る。その速度は三日前に比べ更に増していた。

溜まっていたＳＰ《スキルポイント》で上げたスキルは攻撃スキルと移動系スキル、そして『ＭＰ消費削減』だ。

『ＭＰ消費削減』をＬＶ６まで上げたことによりソラのブレスを撃てる回数は更に増した。

「ギュアアアアアアアアアアアアアアアアアアアアアアアアアアアアアアアッッ‼」

轟音と共に放たれる閃光。

連射されたブレスはペオニーの触手をまとめて焼き払う。

『〜〜〜〜〜〜〜〜〜〜〜〜〜〜〜〜〜〜〜〜〜〜〜ッ！』

だがペオニーの攻撃も凄《すさ》まじい。ソラのブレスを喰らいながらも、地中から何百本という触手を伸ばし、ソラを捕えようとするが――

『――無駄《むだ》ダッ！』

『ッ⁉』

ソラはこれを難なく躱《かわ》す。

何百もの触手が絶え間なく襲ってくるにもかかわらず、その攻撃はソラには届かない。

時にすり抜け、時にブレスで焼き払い、時に爪で切り裂き、縦横無尽に空を駆け、ペオニーにブレスを被弾させてゆく。それは三日前の攻防とは真逆の展開。防戦一方だったソラが今はペオニー相手に優位に戦況を進めている。

『――ここだっ！』

刹那《せつな》、ペオニーの攻撃をすり抜け、ソラはペオニー本体へと急接近する。

それはソラのブレスが最も生かせる間合いであった。

『喰ラウガイイッ！』

強化されたブレスがソラの口から放たれる。

ペオニーもとっさに前方に触手の壁を作り出そうとするが間に合わない。轟音と共に発生する巨大なキノコ雲。ソラの放ったブレスはペオニーが作り出そうとした防壁ごと本体を焼き払ったのだ。

『…………ッッ‼』

黒煙が晴れると、そこには幹の一部を大きく炭化させたペオニーの姿があった。

ソラのブレスを浴びた幹は炭化し、かなりのダメージを負っているように見える。

『〜〜〜〜ッッ！』

ペオニーはすぐに傷口を再生しようとする。

だがそれを見逃すソラではない。迫りくる触手を躱し、追撃を仕掛ける。ここまでソラがペオニー相手に優位に状況を運んでいるのには理由がある。

「……《ふるふる》」ぺちん、ぺちん
『――次は右だな。分かった』

ソラの頭の上にはバスケットボールサイズのアカの分身体が張りついていた。

そう、このアカの分身体こそが、ソラの動きが格段によくなった理由だ。

アカの分身体は町の至る所に石化した状態で残されている。

石化したアカは傍目《はため》にはただの石だ。気配もなく、匂《にお》いもない。おまけに『索敵無効』でスキルに引っかかることもない。おかげでペオニーにも捕食されることなく今日まで生き延びてきた。

そしてアカの分身体の意識は全て繋がっている。互いの視界を共有し、ソラが認識できない死角となる部分をアカがカバーしていたのだ。

無数の目を手に入れたソラはより大胆な攻めを行うこともできる。

先ほどのように無数の触手を躱すことも、本体に接近しブレスを浴びせることもできるようになった。

『～～～～～～～～～～～～～ッッ‼』

二度目の被弾。今度はペオニーの樹冠部分だ。バキバキと音を立てて、その巨大な枝が数本地面に落ちる。

「……そろそろ分身体が食い尽くされるな。よしッ！　一旦戻れ、ソラ！」

離れていてもソラとは『念話』で直接会話することができる。俺の声を聴いたソラは即座に攻撃を止め、こちらへと引き返してきた。ペオニーも追撃を仕掛けてきたが危なげなくソラは『安全地帯』へと帰還した。

「お疲れ」

『別に疲れてなどおらんわ』

そう強がりつつも、ソラの顔には疲労の色が見て取れる。何度も高出力のブレスを撃ったんだ。相当なＭＰを消費したはずである。

「ソラ、残りのＭＰは？」

『――1200だな』

ソラのＭＰの総量は2300。今の攻防で半分近くのＭＰを消費したってことか。

「んじゃ、これ飲んでおいてくれ」

俺は『アイテムボックス』からペットボトルを取り出す。中には黄金色の液体が入っていた。

『またそれか……』

それを見てソラはげんなりした声を出す。

「文句《もんく》言うなよ。これ飲まないとMPは回復しないんだから」

『……分かっている。サッサと寄こすがいい』

俺からふんだくるようにソラはペットボトルを奪い、器用に口を使って中身を飲み干す。

これは柴田君のスキル『薬品生成』で作ったMP回復薬《ポーション》だ。一之瀬さんがガチャで当てた回復薬《ポーション》と違い、柴田君の作ったそれは文字通りMPを回復する効果を持つ。

数日前にこのスキルを取得して以来、彼は時間の許す限りコツコツ作り溜めしていたのである。

ちなみに味は完全に栄養ドリンクである。

あと精製する際には何故か試験管のような瓶《びん》も一緒に生成されるのだが、ソラが飲むには量が足りなさすぎるため、ソラ用の分はペットボトルに移してある。

「もうペオニーの再生が始まってるな」

ペオニーの幹や樹冠部分は、今のやり取りの間に八割がた再生していた。

せっかくソラが傷つけたのに数分もしないうちに元の状態に戻る。まったく嫌になるほどの反則的な回復能力だ。

「……今の傷で約二分か」

ペオニーについて分かったことの三つ目。

それはヤツの再生速度についてだ。ペオニーは肉体を損傷すれば、その部分を再生するのだが、その再生速度にはムラがある。

たとえば、見えない壁に張りついてる末端部分を損傷すればほんの数秒で回復するが、本体に近い触手や枝を損傷すれば、十秒以上の時間がかかる。今しがたの攻防のように、幹や樹冠部分であれば、再生に一分以上時間がかかる。

つまり本体に近い部分ほど、より重要な部分ほど再生に時間がかかるわけだ。

圧倒的な巨体、脅威的《きょういてき》な防御能力と再生能力。改めて俺たちが今戦ってる相手は規格外の化け物であると思い知らされる。

――でも、ここまでは予定通り。

俺は飲み干した回復薬《ポーション》の空瓶を地面に捨て、次の忍術を発動させる。

ここまでは前哨戦《ぜんしょうせん》。ペオニー討伐作戦は、ここからが本番だ。

「さあ、次の手だ」

出し惜しみはしない。持てる全てを懸けなければ、ペオニーには勝てないのだから。

『分身の術』を発動し、そいつらをモモの『影渡り』で所定の位置へ送る。

「頼んだぞ、俺たち」

「「「「おう」」」」

分身だから、いちいち指示を出さなくても、自分の思い通りに行動してくれるから楽でいいな。

「さて、時間通りならそろそろ来る頃か……」

すると背後から気配がした。

振り返れば、西野君の姿が見えた。息を切らしながらこちらに走ってくる。

「ハァ……ハァ……クドウさんっ」

「西野君、お疲れさまです。そちらの首尾はどうですか？」

「準備万端です。いつでも行けます」

「了解です」

それじゃあ作戦の第二段階だ。

「ソラ、頼むぞ」

『ムゥ……、気ガ進マヌガ仕方アルマイ』

ソラは渋々と言った体で頭を下げ、四《よ》つん這《ば》いに寝そべる。次に頭の上に乗っかっていたアカが背中の部分へ移動し、人を乗せる鞍《くら》に変化した。

「よっと……」

鐙《あぶみ》に足を掛け、ソラの背中に乗る。

ソラの背中は広く、跨《また》がるというより、四つん這いでしがみつくという表現の方がしっくりくる。しっかりと手綱を握り、更にアカがベルトのように変化し、俺の体を固定する。

（まさか現実で竜に乗ることになるとはなぁ……）

――竜騎士。そんな単語を想像してしまう。

状況が状況だけに素直に喜べないが、やっぱり竜騎士って男のロマンだな。

「……いいなぁー……」

一之瀬さんが羨ましそうにこちらを見ている。一之瀬さんも乗ってみたいんだろう。

でもごめんね、一之瀬さん。このソラ二人乗りなんだ。そして二人目の搭乗者は彼女ではない。

「えっと、それじゃあ失礼します」

そう言って、西野君がソラの背中にしがみつく。

『……全く何故、貴様以外の人間を乗せねばならんのだ……』

「仕方ないだろ、本人たっての希望なんだから」

『……ふんっ』

ソラは少し不機嫌そうに体を震わせたが、振り落とそうとはしなかった。

こちらの意を汲んでくれてありがとな。

「……すいません、俺の我儘《わがまま》を聞いてもらって」

「構いませんよ。でも本当にいいいんですか？」

そう尋ねると、西野君は頷く。

「……俺が考えた作戦ですから」

「……分かりました。それじゃあしっかり摑まってください」

ぎゅっと西野君がしがみつくように、後ろから手を回す。

「きゅー」

キキも俺の背中に乗り込み、しっかりと首にしがみつく。

「それじゃあ一之瀬さん、いってきます」

「はい、気をつけて」

一之瀬さんに軽く挨拶《あいさつ》をし、俺はソラに合図を送る。

「ソラ。頼むぞ」

『言われずともっ！』

そして俺と西野君を乗せ、ソラは翼を広げ大空へと舞い上がった。


――飛ぶ、それは翼を持たない人類にとって憧れの一つだろう。その未知の感覚を、俺は全身で存分に味わっていた。

「あばばばばばばばばばばばば⁉」

ヤバい。これはヤバい。景色が矢のように通り過ぎてゆく。凄まじい風圧と、重力加速で体が引き千切《ちぎ》られそうになる。アレだ。ジェット機に生身でしがみついている感じだ。なんでこういうところはファンタジー法則働いてないんだよ。アカの擬態《ぎたい》したヘルメット、スーツ、それにベルトがなければとっくに体が千切れて真っ赤なトマトになっていたことだろう。

それにソラの動きは明らかに物理法則を無視した飛び方だ。超高速で全方向にフリーフォールで全身ぐるぐるストリーム。もう訳が分からない。『広範囲索敵』や『地形把握』がなければ、自分がどこをどう飛んでいるかも分からなかっただろう。

「に、西野君っ、大丈夫ですか？」

「――――……」

「……あれ？　に、西野君⁉　だ、大丈夫ですか⁉　おいっ」

「――――はっ。だ、大丈夫です！　はいっ」

いや、大丈夫じゃなかったよね？　完全に意識飛んでたよね？

「――なんか今『乗り物酔い耐性』ってのを獲得しましたので。それでだいぶ楽になりました」

「マジですか？」

まさかの『乗り物酔い耐性』獲得だ。というかソラって乗り物扱いなのか？　いや、耐性スキル獲得したからそういう扱いなんだろうけど……。

（――と、いかん、いかん。意識を集中しないと）

意識を逸らせば、すぐに回収に失敗してしまう。

ちなみにこうして会話できているのもアカのおかげだ。俺たちの装着しているヘルメットの端っこには細い糸がついている。この糸を通して俺たちはこの暴風の中でも会話ができるって訳だ。

ここ最近、アカの有能さが半端ないな。戦闘力ではソラやモモの方が圧倒的に上だが、サポート面では断トツでアカがトップだ。『擬態』と分身体の応用能力が半端じゃない。

（残ってたＳＰ《スキルポイント》を、全部『擬態』に費やしただけのことはあるな……）

アカが保有していたＳＰ《スキルポイント》30ポイント。これをほぼ全て『擬態』に費やし、ＬＶ7からＬＶ10まで上げた。これによりアカの『擬態』の性能は凄まじいまでに跳ね上がった。あとは『巨大化』をＬＶ1から2に。残りの1ポイントは温存している。

「ソラ！　次の角を左だ！」

『ウムッ！』

超高速でコーナリング。体がはち切れそうなほどの負荷が俺たちを襲う。

「～～～～～～～～ッッ」

声にならない悲鳴を上げる西野君。

彼の着ている スーツやヘルメットは俺の着ている物よりも更に性能を強化しているが、それでも相当きついのだろう。事前にキキの支援魔法《バフ》をかけておいてよかった。

『――来るぞッ』

ソラが叫ぶ。

刹那、地面を突き破ってペオニーの巨大な根が俺たちの前に姿を現した。

「『アイテムボックス』オープンッ！」

それとほぼ同時に、俺は消波ブロックを、ペオニーの触手が出た場所にピンポイントで出現させる。

重さ二トン以上の岩の塊が、ペオニーの根を押しつぶす。

（キキの『支援魔法』がある今、もうお前《ペオニー》の『索敵無効』は効かないんだよ）

俺たちにとってペオニーの――いや、トレントの攻撃で最も厄介なのは手数でも威力でもなく認識できないという点だった。

攻撃が来る瞬間ギリギリまで察知できないという反則的な特性。この所為《せい》でどうしても反応が一歩遅れてしまい、後手に回らざるを得なかった。だがキキがトレントの魔石を食べ、トレントの特性を無効化できるようになった今ならばその問題も解決した。

スキルが十全に機能し、先手を打つことも、こうして攻撃を予測することも可能になった。

ペオニーの根や蔦がどれだけ規格外の力を持っていようとも、出鼻をくじかれれば動きは鈍る。

その隙をついて、ソラはペオニーの攻撃を振り切ることができる。

地面を突き破ってくる巨大な根を相手に、俺は次々と消波ブロックを当ててゆく。

「キキ、西野君ッ！」

「きゅー！」

「――『動くなッ』」

二人が叫んだ瞬間、接近しようとした根や蔦はははじかれ、動きを止める。

キキの『反射』、そして西野君の『命令』だ。

『～～～～～ッ⁉』

本体の『自動防御』とは違い、こちらを捕食しようとする触手には、明確にペオニーの意思が存在する。ならば西野君の『命令』も有効。ほんの一瞬だが、ペオニーの動きを阻害することができる。

そして一瞬の隙があれば、ソラが『爪撃』によってペオニーの根を切り裂くことができる。

（――いける）

良い調子だ。ソラが手を組んだからこそできるコンビネーション。もうペオニーには、今の俺たちを止めることはできない。町中を飛び回り、超スピードでのペオニーとの空中戦を繰り広げる。

（十四……十六……まだだ、これじゃまだ足りない）

その間にも、俺は回収作業を進める。『アイテムボックス』による妨害や分身の維持も並行して行わなければいけないので、脳みそが割と悲鳴を上げている。

《熟練度が一定に達しました》

《『集中』がLV7から8に上がりました》

《『予測』がLV6から7に上がりました》

《『精神苦痛耐性』がLV7から8に上がりました》

《『演算加速』がLV3から5に上がりました》

これだけ色んなこと同時にやれば、それだけ経験値も貯まるか。なんにせよ嬉しい誤算だ。

（二十四……三十……四十……よし数はだいぶ集まった）

最後に俺たちは港の方へ向かい、目的のものを回収した。大きさ的に『アイテムボックス』に入れられるかどうか微妙だったが、どうにか回収することができた。これで準備は整った。

「よし、ソラッ！　次は上だ！」

今度はソラに上空へと飛んでもらう。

ぐんぐんと高度を増し、ペオニーの追撃も届かない遥か上空へとたどり着く。めっちゃ寒い。アカのスーツを着てもこの寒さはさすがに堪える。

『フンッ、貧弱だな』

「お前と違って、人間の体はそんな頑丈《がんじょう》じゃないんだよ」

「ク、クドウさんは会話できるだけ、まだ余裕あるじゃないですか……」

西野君は既にギリギリだ。もうちょい我慢してくれ。さすがにこの高さまではペオニーの攻撃は届かないだろうから。

さっそく俺は先ほど回収したある物を『アイテムボックス』から取り出し、ペオニーの頭上へと落下させた。

『――？』

ペオニーには落下したソレが何か分からなかっただろう。

だが本体に危険が迫れば、ヤツの自動防御が発動する。自由落下したそれはペオニーの触手によって払われた瞬間、その中身をぶちまけた。

『……？』

ビチャビチャと降《ふ》り注《そそ》ぐ液体が、ペオニーの樹冠を濡《ぬ》らしてゆく。

「ソラ」

『ウム』

ソラは上空からブレスを放つ。

この距離では当然ソラのブレスもペオニーには届かないが、ブレスの熱は拡散する。そして空中にばら撒《ま》かれたソレらに引火し、一気に燃え広がった。

『～～～～～～⁉』

突然発生した炎にペオニーは混乱する。

「教えてやるよ。今降り注いだ液体はガソリンっていうんだよ」

俺が上空から落としたのはそれがたっぷり入ったガソリンの貯蔵タンクだ。

さっき町中を飛び回り回収した。町中にあるガソリンスタンドの場所は分かるし、その地中に埋まった貯蔵タンクの位置も『地形把握』のおかげで正確に把握できる。

地下から貯蔵タンクだけを回収するなんて荒業、『アイテムボックス』だからこそできる芸当だ。もっとも、超高速で飛び回りながら地中に埋まったそれらを回収するのは相当キツかったけどな。

「たっぷり受け取ってくれ」

ペオニーのいる場所は町から少し離れた郊外だ。木や草、それに古い建物も多い。瞬く間に周囲に引火し、ペオニーだけでなく、その周囲も巻き込んで火の海へ変えてゆく。

(ホントよく考えついたよな、こんな作戦……)

これが西野君が考えた作戦の一つ目——周辺の環境ごと、ペオニーを燃やし尽くすというもの。

そしてもう一つが——

「——撃てぇぇぇぇぇぇぇぇぇぇぇぇぇぇぇ!」

地上にて、藤田さんの叫び声と共に砲撃音が木霊した。

それは『安全地帯』の中から一斉にペオニーへ向けて発射された。

自分に向けられたソレらをペオニーは自動で防御するが、その瞬間、ソレらを弾いた根や蔦が爆発《ばくはつ》した。

『~~~~~~ッ!?』

まさか防御した根が破壊されるとは思わなかったのだろう。今までソラのブレス以外、明確にダメージを受けることがなかった。だからこそペオニーの動揺する気配が手に取るようにわかる。

「言ったろ、出し惜しみはしないって」

『安全地帯』の境界線には、俺たちがこの三日かけて準備した兵器が並んでいた。戦車、軍用ヘリ、そしてミサイル。それは自衛隊が本来持つ現代兵器の力。それを俺たちは復活させたのだ。

俺が『巨大化の術』でペオニーの気を引いてる間に、藤田さんらがモモの『影渡り』で少しずつ、活動範囲を広げ、隣町まで移動する。そして俺以外の『アイテムボックス』持ちが自衛隊基地から戦車やヘリ、ミサイルの残骸《ざんがい》を回収したのだ。

「――自衛隊がペオニーに敗れた一番大きな要因は『安全地帯』の有無だ」

単純に火力不足もあるだろうが、それ以上に彼らには戦闘準備をするための時間がなかった。

一瞬、一秒を争うモンスターとの戦闘において、戦車やミサイルは攻撃までにとにかく時間がかかる。乗り込む時間、エンジンをかける動作、銃弾を装填する作業、あと何故か必ず後方確認。

その全てがペオニーを相手にするには致命的だ。

「おそらくまともな戦闘すら行えなかったんだろうな……」

その証拠に、壊滅した自衛隊基地には無傷のままの戦車や軍用ヘリも何台かあった。

動かない戦車はただの鉄塊だ。食欲が全てのペオニーにとって、それは無意味な物だったのだろう。壊すことも食べることもなくただ放置されていた。

「でも今なら戦える」

ペオニーが入って来られない絶対の壁を手に入れた今なら、自衛隊の現代兵器は、存分にその力を発揮できる。

一之瀬さんの武器職人によって修理、魔改造され、足りない部品はアカの『擬態』で補い、今の自衛隊は以前とは別物の力を手に入れた。一発、一発はソラのブレスには及《およ》ばずとも、その威力は侮れない。

「ソラ、一旦下に降りてくれ」

『ガソリンとやらはもう撒き終わったのか？』

「いや、まだタンクは残ってるけど、それは下に降りてから使う」

回収した燃料タンクはまだ残ってるが、それを今全部使い切るわけにはいかない。藤田さんたちが動いた今、俺たちも次の行動に移る頃合《ころあ》いだ。

「下に降りたらまたペオニーとの空中戦だ。頼んだぞ」

『フンッ、分かっている。貴様らこそ振り落とされるなよ！』

ふわっと内臓が浮くような感覚が俺たちを襲う。急降下し、一気に地上へ向かう。

懸命に意識を繋ぎながら、目の前の光景に集中する。

「――来るぞっ」

『分かっている！』

すぐにペオニーの触手が襲い掛かってきた。即座にソラがブレスで応戦し、俺や西野君も『アイテムボックス』や『命令』でソラの攻撃を全力でサポートする。

戦闘が始まっておよそ二十分。まだペオニーに変化は見られない。まだ足りないか……。

「ソラ、ペオニーに接近してくれ」

『分かった』

襲い掛かる触手が先ほどよりも増していた。明確に俺たちだけを狙《ねら》ってきているな。だが、

「――『巨大化の術』」

攻撃が届こうとするその瞬間、俺は忍術を発動させる。

俺たちに襲い掛かろうとしたペオニーの触手はガクンッと動きを急停止し、俺たちの頭上に出現した巨大な分身体へと目標を変えた。

「この状況でも、敵よりも分身体を取るかよ……」

分身体をいくら食べても、満たされることなどないというのに。その行動が自分の首を絞めているのも分からないのか？　いや、分からないのだろうな……。哀れだが、俺たちにとっては好都合だ。

「ソラ、今だ！」

『アア！』

俺の合図でソラはブレスを放つ。同時に、俺はペオニーの前方にある物を放った。『アイテムボックス』から解放された瞬間、ソレはペオニーの『自動防御』によって握《にぎ》り潰《つぶ》されるが、その瞬間、ブシユゥゥゥと中の気体が溢れ出した。

「――ガスタンクだよ、たっぷり味わえ」

漏《も》れ出したガスはソラのブレスに引火し、瞬く間に大爆発を引き起こす。

その爆風と黒煙は凄まじく、ペオニーのいた郊外周辺を瞬く間に覆《おお》い尽くしてしまった。その光景に俺たちは息を呑《の》む。

「と、とんでもない威力ですね……」

「ええ、まさか、これほどとは……」

数百メートル以上離れていてもこの熱風だ。アカのスーツがなければ、火傷《やけど》していただろう。

「し、市役所の方は大丈夫でしょうか？」

「問題ありませんよ」

市役所を中心とした『安全地帯』はペオニーのいる郊外からはかなり離れているし、風上に位置している。熱風や煙も届いていないはずだ。

「それよりも、今は目の前に集中しましょう」

俺の言葉にハッとなり、黒煙の方向を向く西野君。

煙は晴れないが、まだペオニーの気配ははっきりと伝わってくる。やっぱあの爆発でもまだ仕留《しと》めきれてはいないか。だが――

「ッ――！　これは……？」

黒煙の中から感じるペオニーの気配。そこには明確な変化があった。

それは俺たちがようやく待ち望んだ瞬間でもあった。

「ええ、間違いありません」

やはり俺たちの予想は正しかった。煙が晴れ、そこには所々が炭化し、焼け爛《ただ》れたペオニーの姿があった。かつてない大打撃。そして何よりも明確な変化――『再生』が起きていない。

「ようやく見えてきたな、突破口が……」

ソラのブレス、自衛隊の現代兵器、燃料タンクやガスタンクによる誘爆。

それらをこの短時間に集中的に叩き込むことでようやくたどり着いたみたいだ。

——ペオニーの再生限界に。

ペオニーの『再生』だって無限じゃない。それがスキルである以上、相応の何かを消費しているはずなんだ。それがMPなのか、外部から摂取する栄養なのか、はたまた太陽の光や大地の養分なのかは分からなかったが、これまでの奴の行動、そして異常な食欲から、俺たちは捕食による外部摂取が『再生』のエネルギー源になっていると予想した。

だからこそ俺たちはこの戦闘が始まってから、『巨大化の術』やソラのブレスでペオニーの捕食を徹底的に妨害し続けた。相手のエネルギー源を断ち、その間に全力で攻撃を叩き込み、ペオニーに『再生』を使わせ続けた。

その結果、ヤツは『再生』に必要なエネルギーをこの短時間で枯渇《こかつ》させてしまったのだ。

そして『再生』が限界を迎えたことで、もう一つペオニーの弱点が見えてきた。

それはモンスターにおける最大の急所——〝核〟の位置だ。再生速度のムラ、そして今までの攻防でペオニーが優先的に守っていた場所を推測する。

「——根本、その中央部分か……」

間違いない。そこにペオニーの核がある。場所が分かれば、あとはそこを集中的に狙うだけだ。

それにそろそろ最初の仕込みも頃合いだ。

「ソラ、頼んだぞ！」

『応ともッ！』

駆ける。舞い上がる黒煙の中、ソラはペオニーへ向けて全速力で飛行する。

「右だッ！」

『──ッ』

僅《わず》かに黒煙が揺らめく。次の瞬間、右から煙を突き破ってペオニーの触手が俺たちへ襲い掛かる。

間一髪のところでソラはこれを回避する。

「左！　上、右！　正面！　右斜め後方！」

『チィィ!!』

回避、回避、回避。絶え間なく襲い掛かるペオニーの攻撃をソラは避け続ける。

西野君の命令、キキの『反射』。その間隙を縫って、ソラはペオニーへ接近する。

(もう少し……あともう少しだ)

集中しろ。ソラのブレスが最大の威力を発揮する間合い。そこまで接近すれば今なら届くはずだ
──ペオニーの核に。その瞬間まで、絶対に気を抜くな。

あと数十メートル……あと少し──ここだ！

「──ソラ！　今だッ！」

『アアッ』

届いた。ソラの間合いに。ブレスの最大攻撃射程に。間髪入れず、ソラもブレスを放つ。

「ギュアアアアアアアアアアアアアアアアッッ！」

予《あらかじ》め力を溜めこんでいたのだろう。ソラの放ったブレスは今までで最大級の威力を誇っていた。

それはペオニーの『自動防御』を突き破り、威力を弱めることなく根元へ到達する。

いけ！　そのままヤツの核を貫いて――

『――――ダ』

ん？　何だ？　今、何か――

『――イヤ、ダ』

これは……声？　まさかペオニーの？

『――嫌ダ、嫌ダ、嫌ダ、嫌ダ、嫌ダ、嫌ダ、嫌ダ嫌ダ嫌ダ嫌ダ嫌ダ嫌ダ嫌ダ嫌ダ嫌ダ嫌ダ嫌ダ嫌ダ嫌ダ嫌ダ嫌ダ嫌ダ嫌ダ嫌ダ嫌ダ嫌ダアアアアアアアアアアアアアアアアアッッ!!』

「――ッ!?」

ぞわりと、寒気がした。何だ？　何かが来るッ！　とんでもなくヤバい何かが！

『アアアアアアアアアアアアアアアアアアアアアアアアアアアアアアアアアアアアアアアアアアアアアアアアアアアアアアアアアアアアアアアアアアアアアアアアアアアアアアアアアアアアアアアアアアアアアアアアアアアアアアアアアアアアアッッ!!』

次の瞬間、無数の何かがペオニーから放たれた。

（銃弾……いや、違う。これは――）

強化された視力、そして研ぎ澄まされた集中力がソレが何なのかを教えてくれた。

――種だ。それはどんぐりほどの大きさの無数の種。

今までのペオニーのスケールに比べればあまりにも小さく見えた。

だが直径わずか数センチしかない種《それ》に込められた禍々《まがまが》しさは根や蔦の比ではない。

あれはヤバい。絶対に喰らってはいけないと、スキルと本能が警鐘《けいしょう》を鳴らす。

「――ッ！」

俺は即座に前方に『アイテムボックス』による壁を展開する。

種が通り抜けられないよう、わずかな隙間《すきま》も作らないようにガチガチに密集させる。

コンマ数秒後――ズガガガガッッ！　と前方に作り出した壁とペオニーの種子が激突した。

一瞬、これで防ぎきれるのか、という不安が脳裏《のうり》をよぎる。

だが貫通はなかった。

音がやむ。安堵《あんど》のため息が漏れる。威力自体はそれほどでもなかったようだ。

「な、何だったんですか、今のは……？」

呆然《ぼうぜん》とする西野君をよそに、俺は即座にソラに指示を出す。

「ソラッ！　早くここから離れるんだ！」

『ヌ――？』

ソラも一瞬訝《いぶか》しげな声を上げるが、すぐに何かを悟ったのだろう。

一瞬で身を翻《ひるがえ》し、ペオニーから離れようとした。

それは正しかった。前方に作り出した『アイテムボックス』の壁が落下しようとした瞬間、バラバラになって弾け飛んだのだ。

「な、何だ……あれは？」

それをどう表現したらいいのか。

そこに浮かんでいたのは直径一メートルほどの緑色の球体だった。巨大なマリモ――とでも表現したらいいのだろうか？　表面から無数の触手のようなものが蠢《うごめ》き、球体というよりは無数の触手が絡まってかろうじて球体の形を成しているようにも見える。

なんかクトゥルフ神話にこんな化け物がいたような気がする。ジュブなんとかっていうヤツ。

それも一体だけではない。見えるだけでも数十体の巨大マリモが空中に漂っている。

（……まさかさっきの種から生まれたのか？）

それが今の一瞬でこのサイズまで急成長した？　そんなことがありえるのか？

いや、そもそもモンスターやスキルに常識を当てはめる方が間違ってるのだろうな。

落ち着け、冷静に状況を分析しろ。あの種は、ペオニーから全方位に発射された。

つまり――

「く、クドウさん……下を、下を見てください」

「……下？」

西野君に言われ、下を見る。絶句した。眼下に広がる街並みが緑一色に埋め尽くされていた。

巨大なマリモが町を埋め尽くすという異様な光景。

破壊され尽くした町並みと相まって、いっそう終末世界という言葉を連想させた。

植物による現代社会の蹂躙《じゅうりん》。生態系のピラミッドが砂時計のように逆転したかのような異常事態。

『――――』

呆然とする俺たちの前で、巨大なマリモの表面が皮のようにベロンと剝けた。そこから現れたのは口だ。人間のような歯並びの悪い歪《いびつ》な口が、巨大マリモの複数箇所から現れる。

「――サナイ……」

声が、

「――許サナイ」

「許サナイ」『許』『――サナイ』『許ルル』『――セロ』

「許サナイ」「腹ガ減ッタ」「食ワセロ」「痛イ」「――シテ」「――タクナイ」「苦シイ」「食ワセロ」「喰ワセロ」「食ワセロ」「喰ワセロ」「食ワセロ」「喰ワセロ」「喰ワセロ」「喰ワセロロロロロオロオオオオオオオオオオオオオオオオオオオオオオオ」」」」」」」

ガチガチと歯がぶつかり合う音と無数の声と声が混じり合う。

それは背筋がゾッとするほどに不気味な光景だった。

ペオニーとの決戦において、懸念《けねん》事項はいくつかあった。その一つが、ペオニーが持つ『未知のスキル』の存在だ。根や蔦による攻撃、再生能力、自動防御、花粉による幻覚。既に強力なスキルはいくつも見てきたが、それ以外にもペオニーにはまだ見ぬ奥の手があるんじゃないか。その可能性がずっと頭から離れなかった。

（本当に嫌な予感ほどよく当たるもんだ……）

ペオニーに目をやると、今までとは違う濃密な気配を感じた。

それは――敵意だ。アイツは今まで俺たちを餌《えさ》としか見ていなかった。だからこそ行動も読み易かったし、ダメージも与えることができた。だが今は、

（餌じゃなく、敵と認識したってことか……）

正直、全然嬉しくない。どうせならそのまま油断していてほしかった。だが今は何としてもお前らを殺してやるという濃密な敵意と殺気を感じる。こうなった以上は仕方ない。

「西野君、作戦変更です！」

事前に、西野君といくつかの作戦を考えておいて本当によかった。だがそのためにはまず一旦、『安全地帯』に戻らなくてはいけない。

『来るぞッ！』

ソラが吼える。同時に宙に浮かぶ無数の巨大マリモたちが動き出した。

ふわふわと空中を漂いながら、無数に開いた口から緑色の舌が俺たちに放たれた。

「――『アイテムボックス』オープン！」

「ギュアアアアアアアアアアアアアッッ！」

「きゅー！」

「――『動くな』ッ！」

全員が一斉にそれぞれのスキルを発動させる。ソラのブレスによって焼かれ、西野君の命令によって停止し、キキの反射によって弾かれ、消波ブロックによって押し潰されて地面に落ちる。

《経験値を獲得しました》《経験値を獲得しました》《経験値を獲得しました》《経験値を獲得しました》

《経験値を獲得しました》

（――数が多すぎるっ）

数百――いや、下手すれば千体以上か？

数えるのも馬鹿《ばか》らしくなるほどの巨大マリモの集団、そこから伸びる無数の舌。そのいくつかが、俺たちの攻撃の隙間を縫いソラの体に絡みついた。

『グッ……！』

ソラが苦悶《くもん》の声を上げる。

見れば舌の絡みついたソラの脚と尻尾がジュウジュウと爛れはじめていた。

（酸……？　いや、毒か！）

絡みつかれた箇所は爛れるだけでなく、紫色に変色している。不味い――ッ！

「アカ！」

「〜〜〜《ふるふる》！」

即座にスーツに擬態していたアカの一部をオークの包丁へとチェンジさせる。

更に刃の部分を鞭《むち》のように伸ばし、ソラに絡みついた舌を切り裂いた。

「〜〜〜《ぷるぷる》〜!?」

するとアカが苦しそうに身をよじった。

斬った瞬間、刃についた毒液にやられたらしい。

すまん、アカ。今は我慢してくれ。だがおかげでソラの拘束は解けた。

「ソラ、今のうちに」

『アァッ！』

全速力で飛行し、一気に『安全地帯』の中へ戻る。

中へ入った瞬間、俺たちを追っていた無数の舌が見えない壁によって弾かれた。

……なんとか逃げきることができたか。だが問題は解決していない。地上に降りると、すぐに藤田さんたちが駆けつけてきた。

「――状況は？」

「最悪です」

端的に問うてくる藤田さんに、俺も簡潔に答える。

「予想はしていましたが、やはりペオニーにはまだ俺たちに見せていないスキルがあったようです」

「それが目の前の光景ってわけか……」

振り返れば、『安全地帯』の外側には無数の巨大なマリモが蠢いていている。

伸ばしきった舌でべろべろと見えない壁を舐めつくす光景は、見るだけでガリガリと精神が削られていくようだ。

「あの巨大マリモは無数に開いた口から舌を伸ばして攻撃してきます。威力そのものは大したことはありませんが、いかんせん数が多い上、あの舌には毒があるようです」

「毒だと……？」

ソラの尻尾と右足には痛々しい傷跡がはっきりと残っていた。

『ソラ、大丈夫か？』

『……この程度、なんの問題もないわ』

明らかに強がってるな、こいつ。用意した回復薬《ポーション》で解毒できればいいけど……。

毒が苦しいのかソラはやたらと自分の腹を擦っている。

「ペオニーは……？」

見れば、ペオニーは依然として郊外に陣取っている。傷はまだ『再生』していない。体の一部もまだ燃え続けているが、このままではいずれ消火されてしまうだろう。

（気配が変わった……）

ピリピリとした敵意を感じる。やはりペオニーは俺たちを明確に敵と認識したらしい。

「オォォォオオオォオオオオオ」「喰ワセロォォォオオオオオォォォォォオオオオオオオオロロロ」

「ギィイイイイイイイ」「食ワセロォォォォオオオオオロロロ」

無数の巨大マリモたちは一心不乱に『安全地帯』の見えない壁を舌で叩きつけていた。

中に入れないというのに、一体その行為に何の意味があるのか。そう思った瞬間、巨大マリモの内の一体が爆《は》ぜた。

「ギギャ……！」「ギャ……」「ギャォ……！」

パンッ、パンッと。

次々に巨大マリモたちは緑色の体液を周囲にまき散らしながら、水風船のように破裂する。

「何だ……？」

その光景に、俺だけでなく西野君や藤田さんたちも訝しむ。

誰もがその意味を理解できなかったが、

「おい……ちょっと待て……」

やがて誰かが声を上げる。気付いたのだ。異変の中の、更なる異変に。

「なんであの体液……壁の内側にまで飛び散ってるんだ……？」

そう、『安全地帯』の見えない壁。破裂した巨大マリモたちの体液はその内側にまで飛び散っていたのだ。じゅうぅぅと焼けるような音を立てて、飛び散った体液が気化してゆく。

「ッ――マズい、みんなここから離れろ！　間違ってもそのガスを吸うんじゃねぇぞ！」

咄嗟《とっさ》に指示を出した藤田さんはさすがと言うべきだろう。

その言葉に我先にと、誰もが口と鼻を手で覆い、その場から距離を取る。間違いなくアレは毒だ。恐らくはソラの体を蝕《むしば》んでいるのと同じもの。

「でも、どうして……？」

アレがペオニーのスキルだとしたら何故、『安全地帯』の中に入れる？

『安全地帯』の中にモンスターは入ることはできず、スキルによる攻撃も弾かれてしまう。幾度《いくど》となく俺たちの窮地を救ったその法則は絶対だ。

例外的にアカやキキ、ソラのように誰か人間のパーティーメンバーに加入すれば一時的に仲間として『安全地帯』の中に入ることはできるし、スキルを使うこともできる。

（まさか誰かが裏切ったのか……？）

ここにいる避難民の誰かが俺たちを裏切りペオニーを仲間にした？

一瞬、そんな最悪の事態が脳裏をよぎるが、すぐにその考えを否定する。

違う、そんな単純なことじゃない。もしそうだとすれば、あの巨大マリモたちも中に入れなければ理屈に合わない。だとすれば何故だ？　同じように隣で考え込んでいた西野君がハッとなったように顔を上げた。

「もしかして……クドウさん、今すぐあの毒液を『アイテムボックス』に収納してくださいッ！」

「え……？　わ、分かりましたッ！」

反射的に、俺はあの毒液に向かって手をかざす。すると、毒液はきれいさっぱり消え去った。

「ッ――！　まさか……」

すぐに俺は『アイテムボックス』の収納欄を確認すると〝神樹の毒液1ℓ《リットル》×1〟という表示が現れた。

「神樹の毒液……？」

「やっぱり、そうだ。クドウさん、あれ多分ドロップアイテムなんですよ」

「ドロップアイテム……？」

「思い出してください。俺たちはオークの包丁や巨大蟻の甲殻、トレントの枝など、モンスターの武器や体の一部をこの『安全地帯』に運び込んでいたことを」

その言葉に俺はハッとなる。

そうだ。確かにその通りだ。アカやキキたちのように俺たちの仲間にならずとも、モンスターの一部だけならば、俺たちは今までもこの『安全地帯』に運び込んでいた。

モンスターは死ねばその肉体は消滅する。だが死ぬ前に肉体から分離された部分はそのまま残る。

それは洗濯機についたゴブリンの血糊や、ソラのブレスで焼き落とされたペオニーの枝のように。

他にもモンスターが使っていた武器もそうだ。そういったドロップアイテムを回収し、俺たちはこの『安全地帯』に持ちこんでいた。

「あの巨大マリモたちも恐らく同じです。破裂した瞬間に飛び散った体液は、モンスターとは認識されず、ただのドロップアイテムとして残る。だからこそ、『安全地帯』の法則も通用しない……」

「なるほど……」

確かにそれならば納得できる。だが、だとすれば――、

「ヤバいですね……」

「ええ……非常にマズい展開です……」

周囲を埋め尽くすほどの巨大マリモの群れ。あれが全部はじけ飛べば、とてもじゃないが、俺の『アイテムボックス』だけでは防ぎきれない。他の『アイテムボックス』持ちに手伝ってもらってもキツイだろう。

「みんな落ち着けッ！　非戦闘員は全員既に向こうの建物の中に入ってる！　あっちは清水ちゃんたちに任せて、俺たちはこのまま攻撃を続行するぞ！」

「だ、だが藤田……いくらなんでもこの数を相手に……」

「落ち着け十和田、よく考えろ！　こんな便利なスキルを何故ペオニーは今まで使わなかった？最初からこれを使ってれば、俺たちを皆殺しにできたはずだ！」

確かにそうだ。何故、ペオニーは今になってこのスキルを使った？　こんな便利なスキルがあるなら、もっと早くに使っていればいい。そうすればあんなに傷つくことも、あそこまで追い詰められることもなかったはずだ。

俺たちを敵と認識したから？　それとも本気になったから？

いや、違う……。

「使わなかった……いや、使えなかったのか？」

「もしくは使うことが、ペオニーにとってのリスクになる……？」

俺と西野君の言葉が重なる。視線を合わせ、互いに頷く。

「ソラッ！」

「藤田さんッ！」

「『今すぐペオニーに攻撃を！』」

にやりと、藤田さんとソラは笑う。

任せろと言わんばかりに、ソラは口からブレスを、藤田さんは自衛隊に指示を出し砲撃を再開する。

「ギュアアアアアアアアアアアッ！」

「撃てえええええええええええッ！」

ブレスが、砲撃が、緑の軍隊を突き破って、ペオニーへと放たれる。

『～～～～～～～～ッ！』

その攻撃を、ペオニーはガードした。前方に無数の根と蔦を張り巡らせ、ソラのブレスと、自衛隊の砲撃を防ぎきる。その光景を見て、俺は確信した。

「――間違いない」

今、ペオニーの行った防御にははっきりとした意思を感じた。

それは今までの『自動防御』ではありえなかったことだ。それはつまり――

「今のペオニーは『自動防御』が使えない」

おそらくはそれがヤツにとってのリスク。この無数の軍勢を率いている間は、ヤツは『自動防御』のスキルを使うことができないのだ。

「クドウさん……」

「ええ……」

これはチャンスだ。自動防御が発動していない今ならば、用意した切り札を存分にヤツに喰らわせることができる。

ただ問題はそのための仕込みと、ペオニーの誘導だけど――

「クドウさんッ！」

声がした方を振り向けば、ボロボロになった一之瀬さんが六花ちゃんに支えられてこちらに向かっているのが見えた。

だが、

「い、一之瀬さん!?　どうしたんですか、その姿は？」

それはあまりにも痛々しい姿だった。

服はボロボロに破れ、腕の至る所から出血し、両手の爪に至っては全て剥がれて血がにじんでいる。

だが一之瀬さんは口角を上げ、無理やり笑みを作る。

「こっちは……なんとか撃ちこみましたよ……」

「え……？」

「五十四発分です……。これだけ撃ちこめれば十分でしょうか？」

その言葉の意味を理解するのに数秒かかった。

「まさか……キキの『支援魔法《バフ》』が切れてからも、あの化け物ライフルを使い続けたんですか？」

「クドウさんや……みんなが頑張ってるんですから……わ、私も自分にできることをしないとなって……えへへ……」

「ッ……！」

ぎゅっと彼女の背中に手を回し、その頭を優しく撫でる。

「ええ、十分です……。ありがとうございます」

「最後の弾を撃ってからおよそ五分です。だから多分、そろそろ溜まる頃だと思います」

一之瀬さんに頼んだ仕事はキキの『支援魔法《バフ》』が切れるまでの間に二十発以上の弾丸をペオニーに当てることだった。彼女はその倍以上の数をこなすことに成功したのだ。

俺たちとペオニーの攻防が激しさを増したからこそ、それだけの数を撃ちこんでもむこうにバレないと踏んだのだろう。……全く無茶をする。

「……あとは俺たちに任せてください」

とはいえ、作戦の前に、まずはソラとアカの治療をしなければいけない。

二人が作戦の要である以上、あの巨大マリモから受けた毒をどうにかしないと、何も始まらない。

「ソラ、どうだ？」

『……効果はないな』

ソラには予めストックしていたＨＰとＭＰの回復薬《ポーション》を両方を飲ませてみたが、やはり効果はないようだ。

通常の回復薬《ポーション》じゃ解毒効果は無しか。どうすればいい？

「おい、そこをどけ」

「え？」

振り向けば、後ろに柴田君が立っていた。他の高校生メンバーもいる。六花ちゃんだけでなく、他のメンバーもこっちに駆けつけてきたらしい。俺をどかして、柴田君はソラに近づく。

「俺のスキルでコイツの状態を見る。だから、そこをどけや」

……スキル？　あ、そうか。柴田君の職業は『医者』だ。確か患者の状態を見るスキルも持ってるって言ってたな。なるほど、それならソラの毒も……ん？　柴田君は何故かこっちを見た。

「……触れても喰われねぇよな？」

「大丈夫ですよ……多分」

「多分とか言うなよ！」

やっぱりちょっと怖いらしい。よく見ると、肩《かた》がちょっと震えてた。ソラの方を見ると、コクリと頷く。大丈夫だと伝えると、柴田君はあからさまにホッとしたのだった。

「んじゃ、触るぞ。――『診察』」

柴田君がソラの傷口に触れると、その部分が淡く輝いた。

へぇ……アレが柴田君のスキル『診察』か。実際に見るのは初めてだな。

患者の状態――ゲームふうに言えば状態異常なんかを調べるスキル。病気や傷の症状、その治し方もLVに応じて解読可能らしい。便利なスキルだ。

「パ、パーティーにヒーラーは必須、です……げほっ」

「……ナッつん、それその瀕死《ひんし》の状態で言うセリフ？　ほら、回復薬飲ませたげるから」

「あ、ありがと……」

一之瀬さん、わざわざ突っ込むために無茶しないで……。

にしても、真面目《まじめ》にソラの状態を調べてる柴田君を見るとホント、ギャップがすごいなぁ。あの見た目で医者だもん。

「……今はああですけど、中学の頃は割と真面目な性格だったんですよ。ただ、まあ……俺もそうですけど、高校に入ったあたりで、親と反りが合わなくなってきてケンカしちゃったんですよね。それで気がつけばこうなってました……」

俺の疑問に答えるように、西野君が隣で説明をしてくれた。

あの……心とか読んでませんよね？　すると西野君はくすっと笑って、

「顔に書いてましたから」

そ、そうですか……。

「……今思えば、なんであんなつまらないことでケンカしてたんだろうって思いますよ。今この状況に比べたら、全然大したことじゃなかった。でもその時の俺たちにとっては、それが人生の全てのように思えて……馬鹿みたいでしたよ」

「……誰にでもありますよ。そういう時期は……」

ぎゅっと拳《こぶし》を握りしめる西野君を見てると、以前の何気ない日常が本当にかけがえのない物だったんだって思い知らされる。

そんなふうに西野君と話をしていると、柴田君の診察が終わったようだ、

「……おい、クドウ――さん、ガーゼと消毒液だしてくれねぇか？」

「え？　ああ」

俺は『アイテムボックス』から言われたものを取り出し、彼に渡す。

「結論から言えば、この毒は体に染み込むタイプのもんじゃねぇ。浴びた箇所を爛れさせて、少しずつ周囲を腐《くさ》らせるタイプのもんみてぇだ。だから触れた箇所さえを切り取っちまえば、それ以上悪化はしねぇ」

それってつまり、傷口を切り取るってことか？

ソラの毒を浴びた場所は尻尾と足の先端部分だ。確かに切っても致命傷にはならないけど、そんな簡単にできるわけ――

『――ならば問題ない。フンッ』

「って、おい、ソラッ!?」

「え？　おいおい、何やってんだよ!?」

『グッ……！』

俺たちが悩んでる間に、ソラは己《おのれ》の爪を使い、さっさと傷口部分を切ってしまった。その顔が苦悶に歪《ゆが》む。

「い、言わんこっちゃない。すぐに止血を」

「無茶しやがるぜ、この竜さんはよぉ……！」

柴田君はすぐにスキルを使い、止血を行う。すると傷口は塞がり、あっという間に血が止まる。

とりあえずこれでソラの方は大丈夫か。後はアカだけど……

「……《ふるふる》」

と、そんなことを考えていると擬態を解いたアカが足元で震えだした。

「〜〜〜ッ！《ふるっふるっ》」

そしてポンッ！　とアカの中からなにやら妙に濁った小さい塊を弾《はじ》き出《だ》す
「……もしかしてこれって毒に感染した部分か？」

「……《ふるふる》」こくり
アカは「そうだよー」と震える。……この子、自分で解毒しちゃったよ。最近、アカが優秀すぎる。

何はともあれ、これでソラとアカの応急処置は済んだのだった。

「――それじゃあ、後は作戦通りに」

「ええ、クドウさんも気をつけて」

作戦内容を再確認し、俺たちは再び行動を開始する。

『ソラ、頼んだぞ』

『ああ』

ソラに跨る。今度は俺一人だ。ここからは西野君たちとは別行動。飛び立とうとすると、足元の『影』が震え、モモが顔を出す。

「……くぅーん」

「……大丈夫だよ、モモ。こっちは俺とソラで何とかするから、一之瀬さんたちを頼んだぞ？」

「……わんっ」

モモはこくりと頷き、力強く返事をした。次に六花ちゃんに抱えられる一之瀬さんの方を見る。

「それじゃあ、一之瀬さん、往ってきます」

「……はい」

「相坂さんも頼みましたよ」

「任せてよー。ナッつんも、皆も、私が時間までちゃんと守ってみせっから」

「それは心強いですね」

グッとサムズアップする六花ちゃん。

後ろで柴田君や、五所川原さんらも力強く頷いてみせる。

……大丈夫だ。皆の力を合わせれば、なんとか一時間は耐え抜いてくれるはず。

だから後は、俺たちの仕事だ。手綱を握り、ソラに合図を送る。翼を広げ、ソラは大空へと舞い上がる。

眼下に広がる緑の大軍。そして、その向こうにそびえる巨樹に向けて俺は言い放つ。

「――ペオニー、決着をつけよう」

ソラが咆える。

それに応えるように大気が震え、無数の巨大マリモと根の大軍が俺たちに襲い掛かった。


――腹ガ減ッタ……。

ペオニーは飢えていた。

――熱イ……痛イ……体ガ治ラナイ……。

傷つき、燃え続けている己の体。燃え続ける体が、治らない痛みが、じくじくと眠っていたペオニーの自我を呼び起こす。

「ゲゲゲ！」「食ワセロ」「喰ワセロ」「腹ガ減ッタ」「――シィ」「ゲゲゲゲゲゲッ」「――ケテ」「ゲゲゲゲゲゲッ！」「喰イタイ」「嫌ダ」「喰イタイ」「タイ……」「喰イタイ」「喰イタイ」「嫌ダ」「喰イタイ」「喰イタイ」「喰イタイ」「喰イタイ」「喰イタイ」「喰イタイ」「喰イタイ」「喰イタイ」

周囲に無数に点在する分身――『豊穣喰ライ』が己の意思を代弁する。このスキルを使ったのも久しぶりだ。できることなら使いたくなかった。何故なら、このスキルで作り出された分身体が食べた栄養はペオニーに還元されないからだ。

それどころか、喰えば勝手に自壊して周囲を汚染してしまう。ペオニーにとってみれば、自分の畑を食い荒らし、更に畑そのものを駄目にしてしまう害虫のような存在でしかない。

矛盾《むじゅん》に満ちた己の分身を生み出すスキル――それが『豊穣喰ライ』である。だが、それでも――

――イライラスル……。

ペオニーは苛立っていた。使いたくないスキルを使わざるを得ないほどに。

――アイツラ、邪魔。

前方から感じる二つの強大な気配。一つは人、もう一つは竜。

ペオニーからすれば羽虫の如《ごと》き矮小《わいしょう》な存在のくせに妙に強くてしつこい二つの気配。アイツらが自分の食事を邪魔するのだ。

どうしてそんなひどいことをするのだ。自分はただ食べたいだけなのに。お腹《なか》いっぱいご飯を食べたいだけなのに。どうして邪魔するのだろう？

――ダカラ、消ス。

アレはもはや餌ではない。自分にとって明確な敵だ。敵は排除しないといけない。安心して、お腹いっぱいご飯を食べるために。

――食ベルノ、邪魔スルナ！

体全体を震わせて、ペオニーは動いた。確実に敵を排除するために。

――動いた。

その光景を、俺は瞬きもせずに見つめていた。

山が動く――そんな表現がふさわしいだろうか？

いや、あの巨体は山よりも大きい。その巨体がズルズルと体を揺らしながら、前へ前へと動いているのである。

――トレントの上位種は移動ができる。

それは『質問権』で予め知っていた情報。ペオニーと出会う前、花つきと戦った時にも見た光景。分かっていたはずだ。知っていたはずだ。

でも、それでも目の前の光景は圧巻としか表現しようがない。

速度としては人が走るのと同程度だがその速度で移動しているのは、山を超える巨木だ。威圧感が半端じゃない。その上、敵意と殺意をビシビシと感じる。

「……とはいえ、手間が省けたな」

『ウム……』

俺たちにとって最大の問題はどうやってペオニーを移動させるかだった。その懸念が、まさか最初に解決するとは思わなかった。ならば後は作戦通りに進めるだけ。

「ソラ、適切な距離を保って後退してくれ」

『分かった』

ソラは身を翻しペオニーから距離を取った。それにつられるようにペオニーが前進する。

――逃ゲルナ。

ペオニーはまたしても苛立った。無数の枝、蔦、根、葉っぱ、そして『豊穣喰ライ』。その全てを駆使して攻撃しているのに、敵はまだ死んでない。その理由がペオニーには分からなかった。

もしペオニーがまともに思考できれば、敵が回避のみに専念してることに気付けただろう。だが、多少の自我を取り戻した程度ではそのことに気付けない。

そもそも、ペオニーが自我を取り戻せたこと自体ある意味奇跡なのだ。

スキル『暴食』。その効果は獲得経験値の増加と、食った魔石の完全習得だ。

魔石とは、モンスターが死した際に発生する魔力の結晶であり、その中には生まれてから死ぬまでの経験とスキルの全てが記憶されている。それを体内に取り込むことで、死んだモンスターの魔力や経験、そしてスキルを獲得するのである。

ただしスキルの習得には『適性』がある。たとえば、モモはルーフェンの魔石を食べたことでスキル『咆哮』を獲得したが、声帯を持たないアカだと『咆哮』を獲得することはできない。同じように、モモがミミックの魔石を食べても、肉体そのものを別物に変化させる『擬態』は獲得できないのである。

だが、ペオニーにはその法則が当てはまらない。

スキル『暴食』はそれらの適性を無視して、魔石に備わったスキルや経験をすべて自身の力に変えることができるのだ。

アカの『擬態』もソラの『ブレス』も、モモの『操影《そうえい》』も、カズトの『アイテムボックス』すら、ペオニーは使用することができる。

事実、カズトらと対峙《たいじ》した時点で、ペオニーの持つスキル数は優に二百を超えていた。

もし仮に、このスキル全てを駆使されていたら、カズトたちに勝ち目などなかっただろう。

強力無比で反則的なスキル――それが『暴食』だ。

だが、だからこそ代償も大きい。

『暴食』の所有者は常に飢えと渇きに襲われるのだ。その飢餓感は凄まじく、どれだけ食べても決して満たされることはない。食べた者の存在や、獲得したスキルすら記憶に残らないほどの飢えが常に所有者につきまとうのだ。そしてこの飢えは耐性スキルでも防ぐことができないのである。

故に、『暴食』の所有者に意思はない。

ただ『食欲』の赴くまま、飽くなき飢えを満たすためだけに行動する。何十、何百、何千ものスキルを持っていようとも、決してそれを十全に扱うことはできないのである。

そう、今、この瞬間までは。

――アイツラ、邪魔ダ！

飽くなき飢えに支配されていたペオニーの自我が蘇る。自分の食事を邪魔し、あまつさえ死の恐怖を与えたあの二匹を葬るために考える力が蘇ったのだ。

だからこそ、ペオニーはその違和感に気付いた。

あの目障《めざわ》りな二匹の前方――美味しそうな気配がたくさんあった場所の壁がなくなっていることに。

『――……？』

何故だろう？　今まで入ろうとしても入れなかった場所。美味しそうな餌の気配がたくさんしてたのに、入れなくて悔しい思いをした場所。その場所からあの壁の気配が消えていた。

——ナンデ……？

理由は分からない。だがあの見えない壁の中には、あの二匹の仲間がたくさんいたはずだ。これは好機《チャンス》だ。

——喰ッテヤル。

自分の食事を邪魔したアイツらの仲間だ。一匹残らず食い尽くしてやる。

「ゲゲゲ！」『食ワセロ』『喰ワセロ！』『食ワセロ！』

「喰ワセロ！」『食ワセロ！』『喰ワセロ！」

ペオニーよりもまず先に、『豊穣喰ライ』たちが一斉に『安全地帯』の中へ雪崩れ込む。

先を越されてなるものかと、ペオニーも急いで『安全地帯』の中へ触手を伸ばす。

『……？』

そこでペオニーは再び違和感を覚えた。

——……イナイ？

あの美味しそうな気配がした餌たちがどこにもいないのだ。見えない壁の中には人っ子一人いなかった。己の分身である『豊穣喰ライ』たちも怪訝《けげん》そうな声を上げている。

——……ナンデ？

逃げた？　でもどこへ？　どうやって？　次々に湧《わ》き出す疑問。混乱するペオニーは、そのまま

『安全地帯』の中心部まで移動した時だった。

「――終わりだよ、ペオニー」

声が聞こえた気がした。

次の瞬間――ぐらりと、ペオニーの巨体が大きく揺らめいた。

『……？』

気が付くと、自分の根元が、ごっそりと抉れていた。

『――？　――？』

何だこれは？　燃えてる？　自分の根元が、外側も、内側も、どちらも燃えて抉れて、消し炭になっていた。それだけじゃない。周辺すべてが火の海と化している。

そう気付いた瞬間、激痛がペオニーの体を駆け巡った。

『～～～～～～～～～～～ッッッ！！！』

「どうだ？　内側と外側、両方から体を爆破《ばくは》された気分は？」

また声が聞こえた。だが絶え間ない激痛でペオニーはそれどころではなかった。

苦しい、苦しい、痛い、痛い、痛い、痛い。

『ア……ァア……？』

そして、次の瞬間――轟音と共に、再びペオニーの体が根元から爆発した。

――『安全地帯』の中に爆弾を仕掛ける。

西野君のその作戦を聞いたとき、俺は正気を疑った。

なぜなら『安全地帯』は俺たちの守りの要だ。自分たちからわざわざそれを捨てるなど戦略的にありえない。正気の沙汰ではない。

『勿論、これは最後の手段です。ソラのブレスや自衛隊の援護射撃、ガソリンやガスタンクによる燃焼――これらで仕留められればそれに越したことはない。でも……俺にはそれだけであの化け物を仕留められるとはどうしても思えないんです』

……確かにそれは俺もうすうす感じていた。あれは正真正銘《しょうしんしょうめい》の化け物だ。

まだ俺たちに見せていない奥の手や、最悪戦いの最中に『進化』する可能性だってある。予定通りに行く可能性の方が少ないだろう。

『でも……だからといって、わざわざ俺たちにとっての最大のアドバンテージを捨てる必要はないのでは？』

『ですが、ここしかないんです。ペオニーや他のモンスターに邪魔されず、気付かれず、決戦まで大量に爆弾を仕掛けておける場所は』

西野君はそう言って、言葉を続けた。

『以前、市長に聞いたんです。『安全地帯』の再設定は可能かどうかを』

『……教えてくれたんですか？』

『だいぶ渋りましたがね。結論から言えば、同じ場所での再設定は不可能。レベルはリセットで一から再スタート。そして、新たな場所に『安全地帯』を設定するのに一時間のクールタイムが必要とのことです』

レベルのリセットと同じ場所での再設定は不可能か。それに一時間のクールタイム。そのくらいのリスクは当然というべきか……。いや、その程度で済むと考えるべきだろうな。モンスターが入って来られないという破格の性能から考えれば安いもんだ。

『根は植物にとっての重要な器官です。ペオニーもトレント、そして植物である以上、その特性は同じはず……。もしヤツの根を爆破することができれば、間違いなく戦局を左右する一手になると思います』

『……でもリスクも大きいですよ。失敗すれば俺たちは全滅です』

『クドウさんらしくないセリフですね。どの道、勝てなきゃ俺たちは全滅です』

『……そりゃそうですね』

正論である。そもそも、勝てなければ俺たちは全滅するのだ。ならばリスクを負ってでも、少しでも勝率を上げるべきだろう。参ったな。いつの間にか、西野君の言葉に乗せられてしまった。

『ちなみに、もし仮にその作戦を実行する場合、新たな『安全地帯』の候補地はどこにするつもりなんです？』

『隣町の自衛隊基地なんてどうでしょうか？　あそこならこの人数でも収容できますし、元々の目的地ですから座標《ポイント》を再設定する手間も省けます』

確かにあそこなら丁度いいか。どうせ武器を回収しに行かなきゃいけないいんだし。

『戦闘が始まれば、ペオニーもこちらに集中せざるを得ないでしょう。一時間程度であれば、気付かれずに済むはず。勿論、それまでに倒せてしまうのが一番ですけど……』

『うーん……できるなら、もう一手欲しいですね』

『……というと？』

『こういうのはどうでしょう？　たとえば、アカを銃弾に『擬態』させて――』

こうして俺と西野君は作戦を更に煮詰め、作戦は決まった。

まず俺とソラで先制攻撃を仕掛ける。

次に、自衛隊の援護射撃と、ガソリンやガスタンクによる爆発、ソラによる追撃。

更に一之瀬さんが弾薬に擬態したアカをペオニーに撃ちこみ、ヤツの体内に蓄積させる。

そしてここまでの攻撃で仕留めきれなかった場合、『安全地帯』を放棄し、住民たちは隣町に移動。ペオニーを誘導し、仕掛けた爆弾とヤツの体内で爆弾に再擬態したアカによる二重爆破で追撃を仕掛ける。ざっくりまとめるとこんな感じだ。

全てが綱渡りで、リスクの塊のような作戦だ。藤田さんや市長を説得するには骨が折れた。

「――でも、やり遂げた」

眼下に広がるその光景を、俺とソラは見つめる。

『安全地帯』のあった場所には、根元の部分が大きく抉れ、今にも倒壊しそうな姿のペオニーがあった。

かつてないほどの大打撃。俺たちの捨て身の切り札は、ペオニーに確かに届いたのだ。

――誰か一人でも欠ければ、この作戦は実行不可能だった。

西野君がいなければ、この作戦は思いつかなかった。

一之瀬さんやアカがいなければ、大量の爆弾を作ることも、武器を揃《そろ》えることもできなかった。

モモがいなければ、隣町まで短時間で移動することもできなかった。

キキがいなければ、トレントの妨害スキルを無効化することも、爆弾を仕掛けるのに好都合な地下の空間に気付くこともできなかった。

ソラがいなければ、そもそも作戦自体が成り立たなかった。

自衛隊の人たちがいなければ、兵器の操作や訓練もできなかった。

藤田さんや生徒会長さんがいなければ、住民の説得も、全体の統率もできなかった。

皆の力が合わさったからこそ、今こうしてペオニーと互角に渡り合えているのだ。

「あともう少しだ」

間違いなくペオニーは死にかけている。

感じる気配も最初の時に比べ、明らかに弱々しくなっている。

あと少し、本当にもう少しで俺たちの勝ちだ。

「だからこそ、油断はしない」

最後の一手。先ほどの戦闘で感じたペオニーの急所にソラのブレスを当てれば俺たちの勝ちだ。

「ソラ、いけるか？　あと一撃だ。なんとかつき合ってくれ」

『……』

「……？　ソラ、どうした？」

反応がない。一体どうしたのか？

『グッ……ウゥゥウウ……ッ！』

するとソラは突然、腹を押さえ苦しみだした。

「ソラッ⁉　おい、どうしたんだ？　大丈夫かっ」

『グッ……こんな時に……！』

ぐらりと、体勢を崩しソラは落下する。

とっさにアカがクッションになってくれたおかげで落下の衝撃は和らいだ。

「ソラ！　大丈夫かっ」

『……』

声を掛けるが返事がない。ただ荒い呼吸を繰り返しながら、腹を押さえて苦しんでいる。

「やっぱりお前、ペオニーの毒が効いてたんじゃないか！」

『あ、あんな毒など効かんと言っただろう……』

「強がるなよ！　どう見たってこれは……え？」

俺はソラの腹に触れる。するとそこからソラとは違う別の気配を感じた。

それは強大すぎたソラの気配が弱まった今だからこそ感じ取ることができたのだろう。

「ソラ……お前まさか妊娠してるのか？」

『……』

「なんでだっ！　そんな大事なこと、なんで今まで教えてくれなかった？」

『黙れ……人間風情《ふぜい》が……！』

むくりと、ソラは起き上がり、俺を睨みつける。

『この程度、なんの問題もない……早く指示を出せ……！』

「ソラ……」

無理をしているのは明らかだった。

ここまで来て、ようやく俺はソラが焦《あせ》っていた理由を悟った。

出産が近いのだろう。腹の中の気配が強まり、ソラの気配がどんどん弱々しくなっている。

これじゃあブレスを撃つことなんてできない。いや、できたとしても間違いなく出産に影響が出る。

「ギギギッ！」『ギギャッ！』『イタ！　見ツケタ！』

そんな俺たちの下へ、巨大マリモたちが集まってくる。

「クソッ！　邪魔するな！」

即座に俺は『アイテムボックス』を解放し、接近する前に巨大マリモたちを押しつぶす。

「ゲゲゲ！」「食ワセロ」「喰ワセロ」「喰ワセロ」「ゲゲゲゲゲゲッ」「――ケテ」「ゲゲゲゲゲゲゲゲッ！」『喰イタイ』『喰ワセロ』『喰ワセロ』『喰ワセロ』『喰ワセロ』『喰ワセロ』『喰ワセロ！』

だが巨大マリモたちは俺たちをあざ笑うかのようにその数を増してゆく。

地上だけでなく、頭上にも無数の巨大マリモたちが漂っている。

ヤツらは一斉に口を開き、その舌先を俺たちに向けて放った一方その頃、西野たちも隣町にある自衛隊基地で巨大マリモとの戦闘を繰り広げていた。

「深追いはするな！　俺たちの目的はあくまで『安全地帯』再設定までの時間稼ぎだ！　防衛に徹しろ！」

「そうはいっても、ニッシー！　これはヤバいって！　数が多すぎるよっ」

無数の舌の攻撃を捌《さば》きながら六花が叫ぶ。

『安全地帯』の再設定まで残り一時間。西野たちは何としてもこの自衛隊基地を守り抜かねばならないのだ。

だが予想外だったのは、この近辺までペオニーの種子が届いていたことだろう。

「サヤちんや清水さんは呼べないの？」

「無理だっ！　どこも援軍を出せる余裕なんてないっ！」

人の気配を感じとったのか、おそらくはこの周辺一帯で生まれた巨大マリモ全てがここへ集まってきているのだろう。数もさることながら、その内に秘めた毒液の存在が彼らを苦しめていた。

何しろ六花をはじめ、西野たちのメンバーの殆どは近接タイプだ。遠距離の攻撃手段が限られてるこの状況は非常に厳しいと言わざるを得ない。

「――ここは私の出番だね」

「五所川原さん……？」

そんな中、前に出たのはスーツを着た小太りのおっさん――五所川原だった。その手には極太の丸太が握りしめられている。一瞬、何をするのかと、西野は訝しげに見つめていたが、

「ぬうううううんっ！　伸びろおおおおおお！」

なんと五所川原が丸太を振り回した瞬間、その丸太が伸びたのだ。

「……は？」

「ギギッ⁉」

その光景に、西野だけでなく目の前の『豊穣喰ライ』すら驚きの声を上げた。

たっぷり十メートル以上も伸びた丸太は、数匹の『豊穣喰ライ』をまとめて叩き潰し、周囲に毒液をまき散らせた。無論、その毒液は西野たちまで届かない。

「「「……」」」

ぽかんとする西野一同。

「ふふ、どんなもだい」

笑みを浮かべる五所川原。その腕に握られた丸太は掃除機のコードのようにシュルシュルと元に戻る。……何だ、これ？

「あ、あの……五所川原さん……その丸太は？」

「これかい？　あのペオニーの枝から作った丸太だよ。余った枝を一之瀬ちゃんに加工してもらったんだが、どうやら武器《まるた》にする過程で伸縮機能がついたみたいなんだ」

「嘘でしょう⁉」

丸太すげぇ！　と思わず素で突っ込んでしまった西野である。

バッと振り返り、後ろで休む一之瀬に目を向けると、

『いや、私もびっくりです、丸太ってすごいですねー』的な感じのリアクションをされた。

「いや、でも、そんな……ええー……」

「ぬおおおおおおっ！」

動揺する西野をよそに、五所川原は丸太を振り回し、次々に『豊穣喰ライ』の数を減らしてゆく。

非常にシュールな光景だ。

「ふぅー……ふぅー……さて、あともう少しだね」

気付けば、無数にいた『豊穣喰ライ』はかなり数を減らしていた。

残った個体も、さすがに目の前のおっさん――もとい丸太が脅威であることに気付いたのか、必要以上に近づいて来ようとしない。

西野たちにとっては願ったり叶《かな》ったりな展開だ。

（……十五分が経過した。よし、このペースなら十分防衛できる……）

「ギッギャアアアアアアア」

すると一匹の『豊穣喰ライ』が五所川原へ向けて特攻を仕掛けた。無論、五所川原も丸太を伸ばし、これを叩き潰そうとする。

だが丸太に叩き潰されそうになったその瞬間、『豊穣喰ライ』の無数にある口の一つが声を上げた。

「――ィ――サン……」

「え……？」

ぴたりと、五所川原の動きが止まる。

「どうしたんですか、五所川原さん？」

「いや……今、何か声が聞こえたような……？」

「声……？」

訝しげな表情を浮かべる西野とは対照的に、五所川原はその声が妙に気になった。

彼は目の前の丸太に押し潰されそうになる『豊穣喰ライ』を見つめる。

彼はその声を気にしてはいけなかった。

彼は迷うことなく目の前の『豊穣喰ライ』を叩き潰すべきだったのだ。

「――クルシイヨ……オトウサン……」

「ッ――!?」

それは今までの『豊穣喰ライ』が発していた声とは明らかに別種のモノであった。

ボコボコと、目の前の『豊穣喰ライ』の一部が盛り上がり、やがてソレは人の顔へと変化する。

「苦しいヨ、助けテ……お父さン……」

「アナタ……お願イ、殺シて……」

『豊穣喰ライ』の一部に浮かび上がったモノ――それは、かつて五所川原が愛した妻と娘の顔だった。

その瞬間、彼の奪われていたはずの記憶が――妻と娘との思い出が脳裏に蘇った。

――トレントに喰われた人々はその存在を奪われる。

他人の記憶から、人々の思い出から、まるで最初からいなかったように、その存在を根こそぎ奪われる。

――では、その奪われた記憶はどこに行くのだろうか？

養分としてトレントに吸収され消滅するのか？　それともトレントの中に留まり続けるのか？

いや、分かったところでどうにもならない。

奪われた者にすれば、奪われたという自覚すら起きないのだから。

消えた者にしてみれば、誰の記憶にも残っていないのだから。誰ひとり悲しむことなく、誰ひとり疑問に思うことなく、誰ひとり気にすることなく世界の歯車は回り続ける。

それがトレントというモンスターの特性。

本来は脆弱であった種族が生き残るために進化し、身につけた最悪の自己防衛機能。

だが、何事にも例外は存在する。

そう、たとえば。奪われたはずの記憶が、本来はありえない肉体を持って、奪われた本人の目の前に現れれば――。

「――苦しイ……助けテ、お父さん……」

「アナタ、お願イ……殺シテ……」

それはまさしく悪夢のような光景だった。

『豊穣喰ライ』の一部に浮き出た顔――それは五所川原の愛した妻と娘の顔だった。

「なっ……⁉」

五所川原は呆然とその光景を見つめる。

だが突如として、濁流のように押し寄せてきた記憶の波に、彼はたまらずその場にうずくまり頭を抱えた。

「ギギッ！」

隙ありとばかりに、別の『豊穣喰ライ』が攻撃を仕掛ける。

鞭のように伸びる舌。とっさに動いたのは、彼の近くにいた柴田だった。

ドンッ！　と勢いよくぶつかり、そのまま五所川原と共に地面を転がり攻撃を回避する。

「バカ野郎！　死ぬ気か？　なにボケっとしてんだっ！」

「あ……ああ、すまない……」

柴田に怒鳴《どな》られても、五所川原は心ここにあらずといった体で返事をする。

「一体どうしたんだよ、アンタらしくもねぇ……」

「……妻が」

「あ？」

「妻と娘が……あそこにいたんだ」

「……は？」

五所川原は目の前の『豊穣喰ライ』を指さして、

「妻の緑《みどり》が……娘の皐月《さつき》が、あそこにいるんだ。苦しそうに私に助けを求めてる……」

「何を……言って……？」

驚き、振り返る柴田。

するとそこには確かに人の顔が浮かんでいた。二人の女性の顔が苦しそうに呻《うめ》いていた。

信じられないとでもいうように、彼は無意識に首を横に振る。

だが次の瞬間、ぎりっと奥歯を食いしばり、

「に、偽物《にせもの》だ！」

彼はそう叫んだ。

「騙《だま》されるんじゃねぇぞ、おっさん！　あれは――あんなの偽物に決まってんだろうが！」

「柴田君……」

「残念だったなぁペオニー！　そんなちゃちな作り物に騙されるほど、俺たちは馬鹿じゃねぇんだよおおおおおおお！」

そう言って柴田は手に持った槍《やり》を、目の前の『豊穣喰ライ』へと投げつける。

迂闊《うかつ》に近づけばあの毒液を食らう。だからこその投擲《とうてき》だった。

彼の投げた槍は吸い込まれるように、五所川原の妻の顔へと命中した。

「「イギャィィアアアアアアアアッ！」」

「イヤァ……痛イ……アァァアアア……！」

「……ヤメテ、コンなノ……ヤダァ……」

無数に開いた口が悲鳴を上げる。顔を貫かれた女性が血の涙を流し、隣の少女の顔が悲しみの声を上げげた。それはとても演技には、作り物には見えなかった。

「何をするんだ、柴田君！　妻が！」

「目ぇ覚ませ、おっさん！　あれが！　あれがあんたには生きてるように見えるのか？」

「――だ、だが……」

「生きてるわけがねぇ……あんなのアンタを混乱させる偽物に決まって――」

「――シヴァタァ……」

柴田の声を遮《さえぎ》るように、別の声が、彼らの耳に響いた。

「助けテぇれよ……柴田ぁ……」「苦しぃ……シヴァ田ぁ……」「アァ……柴田ァァ……」

「ぁ……？」

それは別の『豊穣喰ライ』から発せられた声。

目をやれば、そこには新たな顔が浮かび上がっていた。

まだ若い高校生ほどの少年たちの顔。その顔に、柴田は見覚えがあった。忘れるはずなどない。

「佐藤……？　それに、風間に谷川まで……」

何故なら、彼らはかつて自分が見捨てた仲間なのだから。

まだ彼らがホームセンターを拠点に活動していた頃、柴田は仲間と共にショッピングモールへ食料を求めてやってきた。

そこで彼らはハイ・オークと遭遇《そうぐう》し、柴田だけが生き延びたのである。

「なんで……？　俺は……俺は忘れてねぇぞ？　お前らのことはずっと覚えて……」

混乱する彼は知らなかった。トレントは生きた生物だけでなく死体も吸収し、養分にしているということを。

十香はかつて生存者に対して、死体の数が少なすぎると疑問を抱いていたが、その答えもトレントであった。ただ生きてる者と違い、死体であれば記憶を奪われないという違いがあるだけ。ただそれだけの違いなのだ。

「柴田……苦しぃ……助けテェ……」

「やめろ……やめてくれ……そんな目で、俺を見ないでくれ」

無意識に柴田は後ずさる。ひくひくと瞼《まぶた》がけいれんし、浅い呼吸を繰り返す。

「違う……俺は、別にお前らを見捨てたわけじゃ……」

かなわない敵《ハイオーク》と遭遇した時点で、彼は情報を仲間の下へ持ち帰ることを選択した。

それは客観的に見ればとても正しい判断だっただろう。

実際に、西野や六花も、誰も彼を責める者はいなかった。

だが彼にとって仲間を見捨てて一人逃げ延びたという事実は変わらなかった。その罪悪感はずっと彼の心に残り続けていた。

五所川原と同じように、彼もまた過去に――死者に足を絡めとられてしまったのである。

「ッ……！　ふざけんな……ふざけんじゃねぇ！　こんなことがあるわけねぇんだよぉ！」

柴田は喉が張り裂けんばかりに叫んだ。

拳を振り上げ、目の前の『豊穣喰ライ』に殴りかかろうとする。

そうしなければ彼の心は耐えられなかったのだろう。たとえ猛毒を食らうと分かっていても、それでも目の前の悪夢を振り払おうと彼は必死だったのだ。

「ゲゲゲゲゲゲッ」

そんな彼の姿を、『豊穣喰ライ』は、待っていたとばかりにあざ笑う。

だが、その瞬間――『豊穣喰ライ』の体が硬直した。

「――ギゲッ!?」

「おりゃああああああああああああああ！」

そして遅れること数瞬、衝撃と共に『豊穣喰ライ』が吹き飛んだ。

「柴田！　前に出過ぎだ！　早く戻れ！」

「大丈夫？　顔真っ青《さお》だよ？」

「あ……」

彼の窮地を救ったのは、西野と六花だった。

「六花、武器はどうだ？」

「あー、こりゃ駄目だね。今の一撃でもう溶けちゃってる」

六花は手に持ったバットを投げ捨てる。

おそらくアレで殴り飛ばしたのだろう。彼女の身体能力だからこそできる荒業だ。

「さっさと立て、柴田」

「に、西野さん……俺」

「……言いたいことは分かる。けど前にも言ったよな？　もしお前が彼らに悔いる気持ちがあるなら、少しでも生き延びることを考えろって」

「……」

「人の死を引きずるなとは言わない。俺だって何度も後悔してきたさ。もしやり直せるなら、なんて思ったこともある。でもな、そんなことは不可能なんだ。これはゲームじゃない、現実だ。死んだら……そこまでなんだよ。生き返ることなんて、絶対にない」

「……」

「人の死を割り切れとは言わない。でも、乗り越えなきゃいけないんだ。分かるな、柴田？」

「……うっす」

「五所川原さんもです。奥さんと娘さんのことは残念に思います。ですが……」

「分かっているさ……」

俯《うつむ》きながら、五所川原は土を握りしめる。

「分かっては……いるんだ」

それでも立ち上がり、袖《そで》で涙をぬぐい、大きく息を吸う。

「すまない。みっともないところを見せたね」

「いいえ、そんなことはありません」

「もう、大丈夫だよ」

「……」

強がっているのはすぐに分かった。でも、それを指摘する気はなかった。

だから、代わりに西野は横に並び、前を向く。

「生き延びましょう、必ず」

死なせない。絶対に死なせるものか。

六花も、柴田も、五所川原も、誰一人欠けることなく生き延びてみせる。

あの夜に――自分の弱さを吐き出したあの時に、そう決意したのだから。

西野はすぅっと息を吸い、声を荒らげる。

「全員、気合を入れろ！　再設定まであと少しだ！　絶対に生き延びるぞ！」

「「「了解っ！」」」

彼らは再び立ち上がる。

『安全地帯』再設定まで――残り三十五分。


「うぉぉぉおおおおおおおおおおおおお！」

無数に迫りくる舌と触手の群れ。

とっさに全方位に『アイテムボックス』による壁を作り出す。

稼げる時間は一瞬。だがその一瞬の間に足元の『影』が広がり、俺たちを包み込んだ。

「わんっ！」

「すまんモモ、助かった！」

再び視界が晴れると、そこはショッピングモールのすぐ近くだった。

モモが『影渡り』で俺たちを守ってくれたのである。

とはいえ、まだここはペオニーのテリトリー内だ。すぐに気付かれるだろう。早く次の手を考えなければいけない。

「……」

俺は後ろで横たわるソラに目を向ける。

息も荒く、苦しそうな表情だ。まずいな。これじゃあ、ブレスが撃てない。

ペオニーに止めを刺すことなんて――。

「わんっ！　わんわんっ！」

「モモ……？」

不意に、足元のモモが吠えた。どこか怒っているように見えた。

モモは俺とソラを交互に見て、もう一度「わんっ」と吠える。

「もっとしっかりして！」と俺の顔をじっと見つめてくる。

その目を見て、俺はようやく自分の甘さに気付いた。

「そうか……そうだよな、モモ」

ソラのブレスがなければ？　何を言っているんだ、馬鹿か俺は？　身重の竜一匹に頼らなければ、何もできない甘えん坊なのか？

考えを改めろ、クドウカズト。

ソラがここまでお膳立《ぜんだ》てをしてくれたんだ。

だったら、最後は俺たちがその頑張りにこたえなきゃいけないだろうが。

「――『影檻』」

『ッ――⁉　カズトッ！　何のつもりだ⁉』

「しばらく『影』の中で休んでてくれ。あとは、俺たちでなんとかするよ」

『何を――待――……』

ソラが『影』に沈む。

そうだ。コイツは身重の体でここまで踏ん張ってくれたんだ。

そこに俺たちとは別の思惑があったのかもしれないが、それでもこの三日間俺たちと過ごした時間は本物だ。

ティタンの時と同じだ。たった三日、ペオニーを倒すまでの薄氷のような関係。でも、それでも、

「やっぱ、生まれてくる子供には、元気な母親の姿を見せてあげたいよな……」

参ったな。俺は思った以上に、ソラに感情移入しちゃっているようだ。モモや、一之瀬さんのように、共に生きたいと思う程度には。

「ふぅー……」

意識を集中させる。

大丈夫だ。ソラがいなくとも、俺にはモモたちがいる。それにまだ使っていないスキルもある。リスクが高すぎるがゆえに、今の今まで残しておいたスキルがある。ソラの高速飛行なしでペオニーに接近するには、最早これしか手段はない。

俺はそのスキルを発動させる。

「――『影真似《かげまね》』」

それは『影檻』と同じく、『漆黒奏者《しっこくそうしゃ》』になった時に取得したスキル。

足元の『影』がざわめき、少しずつ俺の体を侵食してゆく。

スキル『影真似』――その効果は自分の倒したモ、ン、ス、タ、ー、の、姿、を、真、似、るというもの
「頼むぞ……」

この状況を突破するには、お前の力が必要だ。

『影』が俺の体を覆い尽くし、一体の獣の姿を形作る。俺にとってのトラウマであり、最初の敵。

『叫び』と尋常ならざる膂力を持つ最凶のモンスター。

「影真似――タイプ・ルーフェン」

変化が完了する。

漆黒の『影』に覆われたハイ・オークへと俺は変化した。

「ウォォォオオオオオオオオオオオオオオオオオオオッッ！」

かつてのハイ・オークを思わせる咆哮。

大気が震え、大地がひび割れる。全身に力が漲るのを感じる。

「さあ、いくぞ」

膝《ひざ》を曲げ、足に力を込める。

ダンッ！　と地面を砕き、俺は跳躍した。


一方その頃、西野たちもまた、『豊穣喰ライ』との戦闘を続けていた。

残った数はたった一匹。だが、その一匹が問題だった。

「喰ワセロオォォォオオオオオオッッ！」

『豊穣喰ライ』は無数に開いた口から舌を伸ばし、西野たちを攻撃する。

「畜生、何だよ、こいつは！」

「急にでっかくなるなんて反則だよー！」

悪態をつきながら、必死に攻撃を躱す柴田と六花。

彼らが戦っているのは、巨大化した『豊穣喰ライ』だった。

たった一匹だが、その戦闘能力は今までの『豊穣喰ライ』の比ではない。

無数の舌による攻撃に、彼らは徐々に疲弊《ひへい》し、追い詰められていった。

「ハァ……ハァ……これ、おにーさんじゃないと、どうにもならないんじゃない？」

六花の予想は正しい。

巨大化した『豊穣喰ライ』の戦闘力は彼女たちが以前戦ったネームドモンスター──女王蟻アルパより上だ。

カズトであれば勝機は十分にあるだろうが、西野たちにとっては大きな脅威であった。

「弱音を吐くな、六花。クドウさんは、俺たちよりもずっと厳しい戦場にいるんだぞ？　この程度、俺たちで何とかするんだ」

「分かってるよぅ……」

六花を叱咤《しった》する西野だが、彼も内心では焦っていた。

このままではマズいと。

触れたモノを腐らせる毒を持つ『豊穣喰ライ』に対し、西野たちは攻めあぐねていた。

（決め手に欠ける……）

西野たちにはカズトのような強力な遠距離攻撃手段がなかった。

通常サイズであれば、五所川原の丸太や六花の投擲で何とかなったが、あのサイズでは致命傷には至らない。

（せめて一之瀬がいてくれたら……）

そう思わずにはいられなかった。

彼女の化け物ライフルであれば、あの巨体であっても仕留めることができただろう。

だが、彼女は既に戦線を離脱している。

ペオニーに爆弾を仕掛けるために、限界を超えて化け物ライフルを使い続けたからだ。そして彼女以外に、あの化け物ライフルを扱える者はいない。

こんな時に、と西野は一瞬思うが、すぐに首を振る。

馬鹿か。彼女は自分の仕事を完璧にやり遂げたのだ。自分たちの役割すら満足に果たせない自分たちが、どうして彼女を責められる？


（考えろ……。軍用ヘリも戦車もない。『アイテムボックス』に収納できない武器は全て市役所に放置してきた……）


『アイテムボックス』の所有者たちは、ヘリや戦車を収納できるほどレベルは高くなかった。

というより、大きさ、量を問わずあれだけの数を収納できるカズトの方が異常なのだ。

それに銃火器の類いもない。ペオニーに殆ど使ってしまったし、持ってこられたのは最低限の物資のみだ。


（思い出せ……他に何かなかったか？　利用できる地形は？　何か……何か……ッ！）


脳をフル稼働させ、西野はふと思い出した。

「……そうだ。もしかしたら、アレなら……」

即座に彼は動いた。

「六花！　皆と一緒に二分時間を稼いでくれ！」

「了解！」

仲間に指示を出し、彼はすぐに建物の入り口へと向かう。

「確かこの辺だったはず……！」

周囲を見回し、目的の物を探す。幸いにして目的の物はすぐに見つかった。

「あった！」

西野はすぐにそれを抱え、走った。

「六花！」

叫ぶと同時に、手に抱えたそれを彼女目掛けて投げる。

「ソレをヤツの口へ投げろッ！」

「んっ！」

六花は手に持った鉈を捨て、西野から投げられたそれをキャッチする。

それは石だった。漬物石という表現がぴったりの大きな石だ。

「これって——そっか！」

その石を手に持った瞬間、彼女もすぐに西野の意図を理解した。

大きく振りかぶって、手に持ったそれを『豊穣喰ライ』の口へと投げつけた。

「ぬおりゃあああああああああ！」

「ギギ？」

ぱくり、と『豊穣喰ライ』は反射的にそれを飲む込む。

「よしっ！　全員その場から離れろ！　ソイツから距離を取れ！」

「ギギッ！」

即座に撤退する西野たちに対し逃がすまいと『豊穣喰ライ』も追撃を仕掛けようとする。

だが、次の瞬間、その体がボコボコッと膨張した。

「ギ……ギァ……？」

それだけでは終わらない。

ボフンッ！　と無数に開いた口から黒煙と大量の炎が吐き出される。

「ギァ……ギャアアアアアアアッッ！」

よほどの激痛だったのか、『豊穣喰ライ』は悲鳴を上げながら、ゴムまりのようにその場を転げまわる。

「こ、これって……？　西野さん、一体何をアイツに食わせたんですか？　あれってただの石にしか見えませんでしたけど？」

「ああ、石だよ……。ただし、ここに座標《ポイント》として設置された、アカが擬態した石だ」

「あっ――」

それでようやく柴田も気付いたらしい。

そう、西野は石に擬態したアカを、『豊穣喰ライ』へ投げつけ、体内で再度爆弾に擬態してもらったのだ。

本来は移動用に設置された座標《ポイント》だが、今は緊急時だ。西野はこれを消費することを決断した。

「ペオニーにも同じ作戦でダメージを与えることができたからな……。上手くいってよかった」

「さすがっすね……。よくあの一瞬でそんな手を……」

「別に大したことじゃない。それよりも、早く奴に止めを刺すぞ。全員、持ってる武器をありったけヤツに投げつけろ！　間違っても近づくんじゃないぞ！」

「うっす」

「りょーかい！」

「「「オオオオオオオオオオッ！」」」

西野の機転により戦況は完全に逆転した。

アカの爆弾によって、大ダメージを受けた『豊穣喰ライ』はもはや虫の息であった。

勝てる。誰もがそう思った。だが――

「ウゥウウ――ギャアアアオオオオオオオオオオオオッッ！」

「な、何だ？」

「急に叫びだしたぞ？」

「アグッ――アム、あむあむ……ぐちゃぐちゃ」

だが、突如として『豊穣喰ライ』は叫びだしたかと思うと、何かを咀嚼《そしゃく》しはじめた。

「何だ……？　何を食ってる……？」

仲間は誰も近づいていない。だがヤツは確かに何かを咀嚼している。

「ニッシー見て！　傷がッ！」

六花の声で西野はハッとなる。見れば『豊穣喰ライ』の咀嚼に合わせて、ヤツの体が少しずつ再生を始めていた。

「まさか回復系のスキルか……？　くそっ！　ヤツに回復の時間を与えるな！　急げ！」

「ういっさー！」

六花が駆ける。手に持った鉈を振りかざし、『豊穣喰ライ』目がけて投げつけた！

「ぐぎゃ――あぁぁ……あぐうぉおおおおおおおおお」

だが浅かった。六花の投げた鉈は表面を浅く傷つけるのみに終わった。

「……ッ！　やっぱ接近しないとダメかぁ……」

いや、たとえ接近したとしてもおそらく一撃で倒すことは難しい。

せめてもう少し、奴が合体するのが遅かったらと思う。

今の六花のレベルは29だ。これまでの戦闘で大量の『豊穣喰ライ』を倒し、かなりレベルアップすることができた。六花の感覚としては、あと二、三体『豊穣喰ライ』を倒せればレベルアップできると感じていた。その歯がゆさに六花は苦い顔をする。

同じく西野も必死に頭を巡らせていた。だが何も妙案は思いつかない。

再設定まで残り三十分ほど。時間を稼ぐことならできるだろうが、果たしてその間に何人犠牲になるだろうか？

「どうする……どうすれば――」

「ニッシーッ！　なにボーっとしてんの！」

「ッ……！　しま――」

「ルォォオオオオオオオオオオオオッッ！」

思考に没頭するあまり、西野はすぐ目の前まで迫る『豊穣喰ライ』の攻撃に気付くのが遅れた。

致命的な隙。口から伸びた巨大な舌は既に回避不可能な距離まで迫っていた。

「マズ――」「西野さんッ！」

六花、柴田が走る――だが無理だ。間に合わない。

攻撃がやけにゆっくりと見えた。それまでの人生が走馬灯のように己の脳裏によぎる。西野は己の最後を悟った。


「――諦《あきら》めるな！　西野君！」


「……え？」

声が聞こえた。

次の瞬間、横から伸びた丸太が『豊穣喰ライ』へと叩きつけられた。

「ご、五所川原さん……」

間一髪であった。もしあと数瞬でも遅れていれば、今頃西野は豊穣喰らいに喰われていただろう。

「ハァ、ハァ……し、死なせはしないよ……わ、私が君を……うぐっ」

「五所川原さん⁉」

よく見れば、五所川原の脇腹《わきばら》付近が赤く滲んでいた。

僅かに『豊穣喰ライ』の攻撃を食らっていたのだろう。

「ど、毒が……早く解毒を……」「私の傷はいい！　それよりも早く指示を出すんだ！」

動揺する西野に向かって五所川原は叫ぶ。絶え間ない激痛に襲われているのだろう。その顔にはびっしりと汗が浮かび、今にも倒れそうだ。

「で、ですが……」

「君は指揮官だろう？　だったらその役目を全うするんだ！　他の誰でもない、君にしかできないことだろう！」

「……ッ！」

その言葉に、西野はハッとなった。

すぐに周囲を見回す。全員の位置を把握し、即座に指示を出した。

「六花を中心に攻撃を再開！　柴田や他のメンバーはサポートに回れ！」

行動は迅速だった。全員が西野の指示を受けて攻撃を再開する。

とはいえ、その攻撃は投擲が殆ど。うかつに近づけば、毒をまともに浴びてしまう。

対して、『豊穣喰ライ』も肉体を回復させつつの防戦。互いに決め手に欠ける状態が続く。

だが、ここで運は西野たちに味方した。

「ギゲゲゲゲ！」「食ワセロォォォオオオオオ」

まだ生き残っていた『豊穣喰ライ』が姿を現したのだ。おそらくは少し離れた場所で生まれたため、ここまで来るのに時間がかかったのだろう。これを使用しない手はなかった。

「六花！」

「あいあいさー！」

六花はすぐに現れた二体の『豊穣喰ライ』を切り刻む。

その瞬間、頭の中に声が響いた。レベルアップを告げるアナウンスが。

「ニッシー！　私、今のでレベル30になった！」

「進化先は⁉」

「上人《ハイ・ヒューマン》、鬼人《オニビト》、蛮女《アマゾネス》、猫人《キャット・ピープル》、新人《アラビト》！」

一瞬だけ、西野は考える。カズトから聞いた進化先の情報、そしてこの状況を逆転するには、

「六花！　鬼人《オニビト》を選べ！」

「了解！」

足りないのは火力だ。即座に六花はステータス画面から鬼人《オニビト》を選択する。

その瞬間、六花の体を赤い霧が包み込んだ。

「ゴァァ！」

それを見て即座に『豊穣喰ライ』が動く。本能でアレはマズいと悟ったのだろう。

だが弱体化したステータスでは遅かった。

僅か数秒、赤い霧が晴れ、そこから進化した六花が姿を現す。

その肌は赤銅色に染まり、頬や腕、太ももにはヒルのような黒い呪印《じゅいん》が刻まれ、その額には鋭い角が顕現していた。

「すごい……力が溢れてくる……！」

西野の選択は正しかった。

『進化』にかかる時間は、選択した種族によって異なる。

カズトや一之瀬の選んだ新人《アラビト》は『進化』に一時間もかかる種族だが、六花の選んだ鬼人《オニビト》は、アカやモモと同じように僅か数秒で進化を終わらせられる種族だったのだ。

「おりゃっ！」

六花は地面を蹴《け》って、前に出た。その加速は以前の比ではない。瞬時に距離を詰め肉薄する。

「ギギャ……⁉」

反応しきれないほどの超スピード。ともすれば、それはカズトに迫る速度であった。

同時に、六花の手に持った鉈が赤く光り輝く。

これこそが鬼人《オニビト》の持つオリジナルスキルの名は『血装術』。

『鬼化』している状態でのみ、身体能力と持った武器の性能を爆発的に上昇させるスキル。更に、その効果は六花の元々持っていた『狂化《バーサーク》』と相乗されるのだ。六花は自身のスキルやステータスを確認したわけじゃない。ただ使えると、本能が理解したのだ。

「ぬおりゃああああああああっ！」

ズガンッ！　と六花は手に持った鉈を振るう。

その一撃は巨大な『豊穣喰ライ』の体を真っ二つに分断した。溢れ出した毒液すら、六花の剣圧に押され、後方へと吹き飛んでいく。

再び大量の経験値獲得を告げるアナウンスがその場にいた全員の頭に流れた。

「うっしゃー！　勝ったー！」

「「「うおおおおおおおおおお！」」」

六花が拳を突き上げると、それに釣られてみんなも勝利の雄叫《おたけ》びを上げる。

そして、時計の針が零時を刻む。その瞬間、見えない何かが自衛隊基地を中心に広がった。

新たなる『安全地帯』の設定が完了したのだ。

「勝った……俺たちの勝利だ！」

作戦は成功した。

死者――ゼロ。

奇跡の完全勝利であった。

そしてもう一つの戦いも、今決着を迎えようとしていた。


景色が矢のように飛んでゆく。

崩壊した街並みも、周囲に浮かぶ巨大マリモも置き去りにして俺は跳んでいた。

ビルからビルへと、弾丸のようなスピードで。

「ウォォォオオオオオオオオオオオオオオッッ！」

すごいな、たった一回の跳躍で百メートル以上も跳んだぞ。これがあのハイ・オークの身体能力《ステータス》か。

『影真似』は単に、倒したモンスターの姿だけを真似るものではない。倒したモンスターの『ステータス』も真似ることができる。

俺は自身のステータスを確認する。

| クドウ　カズト |
| --- |
| 新人LV5 |
| HP:2200(712)／2200(712) |
| MP:130(320)／130(320) |
| 力:902(379)、耐久:680(390) |
| 敏捷:790(803)、器用:230(775) |
| 魔力:110(185)、対魔力:80(185) |

これが現在の俺のステータスだ。

表示されているのが現在のステータスであり、その隣にある括弧内の数値が俺の元のステータスを現している。

（……改めて見てもとんでもない数値だな）

ソラには一歩及ばないものの、それでも『HP』や『力』、『耐久』なんかは、『新人《アラビト》』に進化した俺よりも遥かに高い。特化強化された『敏捷《びんしょう》』ですらほぼ同じ。

全身に水を浴びるたびにステータスが激減するって弱点がなければ、間違いなく最強クラスのモンスターだ。

それだけに、その力を存分に振るえるってのは素晴らしいの一言に尽きる。

（とはいえ、長くは持たないけどな……）

『影真似』は強力なスキルだが、当然リスクもある。

『影真似』の効果時間はおよそ十五分。効果が消えれば、再び『影真似』を使用するのに五分のクールタイムが必要になる。

「――それで十分だ」

それだけの時間があればペオニーとの決着をつけるのには十分だ。むしろ問題なのは、それまでに俺の体が持つかどうかだろう。

『影真似』によって上昇したステータスはあくまで借り物。強制的にステータスを上書きしているような状態だ。つまり――

「ッ――もう体が悲鳴を上げてるな……」

動くたびに激痛が走る。影を使って自身の体を強制的に動かしたときと同じだ。いくらステータスを上げようとも、俺自身の肉体がその強化に耐えきれない。

――過ぎたる力は自分の身も滅ぼす。

そもそも『影真似』の本来の使い方は正面切っての戦闘ではなく奇襲やだまし討《う》ちだ。

倒した相手の姿を真似るということは、裏を返せば自分より弱い相手にしか化けることができないということ。今回のように、自分より遥かに格上の相手に化ける方が間違った使い方なのだ。

でも耐えろ。今、ここで踏ん張らないと、ソラやみんなの頑張りが無駄になる。

「きゅー！」

キキの『支援魔法《バフ》』が俺の体を包み込むと、少しだけ体が楽になった。

「ありがとう、キキ」

「きゅ、きゅー！」

どういたしまして、とキキは俺の首にしがみつきながら返事をする。

『影』でしっかり俺の体に固定されているとはいえ、よく耐えている。

「ギギッ」「ギギギギギッ」「食ワセロ」「食ワセロオオオオオオッ」

「――邪魔だ」

立ちはだかる巨大マリモたちを、『アイテムボックス』から取り出した消波ブロックで圧殺する。

「ギギッ」

「ギィィイ」

「ギチャッ、ギチャッ！」

すると、巨大マリモたちは一点に集まりだした。何をするのかと思えば、なんと連中はお互いの体を喰らい始めたのだ。

「……共食い？　いや、違うな。これは――」

巨大マリモたちは食べる過程で混ざり合い、一つの巨大な姿へと変化した。

「ギギャァァアアアアアアアアアアアアアアッ！」

なるほど、数では敵わないと判断し、合体して質を上げたわけか。超巨大マリモは産声と共に、無数に開いた口から舌を伸ばす。

「――でも、そりゃ悪手だよ」

俺は自分の周囲に無数の消波ブロックを出現させる。今の強化されたステータスなら、こんなこともできるんだよ。

「――『投擲』！」

出現する消波ブロックを摑んでは投げ、摑んでは投げる。

ハイ・オークの膂力を使った力技。大質量の連続投擲だ。速度が加わってる分、その破壊力は通常の『アイテムボックス』よりも遥かに高い。

「ギギャアアアアアアアアアアアアッ⁉」

回避することも、逃げることもかなわず合体した巨大マリモはあっという間に体を四散させた。

「的をデカくさせただけだったな」

無駄に合体なんかしないで、数で押し切ればよかったのに。

俺がハイ・オークを倒した時のように、回避できないほどに面を広げて毒の雨を降らせれば、逆にこっちがヤバかった。相手の知能が低いことが幸いしたな。

（……妙だな）

ペオニーの本体までもう少しのところまで来て、俺は違和感を覚えた。静かすぎる。

先ほどから根や蔦による攻撃が一切《いっさい》ない。あっさりと距離を詰められたことが、逆に俺の不安を加速させる。

「改めて見ると、とんでもないデカさだな……」

ペオニーの根元まで近づいた俺は、改めてその巨大さに圧倒された。

しかしここまで近づいても何の反応もないってのはどういうことだ……？

全神経を集中させながら、俺はペオニーの根元——その抉れた部分へと近づく。

「……アレか」

抉れた箇所から見えるペオニーの内側——その最奥にペオニーの核らしきモノが見えた。

ティタンの核は硬い石のような形をしていたが、ペオニーのそれは胚珠《はいしゅ》のような形をしていた。

大きさは直径一メートルほどだろうか。その巨体に比べればあまりに小さく感じられる。

「……ん？」

だが、それ以上に気になるのは、その核の上に何かが腰かけていたことだろう。

それを一言でたとえるなら、木偶《でく》人形だ。

のっぺりとした顔のない頭部、球体関節のマネキンのような体。

それがペオニーの核に鎮座していたのだ。

「——」

木偶人形は俺に気付いたのか、すぅっと立ち上がる。

そこから感じる威圧感は、巨大マリモたちとは比べ物にならない。

のっぺりとした頭部の下半分が裂け、口のように開いた。

「――お腹、減った……」

次の瞬間、木偶人形は俺のすぐ目の前にいた。

「ッ――⁉」

「お前、とっても美味しそう」

直後、右腕が大きく抉れていた。もぐもぐと何かを咀嚼するような仕草。喰われた⁉

「コイツ――ッ⁉」

咄嗟に後ろに飛ぶ。

ヤバい。コイツは、巨大マリモたちよりも遥かにヤバい相手だ。

「美味しい……美味しい！　すごく、すごく、すごく、すごく美味しいッ！」

寒気がした。木偶人形はまるで極上のお菓子でも見つけたかのように狂喜乱舞《きょうきらんぶ》する。その不気味さ、感じる威圧感は小さなペオニーそのものだ。

「一体どういうスキルだ……？」

巨大マリモといい、この木偶人形といい、一体ペオニーはいくつスキルを持っているのだろう？

だが確信がある。コイツがペオニーを守る最後の砦《とりで》だ。

コイツを倒して、ペオニーの核を砕く。それだけだ。

「やってやるよ……！」

「きゃはっ」

再び木偶人形が動く。その速さは俺よりも上だった。

目で追い切れない。集中しろ。予測しろ。気を緩《ゆる》めるな。相手の動くその先を見ろ！

「ここだ！」

「あきゃっ」

とびかかる木偶人形の攻撃を躱し、カウンターで拳をたたき込む。

「ぐっ……」

殴った拳の方が痛いってどういう硬さだよ。今の俺はハイオークと同じ力なんだぞ？

まるで巨大な岩に拳を叩きつけたかのようだ。

木偶人形は何度も地面をバウンドし、ようやく静止すると、すぐに起き上がった。

攻撃が効いてないのか？　いや、それどころか――、

「むぐむぐ……」

「ぁ……？」

木偶人形が再び口を動かし咀嚼している。

まさかと思い手を見れば、端が食いちぎられていた。完璧にカウンターを決めたと思ったのに、まさかの反撃である。

すぐにバックステップで距離を取り、喰われた部分を『再生』させる。

喰われたのはどちらも『影』で覆われた部分だ。痛みはないし、出血もない。

ただ『影』を喰われるという異常事態が俺の不安を煽《あお》る。

「あはっ！」

木偶人形は再び跳びかかってくる。

「ッ――『絶影《ぜつえい》』！」

咄嗟に足元の『影』を伸ばし、木偶人形の動きを拘束する。

だがそれも一瞬、あっさりとヤツは『影』の縄を引き千切った。

「あぐっ……むぐむぐ」

それどころか、その『影』すらヤツは食べてしまった。

「……もっと……」

にたり、と。木偶人形の口が三日月のように裂ける。

「もっと！　もっと！　もっと！　もっとおおおおおおおおおおっ」

「ッ……！　近寄るな、化け物め！」

「きゅー！」

俺が距離を取るのと同時に、キキの淡い光が体を包み込む。

木偶人形が食いつこうとした瞬間、『反射』が発動し、ヤツは体をのけ反らせる。

「――ごぁぅ？」

「喰らえっ！」

瞬時に、右手に破城鎚《パイルバンカー》を装着、『影』で固定し、発射させる。

同時に凄まじい反動が俺を襲ったが、ハイ・オークの肉体はそれに耐えうるだけの強靭《きょうじん》さを持っていた。

「まだだ！」

吹き飛ぶ木偶人形へ向けて俺は追撃を仕掛ける。

ヤツの後方へ『アイテムボックス』による壁を展開。飛ばされそうになるヤツを強制的に停止させ、一気に接近する。

「破城鎚《パイルバンカー》！」

二度目の直撃、それでもヤツの体は砕けない。なら――砕けるまで叩き込むだけだ。

「破城鎚《パイルバンカー》！」

もう一度、俺は木偶人形の腹に破城鎚《パイルバンカー》を叩き込む。衝撃。轟音。鈍い音が響き、人形の体にヒビが入った。

「これで終わりだ！　破城鎚《パイルバンカー》！」

渾身《こんしん》の一撃を叩き込むと、遂に木偶人形の体がバラバラに砕け散った。

「ハァ……ハァ……」

何だったんだ、コイツは……？　いや、考えるのは後だ。すぐにペオニーの核を砕かないと。

そう思い、核に目を向ければ――

「あはっ」

再び、あの木偶人形が腰かけていた。それも今度は三体。

「……冗談だろ？」

一体だけじゃなかったのか？　まさかペオニーはあの木偶人形を何度も生み出せるのか？

「いや、違う……」

さっきの木偶人形を倒した瞬間、膨大なエネルギーがペオニーの核へ戻るのを感じた。つまりコイツは核を破壊しない限り何度でも蘇るのだろう。しかも、その数を増やして。なんて厄介なスキルなんだ。

「あははは！　はははははははははははっ」

新たな木偶人形は笑みを浮かべ、再び飛び掛かってくる。

「ちっ――！」

マズい。これ以上の消耗はさすがにマズい。作戦変更。即座に忍術を発動させる。

「――『分身の術』！」

『影真似』は忍術との併用ができるのも強みだ。その分ＭＰの消費は激しくなるが四の五の言っていられない。全部、この戦いにつぎ込むんだ。

「きゃはっ」「きゃははは」「きゃはははははっ！」

だが一体でも厳しかった人形が今度は三体。駄目だ、耐えきれない。

分身は一瞬で消滅し、木偶人形が俺に迫る。

マズい、殺され――

「――カズ兄をいじめるなーッ！」「ワォォオオオオオオン！」

だが次の瞬間、足元の『影』から現れた無数の黒い触手が木偶人形を弾き飛ばす。

「カズ兄、大丈夫だ――うぇぇ⁉　あ、あれ？　カズ兄……だよね？」

「当たり前だろ？　……ああ、この姿じゃ、しょうがないか。スキルで変身してるんだよ」

今影真似のスキルを解除したら動けなくなるから、口頭で説明するしかない。

「その声……本物のカズ兄だね。よかった」

「信じてくれてうれしいよ。てか、何でここに？　向こうの防衛はどうしたんだ？」

「向こうはもう大丈夫だよ。『安全地帯』の再設定ならもう終わった。だから私も急いでこっちに駆けつけたんだよ」

もうそんなに時間が経《た》ってたのか……。こっちに夢中で気付かなかった。

「大丈夫、今度は私とクロがカズ兄を守るよ」

「グルルル……」

日本刀を構えるサヤちゃんとその隣で巨大化し、触手をうねらせるクロ。

「ありがとう、でもサヤちゃんとクロだけじゃあれの相手は無理だ」

俺も気合を入れ直す。二人が時間を稼いでくれたおかげでちょっと体力も回復できた。

「わんっ」

するとモモも『影』から姿を現す。モモも加勢してくれるようだ。

『――私も手伝いますよ』

不意に、後ろから聞こえるはずのない声が聞こえた。

索敵を集中させれば、俺たちの遥か後方のビルから一之瀬さんの気配がした。どうやら彼女も駆けつけてくれたらしい。全く、あれだけの怪我《けが》をしてたっていうのに無茶をする。

ああ、でも嬉しい。本当にうれしい。
《――接続――接続――成功》
そうだ、俺は一人で戦ってるんじゃない。みんなが――仲間がいる。
《一定条件を満たしました。『新人《アラビト》』の可能性の扉が開かれます》
力が溢れてくる。さっきまでボロボロだったのに、今はもう、負ける気が全くしない。
《『[redacted]』のスキルを開放。固有スキル『英雄賛歌』を作成しました》
次の瞬間。俺を中心に光が溢れ出した。
「これは……」
「わ、わおーん？」「きゅー？」「……《ふるふる》!?」
俺だけじゃない。モモ、キキ、アカも同じく光に包まれている。
頭の中に流れた今のアナウンスは一体……？
すると再び頭の中に声が響く。
《スキル『英雄賛歌』を発動します。パーティーメンバー全員の固有スキルが解放されました》
《パーティーメンバー　モモ　固有スキル『漆黒走破』を取得しました》
《パーティーメンバー　キキ　固有スキル『反射装甲』を取得しました》
《パーティーメンバー　アカ　固有スキル『完全模倣《もほう》』を取得しました》
《パーティーメンバー　イチノセナツ　固有スキル『流星直撃』を取得しました》
それはパーティーメンバー全員の固有スキル取得を告げるアナウンスだった。

「わぉぉおおおおおんっ！」

モモが駆けだした。その速度は今までの比ではない。夜が駆け抜けてゆくかのような漆黒の波紋。モモの走り抜けた軌道上には闇《やみ》が広がり、空間を削り取ってゆく。

「きゃはっ！　きゃははははあああっがああああああああああ⁉」

その闇に触れた木偶人形は、一瞬にして闇に呑まれて消え失せた。

だが次の瞬間、また新たな木偶人形が生まれる。

「きゅー！」

次に動いたのはキキだった。

「きゅうううううううん！」

「きゃはっ⁉　ぎゃは——あぁぁあああああああぎゃああああああああああああっ！」

木偶人形の繰り出す無数の拳。それをキキは避けようともしない。

淡く光り輝くキキに木偶人形の拳が触れた瞬間、その拳がはじけ飛んだ。

——『反射』。いや、違う。あれは『反射』の集約だ。連続で放たれた木偶人形の拳。その無数の打撃をキキは一点に集めて跳ね返したのだ。

「〜〜〜〜《ふるふるふるふる》！」

いつの間にか、キキの頭の上にはこぶし大のアカの分身が乗っかっていた。アカの分身体は肉体の一部を伸ばし、一本の剣へ変化させる。

それはハイ・オークの持つ武器よりもさらに禍々しい漆黒の大剣。アカの意思に応じて鞭のようにしなり、時に槍のように変化し、次々に木偶人形を細切れに斬り裂いてゆく。

「きゃはははははははっ！」

残る一体の木偶人形はそれを楽しそうに見つめていた。

さあ、次は自分だと、動き出そうとした瞬間——木偶人形の頭が爆ぜた。

——あれは一之瀬さんの狙撃だ。それも今までとは桁違《けたちが》いの威力。

頭を破壊されるたびに生み出される木偶人形。

だが一之瀬さんの狙撃はその全てを一撃のもとに葬り去ってゆく。

凄まじい光景だった。固有スキルを覚醒させたみんなの力はまさしく無双。

間違いない。これが『英雄賛歌』の効果なのだろう。パーティメンバー全員の固有スキルの覚醒。

こんなの反則だろ。

「はは……土壇場で力が覚醒するとかご都合主義もいいところだろ……」

だがありがたい。そのおかげであれほど苦戦していた木偶人形が、次々に倒されてゆく。

それでも木偶人形の数は減らない、それどころか倒されるたびにその数を増してゆく。

既にその数は二十を超えていた。これを突破して、ペオニーの核を砕く。

ああ、シンプルでいいじゃないか。やってやるよ。

「うぉぉぉぉオオオオオオオアアアアアアアアアアアアアッッ！」

俺は叫び、木偶人形の大軍へと突貫した。

同じく、三矢香とクロも木偶人形を相手に奮闘していた。

とはいえ、その力はカズトたちに比べ大きく劣る。

ステータス、レベル、スキルの数。その全てが足りない。

(せっかく駆けつけたのに……これじゃあまた足手まといだよ……)

力が欲しい。カズトの役に立てるだけの力が。自分だって戦える。自分だって、あの人の力になれるのだと証明したい。

それは少女の生まれて初めての心の底からの渇望であった。

その瞬間、彼女の中に眠っていたソレは待っていたとばかりに目を覚ました。

《――了承しました。『強欲』の所有者の真の願望を確認。スキルを作成します》

「え……? な、なに今の声……?」

《――接続――接続――成功。固有スキル『職業強化』を作成しました》

次の瞬間、三矢香の体もまた光に包まれた。それに呼応するように、クロの体も光に包まれる。

固有スキル『職業強化』。その効果は文字通り所有者の職業の強化。

そして三矢香の職業は魔物使いだ。その職業を強化するということは、即ちクロを強化するということ。

自分たちに覚醒した力を、三矢香とクロは本能で理解した。

「いっけえええ、クロおおお！」

「ワォォオオオオオオオオオオンッ！」

より禍々しく強力な姿になったクロは、その爪と触手で次々に木偶人形たちを屠《ほふ》ってゆく。

元来、争いを好まない三矢香に欠けていたもの。それは心の底から強くなりたいという願望だった。固有スキル『強欲』は所有者の強い願いを形にするスキルだ。本来なら三矢香とは相反する性質ゆえに永遠に目覚めるはずのないスキルだった。

だが、今ここにきて、『強欲』は産声を上げる。

守りたいのではなく、共に戦い隣に立ちたいという少女の願いこそ、まさに強欲が欲する狂おしいほどの感情の発露なのだから。


「うぉおおおおおおおおおおおおおっ！」

木偶人形を殴り飛ばし、核へと向かう。

遠い。ほんの数十メートルの距離が途轍もなく遠い。

一歩進むごとに、木偶人形はその数を倍増させる。

百を超えたあたりで俺は木偶人形の数を数えるのをやめた。

「きゃはっ！」「きゃはははは！」「きゃはははははははっ！」「食べさせて？」「食べたいよ」「早く食べよう」「食べよう」「食わせろ」「食べさせて」「食べたい」「食べたい「食べたい！」

「破城鎚《パイルバンカー》！」

「あぎゃっ――――！」

破城鎚《パイルバンカー》をまともに喰らいながらも、なお喰らいつこうとする木偶人形。本当に怖気が走るほどの食欲だ。俺はようやくペオニーが何故このスキルを使ったのか分かった気がした。

この状況でも、ペオニーは喰いたいのだ。

肉体がボロボロになり、再生できず、核が露出し、巨大マリモたちもほぼ倒されたこの状況下でも、少しでも自らの食欲を満たすために、ヤツはこの小さな分身体を生み出したのだ。

死にたくないと叫びながらも、それでも満たされぬ食欲を少しでも満たすことをヤツは選んだ。

もはや呆れを通り越して哀れにすら思えてしまう。

なんでだ？　なんで、お前はそこまで――……

『食ベタイヨ――……』

その瞬間、頭に声が響いた。

『食ベタイ……嫌ダ……殺シタクナイ……食ベタイ……嫌ダ……死ニタクナイ……殺シテ』

これは……まさかペオニーの思考？

『追跡』の経路《パス》を通じてペオニーの思考がまた流れ込んできたのか？　でも以前とは違う。食欲だけだった思考に、僅かに別の意思を感じる。

『殺シタクナイ……食ベタクナイ……実リヲ与エル……皆死ンジャウ……嫌ダ……守ル』

『食ベル、食ベタイ、喰イ尽クス……全部餌……食欲、最優先……食エ……喰ラエ！』

同じ声で二つの矛盾する思考が頭の中に響く。

片方は今まで何度も聞いたあの悍《おぞ》ましい思考。

もう片方は……もしかして食欲に支配される前の本来のペオニーの思考なのか？

（――……）

バチッと、何かが繋がる。何かが頭の中に流れ込んでくる。

「これは……記憶？」

ここことは違うどこか別の世界にある森の光景だった。そこには一本の大樹があった。大樹にはたわわに実がなり、森にすむ生き物たちへいつも恵みを与えていた。

（――ケテ……）

大樹は満たされていた。森に更なる恵みを与え、森がより豊かになることに何よりも喜びを感じていた。大樹はさらに成長し、気付けば神樹と呼ばれ、森の生物たちに崇《あが》められた。

「これは……まさか、ペオニーの記憶……なのか？」

だがある日、森に異変が起きた。

資源を求めた人間たちが大軍で押し寄せてきたのだ。森のために力をつけ、成長を続けた結果、大樹は人々に目をつけられたのだ。神樹の実、そして枝や葉、樹液、その全てが人にとって最高の素材であった。森は焼かれ、生物は死に絶え、自らの命も奪われる寸前まで陥《おちい》った。

神樹は怒りに呑み込まれた。侵略者どもを皆殺しにした。だが戦いが終わると、そこには何も残っていなかった。悲しみにくれたソレはその場に残された全てを喰らいつくし、世界を呪《のろ》い、強大な力を手に入れた。『暴食』と呼ばれる禁断のスキルを。

「そうか、お前は……」

全てを蹂躙し、喰らい尽くす力。

神樹はその力を受け入れ――飲み込まれた。もうどうでもよかったのだ。大切だった場所は焼き払われ、守りたい存在もいない。ならば喰らおう。与えるのではなく奪おう。全てを飲み込み、喰らい尽くしてしまおう。いずれこの身が朽ち果てるまで、果てなき食欲に身を委《ゆだ》ねて――……。

（――助ケテ……）

（――助ケテ……止メテ……）

「お前は……誰かに止めてほしかったのか？」

（食ベル……食イ尽クス……全テ……駄目……違ウ、違ウ、違ウ！）

飽くなき食欲を、満たされぬ飢えを、止めてくれる誰かをずっと待ってたのか？

（モウ……終ワリニシタイ……）

バチンッ！　と、そこで接続は切れた。

「――アハッ！　あははははははっ！」

「……」

目の前の木偶人形が笑う。

だらだらと涎《よだれ》を垂らし、俺に喰らいつこうとする。その姿が、俺には泣いているように見えた。

思えば最初からペオニーの行動はどこかちぐはぐだった。

食べたい、食べたくない。死にたい、死にたくない。そんな二律背反《にりつはいはん》する思考。

傷つき、追い込まれた結果、ペオニーの深層にある本来の思考と記憶が戻り、全てがぐちゃぐちゃに混ざっているのだろう。

「ああ、分かったよ……」

終わらせてやるよ。お前の飢えも、悲しみも、怒りも、苦しみも全部ここで終わりにしてやる。

息を吸い、狙いを定め、渾身の力を込める。木偶人形の群れを振り切り、俺の目の前には今、ペオニーの核があった。

「破城鎚《パイルバンカー》ッッ！」

渾身の力を込め、俺は核に破城鎚《パイルバンカー》を撃つ。破城鎚《パイルバンカー》の崩壊と共に、自分の腕の骨が砕ける音がした。

ビキッ！　と核に亀裂が走る。それは瞬く間に広がり全体へと波及する。

『アァァ――ァァアアアアアアアアアアアアアアアアアアアアアアアアッッッ！』

ペオニーの断末魔が木霊する。その命の停止を告げるように、ペオニーの幹が折れ――倒れた。

下にあった建物や大地を押し潰し、すさまじい地鳴りと共に土煙が舞い上がる。

「ハァ……ハァ……終わったのか？」

本当に？　今度こそ？　肉体が限界を迎えたのか、『影真似』が強制解除され全身を激痛が襲う。

駄目だ、まだ倒れるな、気を失うな。

「わんっ！　わんわん！」

すぐにモモが駆けつけ、『影』で俺の体を支えてくれる。

「ありがとな、モモ」

ふらふらになりながらも、ペオニーの核があった場所を見ると、一メートルほどの巨大な魔石が転がっていた。今まで見た中でも最大サイズだ。その隣には、小さな種のようなものも転がっている。

その二つを『アイテムボックス』に収納すると、声が響いた。
《経験値を獲得しました》
《経験値が一定に達しました》
《クドウ　カズトのＬＶが５から６に上がりました》
《討伐ボーナスが与えられます》
《『質問権』のロックが解除されました》
それは長く続いたこの戦いが、ようやく終わったことを告げていた。

# 終章　新たな命と共に

その後、俺《おれ》は西野《にしの》君たちと無事に合流した。

自衛隊基地——まあ、元がつくが、自衛隊基地は無事に『安全地帯』として機能していた。

多少の混乱や、住民たちの不安はあるだろうが、それはこれから何とかしていくしかないだろう。

とりあえず再び生活できる場所を手に入れただけでも御の字というものだ。

「あー……疲れたぁー……」

『安全地帯』に入って気が抜けたのか、俺は例のごとく疲労と傷で気を失い、目が覚めると次の日になっていた。

目覚めた後、西野君が色々と事情を話してくれた。

市長や藤田《ふじた》さん、清水《しみず》チーフや二条《にじょう》は復興のために奔走中《ほんそうちゅう》。五十嵐《いがらし》さんや西野君のグループもその手伝いに追われているようだ。

「——またしばらくは、周囲の探索や情報収集、食料の確保で忙しくなりそうですね」

「そうですね。でも、それについては何とかなると思いますよ。一番厄介な障害《モンスター》はペオニーが殆《ほとん》ど食い尽くしてしまったようですし……」

西野君の言う通り、この周辺からは生き物の気配が殆どしなかった。

この辺にいたモンスターや住民は、ペオニーに喰《く》い尽くされたのだろう。

「……五所川原《ごしょがわら》さんにとっては辛いでしょうね」

「ええ。でも記憶だけでも取り戻すことはできたので……」

トレントに喰われた人間の記憶。

どうやらそれは喰ったトレントを倒すことで、取り戻すことができるみたいだった。

一体どういう仕組みになっているのかは謎《なぞ》だが、それでも奪われた記憶は皆の下に戻った。自衛隊の人たちの記憶も、五所川原さんの家族の記憶も。

戦いが終わった後、五所川原さんは、一人で泣いていたらしい。

日記帳とハンカチと指輪を前に、手を合わせて祈っていたそうだ。

「あの人は本当に強い人だと思います……。俺なんかよりもずっと……」

「西野君……」

西野君はぎゅっと拳《こぶし》を握り、

「だから、俺ももっと頑張ろうと思います。五所川原さんや、クドウさんにも負けないくらい。俺も……俺にだってできることはあるはずですから」

何かが吹っ切れたんだろう。西野君の表情はとてもすがすがしいものだった。

西野君と別れた後、俺は医務室にやってきた。

お目当ての人物はすぐに見つかった。窓の傍《そば》に備えつけられたベッドの上で本を読んでいる。

彼女の方も俺に気付いたようで、こちらを見ると、ぱぁっと笑みを浮かべた。

「クドウさんっ」

「――お疲れさまです、一之瀬《いちのせ》さん」

ベットの傍にあった椅子《いす》に腰かけ、彼女の容態を見る。

両手の指には包帯が巻かれ、うっすらと血がにじんでいた。

「指の方は大丈夫なのですか？」

「はい……。えーっとあの人……あ、そうだ、柴田君《しばたくん》が治療してくれました。見た目はこんな感じですけど、痛みはだいぶよくなりました」

「そうですか。それはよかった……」

大事ないようで安心したよ。あとどうでもいいけど、人の名前はきちんと覚えようね。

「ただあの人、頻繁《ひんぱん》に来るので、面倒な時は『認識阻害』使って誤魔化《ごまか》してます。その……ちょっと苦手なので……」

「そ、そうですか……」

多分、ちょっとじゃなくて相当苦手なんだろうな……。

「私よりも、クドウさんの方こそ大丈夫なんですか？　かなり重症だって聞きましたけど？」

「大丈夫ですよ。包帯はまだ取れませんが、数日あれば完治すると思います」

俺の左腕は包帯でぐるぐる巻きにされ、固定されてる状態だ。

少しもどかしいが、『影』でカバーすれば、日常の動作も戦闘もほぼ変わらず行える。

「え……？　でも、その、腕、食いちぎられたんですよね？」

「ええ。でも新人《アラビト》の身体能力のおかげか、回復薬《ポーション》と柴田君の治療で何とかなったようです」

肉が抉れて骨が見えてたんだけどね。これも進化の恩恵《おんけい》だろう。

「なんかクドウさん、どんどん人間離れしていきますね」

「まあ、否定できませんね。そういえば相坂《あいさか》さんも『鬼人《オニビト》』に進化したんですよね？」

「ですです。さっきまでここにいたんですけど、入れ違いになっちゃいましたね」

六花《りっか》ちゃんもあの戦いで『鬼人《オニビト》』に進化した。

普段は元の姿と変わらないが、戦闘時には肌が赤銅色《しゃくどういろ》になり、額に角が生えるという。

種族説明に書いてあった通りだな。希少種らしいし、かなりの戦力アップになるだろう。

「すごい興奮してましたよ。ようやく私やクドウさんに追いついたーって」

「はは、相坂さんらしいですね」

「進化してもリッちゃんはリッちゃんですから。周りも普通に受け入れてくれてますし」

進化してもしなくても、人の本質はそう変わらないってことかね。

それに西野君の仲間も彼女をあっさり受け入れてくれてるってことがちょっと嬉《うれ》しかった。

西野君もそうだけど、すごく仲間想《おも》いだよね、彼のグループ。

「一之瀬さんもかなり経験値が入ったみたいですね」

「ですです。レベルが一気に七つも上りましたよ」

パーティーメンバーの欄で確認済みだが、ペオニーを倒した時に俺だけでなく他の皆もレベルアップしていた。

モモはＬＶ３からＬＶ10に、アカはＬＶ５からＬＶ11に、キキはＬＶ２からＬＶ８に、一之瀬さんはＬＶ２からＬＶ９に、それぞれ上がっていた。

「レベルが上がってポイント入ったので早速『ガチャ』回しましたよ」

「そ、そうですか」

「そうです。今回、かなり引きがよくて、またスキルも手に入れたんです。後でお見せしますね」

「へぇ、それは楽しみですね」

「まあ、ソラさんのインパクトに比べれば、ちょっと微妙かもですけど……」

「いや、まあそれは仕方ないと思いますよ」

アレに比べれば、どんなスキルや職業でもかすんでしまうだろう。

「まさか、ソラが『進化』するとは思いませんでしたよ……」

「ですです……」

そう、なんと今回の戦いでソラは『進化』したのだ。

ペオニーの経験値でレベルが最大になったらしく、種族がブルードラゴンＬＶ38から、エンシェントドラゴンＬＶ２になってた。

本人が一番驚いてたよ。出産したはずなのに、こんな奇跡が起こるなんてって。

見た目もちょっと変って、翼が二対四枚になって、鱗《うろこ》の色が濃い藍色《あいいろ》になってた。

威圧感も半端《はんぱ》じゃなく、正直パーティーメンバーを解消されたらどうしようかと思ってしまったが、アイツはまだしばらく俺たちにつき合ってくれるらしい。

曰《いわ》く、自分の子がある程度育つまでだ、と。

「……『言っておくが、断じてここが気に入ったわけではない。勘違《かんちが》いするなよ、カズト』って言ってましたけど……」

「あの姿じゃ説得力ないですよねー……」

窓の外へ目を向ければ、広場の一角で呑気《のんき》に昼寝をしているソラの姿があった。周囲には食い散らかした干し草も散乱してる。

遠巻きに住民たちが見守るその様子は、なんというか柵なしの動物園のようだ。

「警戒心の欠片《かけら》もないですね……。あー、イビキに鼻提灯《はなちょうちん》まで出してるし……」

「よっぽど居心地《いごこち》よかったんでしょうねー。あ、そういえば、パーティーメンバーの欄にドラゴンが一体増えてましたけど、これって……？」

「ええ、ソラの子供です。名前は――」

『シロだよーー！』

ぴょんっと足元の影が広がり、中から小っちゃいドラゴンが姿を現した。

そのまま俺の顔にダイブする。へぶしっ。

『カズトー！　遊んでー！』

「おぶっ……！　おまっ、離れろっ、息ができないだろっ」

四本足でがっしりしがみついてくるシロを必死に引き剝《は》がし、頭の上に持っていく。

「えっと、その子が……？」

「はい。ソラの子供――リトル・ホワイトドラゴンのシロです」

「シロ……？」

「鱗の色は青色なんですけどね……。どうやらこの子、特殊個体みたいで……。あ、ちなみに性別は雌《めす》です」

首を傾げる一之瀬さんに俺は説明する。これはソラから聞いた話だが、どうやら竜《ドラゴン》は、全《すべ》てが親と同じ種族になるわけではなく、稀《まれ》に種族の異なる――いわゆる特殊個体が生まれるらしい。

「なので何度か脱皮すれば鱗の色も白く変わるみたいですよ」

「脱皮するんですね、竜って……」

「するみたいですね」

今明かされるどうでもいい竜の生態。

ちなみに名付け親は勿論《もちろん》、俺。最初はアオって名付けようと思ったのが、この子の種族名を見て、シロに決めたのである。

ソラ曰く、生まれてすぐ言葉を話せる個体はかなり優秀らしい。かなり上機嫌《じょうきげん》だった。

『カズトー♪　カズトー♪　ムフー♪』

んで、何故《なぜ》か名前をつけた俺に妙に懐いてるらしく、こうして体に張りついてくるわけだ。

頭の上がお気に入りらしい。おい、髪の毛引っ張るなって。カラスじゃないんだから。

「わんっ」『きゅーっ」

するると、『影』が広がり、モモとキキが姿を現し甘えてくる。

「……アカちゃんやキキちゃんの時もそうでしたけど、クドウさんってモンスターに好かれるフェロモンでも出してるんですか？」

「そんなことはない……と思います……たぶん」

サヤちゃんみたいに『魔物使い』を選んでるわけでもないのに、どうしてだろうな？　いや別に悪い気はしないけどさ。シロもモモたちと仲よくしてるみたいだし、別に問題はないだろう。

……まあ、今後シロが急成長して、遊び感覚で俺が大怪我《おおけが》を負う可能性もあるので、その時がちょっと不安である。


「さて、と」

一通り、挨拶《あいさつ》を終えた俺は『安全地帯』の境界線付近へ来ていた。

ペオニー戦でのステ振りをするためだ。といっても、どれを割り振るか考えるだけだけどね。後で一之瀬さんたちの意見も聞きたいし。

え？　じゃあ、一之瀬さんの部屋で一緒に考えればいいんじゃないかって？

アレだよ。たまには一人でのんびり考えたいときもあるってやつだ。

「さて、今回は第五職業も視野に入れなきゃな」

ペオニー戦の際に万が一のためにと温存しておいた第五職業。

今回の戦いを通じて、新しい職業も出るだろうし、視野に入れておくべきだろう。

「そういえば、結局あの後、彼女は現れなかったな……」

今回も突然現れ、俺に忠告をしたあの白い少女。

俺はてっきり、ペオニーとの戦いが終われば、また彼女の方からコンタクトがあるのではないかと思ったが、未《いま》だに彼女が現れる気配はない。

「忠告しに来ただけって言ってたけど、なんか引っかかるんだよなぁ……」

世界の試練がどうこう言ってたし、特に最後に見せたあの焦《あせ》りのような表情。

あれはとても演技には見えなかった。

「……まあ、考えても仕方ないか」

とりあえずは、無事に生き残ったのだし、それで良しとしよう。

「……ん？」

その瞬間、俺はふと気配を感じて振り返った。

……誰《だれ》もいない。スキルに反応もない。そもそも誰かいれば気配ですぐに分かる。

「気のせいか……」

そう思い、再び前を見た。


――誰かがいた。

「……え？」


いや、ソレを誰かと表現していいのか分からない。

目の前にいるソレを一言で表すなら黒い何かだ。

あの白い少女とは全くの逆。　真っ黒な、頭の天辺から足の先まで全てが黒い何かが、『安全地帯』の境界線の外側にいた。

「ッ……！」

それを認識した瞬間、場の空気が重くなったように感じた。

寒気が止まらない。なんなんだ、コイツは？

スキルと本能が告げている。

こいつは今まで遭遇《そうぐう》したあらゆるモンスターよりもヤバい存在だと。

ハイ・オークやソラよりも、いや下手《へた》したらあのペオニーよりもずっと――

「――初めまして、クドウカズト。『早熟』、そして『英雄賛歌』の所有者よ」

「ッ――!?」

黒い何かから発せられた声は低く、だがどこか威厳を感じさせる声音《こわね》だった。

いや、それよりもちょっと待て。

こいつは今なんて言った？　どうして俺のスキルのことを知っている？

「知っているさ。知っているとも。だって私はずっと君のことを見ていたのだから」

俺の疑問に答えるように、黒い何かは声を発する。

すると次の瞬間、霧が晴れるように、その姿が露《あら》わになった。

それは真っ黒なローブを纏《まと》った骸骨《スケルトン》だった。

眼窩《がんか》の窪《くぼ》みには青白い炎が揺らめき、まるで西洋の死神を思わせるような出で立ちである。

そして――その腕にはボロボロになった白い少女が抱えられていた。

「は……？」

どういうことだ？

何故、彼女があのモンスターに捕まっている？

白い少女は気を失っているようで、身じろぎ一つしない。

「愚かだよね……」

カタカタと骸骨《スケルトン》が声を発する。

「システムの一部でありながら、たった一人の人間に固執するとは。黙って静観していれば、こんなふうにならなかったのに……」

それはどこか失望したような、それでいて嘲《あざけ》るような口調だった。

ゴミでも放り投げるかのように、白い少女を地面に放り投げる。

「お前……！」

「でもこれで邪魔は入らない。ああ、ようやく君に会えた。待っていた。この時を、私はずっと待っていた」
その行為に憤りながらも、俺は動けずにいた。
否《いな》、動けないのだ。まるで金縛りにあったかのように、体が動いてくれない。
奴《やつ》は『安全地帯』の外にいるはずなのに震えが止まらない。
「ああ、そうだ。まずは端的に、用件を言おうか」
すぅっと、スケルトンは手を前にかざし、俺の心臓の位置で止めた。

「私は君を――殺しに来た」

その直後、黒い霧が周囲を包み込み――俺の意識は暗転した。

《非通知アナウンス》
《定時報告》
《ネームドモンスター　発生数48体》
《ネームドモンスター　討伐《とうばつ》数８体》
《固有スキル　発現数27》
《固有スキル保有者死亡数12》
《特定固有スキル》

《七罪スキル　『傲慢』『暴食』『嫉妬《しっと》』発現を確認》
《六王スキル　『竜王』『海王』発現を確認》
《五大スキル　『早熟』、『共鳴』、『検索』発現を確認》
《各項目は目標値に達していません》
《カオス・フロンティア　拡張を継続します》

## 《書きおろし》三矢香と十香の後日談

戦いが終わった後、十香《とおか》は三矢香《さやか》の下を訪れていた。

「調子はどう、サヤちゃん？」

「うん、もう全然大丈夫だよ、とお姉」

怪我《けが》は大したことはなかったが、スキル『強欲』の反動か、三矢香はしばらく寝込んでいた。

「全く、人の指示も聞かずにクロと一緒に勝手に出て行っちゃうんだから。心配したのよ？」

「ふぉ、ふぉめんばさい、ふぉおねえ」

ほっぺをむにゅむにゅと引っ張られながら、三矢香は必死に謝罪する。

あの時は、カズトを助けることで頭がいっぱいだったのだ。

戦いが終わってから、十香にしこたま怒られたのだが、どうやらまだ怒りは収まっていないらしい。

「全く、あの男、サヤちゃんをこんな危険な目に会わせるなんて。どうしてくれようかしら……」

「と、とお姉、カズ兄は悪くないよ！　私が勝手に動いただけなの」

「いいえ、駄目です。許しません。彼がいる限り、サヤちゃんはまた無茶をするかもしれないんだから」

「そ、それは……」

そうかもしれない、と三矢香は思ってしまった。

カズトを助けるためなら、力になれるなら、三矢香は何度だって無茶をしてしまうだろう。

彼女にとって、カズトは十香やクロと同じくらい大切な存在なのだから。

声に出さずとも、その気持ちは伝わったのだろう。

全く手間のかかる子ねと、と十香はため息をついた。

「……ところでサヤちゃん、クロはどうしたの？」

いつも一緒にいるはずなのに姿が見えない。

きょろきょろと部屋の中を見回すが、クロの姿はなかった。

「ああ、クロならここだよ」

そう言って、三矢香はベッドの下を指さす。

覗《のぞ》き込んでみると、そこには見るからに落ち込んだ姿のクロがいた。

「…………くぅーん」

クロは十香に気付くも、小さく鳴くだけで、また項垂《うなだ》れてしまった。

「……これ、どうしたの？」

「あの戦いの後、モモちゃんに頑張ったよアピールしたんだけど、逆にウザがられちゃって……」

「あー……」

納得した。その光景が目に浮かぶようだ。

「『影』でぺしぺし叩《たた》かれても諦《あきら》めなかったんだけど、そしたら体当たりで思いっきりどーんって」

「…………」

ひょっとしてクロはおバカさんなのだろうか？

好きになった相手に振り向いてもらいたいのは分かるが、あまりにしつこければ逆効果だろうに。

「ひょっとしてモモちゃんってツンデレなのかなぁ……？」

「……サヤちゃん、それは違うわ、絶対に」

思わず突っ込まずにはいられなかった。

どこをどう見れば、その結論が出るのか。

大切な幼馴染《おさななじみ》の頭の中がちょっとだけ心配になってくる十香であった。

「ところでサヤちゃん、ちょっと聞きたいことがあったのだけど……」

「何、とお姉？」

「彼――クドウさんのことなんだけど、サヤちゃんは彼とどこで知り合ってたの？」

「あ、そういえばまだ話してなかったよね。実は――」

三矢香は十香にカズトとの出会いから、これまでに至るまでの経緯を話した。

「本当はショッピングモールでカズ兄と再会してたんだけど、とお姉には直接紹介したくて……」

「なるほど、それで後手後手になっちゃったのね」

「あうー……その、ごめんなさい」

「別に謝らなくていいわ。サヤちゃんなりに私や彼のことを気遣っての行動だったのでしょう。気にしないで」

「とお姉……」

本当なら怒られても仕方ないはずなのに、逆に自分を気遣ってくれるなんて。

じーんと三矢香は胸が熱くなった。

すると十香が再び口を開く。

「そうだわ。せっかくだし、クドウさんのことも色々と教えてくれない？　サヤちゃんの大切な人なんだし、私も気になるわ」

「た、大切な人って……わ、私は別にカズ兄のことは……」

かぁっと顔を赤くする三矢香に対し、十香はうんうんと頷く。

「わかってるわ。兄みたいな存在なんでしょ？　そうよね、サヤちゃん？」

「え？　いや、ちが……いやそうだけど、それだけじゃなくて……」

「そ　う　よ　ね　？」

「え……あ、うん。ソウデス……」

なにやら得体《えたい》のしれない迫力に押されて、三矢香は頷くしかなかった。

「そう、そうよ。あくまでサヤちゃんは妹的な存在。彼もそう思っているはず……。これからもそう思わせる。ならば彼に取り入るにはサヤちゃんを経由するのが一番かしら？　いえ、それよりも警戒すべきは――」

ブツブツと十香が何か呟《つぶや》いているが、三矢香にはよく聞き取れなかった。

「それじゃあ、まず彼の誕生日と好きな食べ物と……ああ、あと何か趣味ってあるのかしら？」

（……な、なんだか、とお姉らしくないような？　気のせいだよね？）

三矢香は違和感を覚えつつも、とお姉だし心配ないよねと自分を納得させて、質問に答えるのだった。

最初のうちは普通に答えていたのだが、途中から明らかに「いや、それ絶対必要ないよね？」的な内容に変わってきても、それを指摘する勇気は彼女にはなかった。

質問攻めが終わるころには、彼女は若干げっそりしていた。

「なるほど……よく分かったわ」

一方で、十香は満足げに頷くと、手帳を取り出し、今しがた聞いた情報をシュシュと『速筆』を使って書き込む。一方で三矢香は若干げっそりしていた。

「……ふふ、やはり大切なのは情報よね。サヤちゃん、礼を言うわ。ふふ、うふふ……」

「う、うん……」

一体、何のための情報なのだろうか？

そして何故《なぜ》、十香はあんなにも気持ち悪い笑みを浮かべているのだろうか？

大切な幼馴染であり、姉でもある十香の頭の中がちょっとだけ心配になってくる三矢香であった。

そして後日、十香が再びカズトのパーティーメンバーになろうと暗躍し——ついでにクロも便乗《びんじょう》してモモにアピールするのだが、どちらも見事に失敗し、めちゃくちゃ落ち込む羽目になるのだが、それはまた別のお話……。

# 《書きおろし》一ノ瀬と六花の後日談

医務室でカズトと会話を終えた後、一之瀬《いちのせ》はのんびりと外の景色を眺めていた。

脳裏に思い浮かぶのは今回の戦い。誰がいつ死んでもおかしくない状況下で、一人の死者も出さずに乗り越えたのは奇跡に等しいだろう。

その中核となったのはやはりカズトだ。

「……今回も凄《すご》かったなぁー」

戦いを乗り越えるたびに強くなり、追いついたかと思えばまたあっという間に離される。

彼女自身、強くなっているという自覚はあるが、それでもカズトの強さには追いつける気がしない。そもそも遠距離主体の一之瀬と、近接奇襲がメインのカズトでは戦闘スタイルが違うし、お互いに一長一短なのは理解している。それでも仲間《パーティーメンバー》なのだから、肩を並べて戦いたいと思うのは当然だろう。

「もっと強くならなくちゃ……」

「だよねー」

「ふぇっ?」

独り言に返答があった。

見ればベッドの脇で六花《りっか》がニマニマと笑みを浮かべながら、彼女を見ていた。

「り、リッちゃん⁉　何時《いつ》からそこに？」

「んー？　今回も凄かったなぁー辺りかなぁー。なんか考え事してるし、話しかけない方が面白《おもしろ》いかなって思って、黙って見てた次第です」

「面白いかなって……もう」

親友の悪戯《いたずら》に一之瀬は思わずため息をついた。

「おにーさんの事考えてたんでしょ？」

「……うん」

「確かに凄かったもんねー。後で聞いたけど、英雄賛歌だっけ？　パーティーメンバー全員に固有スキルが発現するスキルなんて超反則じゃん。超チートだよ、チート」

「だよねー……」

ステータスが高いだけじゃなく、強力なスキルもいくつも持っている。味方ながら本当にチートだと一之瀬は思う。

「んで、そんな強いつよーいおにーさんの姿を見て、私の親友は焦燥感でも覚えちゃったのかな？」

「……」

「あー、マジで図星だった？」

ズバリ言い当てられて、一之瀬はこくりと頷いた。対して六花はちょっと気まずそうな表情を浮かべる。

「うーん、でもさーそんなに焦る必要なんてないと思うけどね。そもそも私から言わせれば、ナッつんだって十分強いし、十分チートだと思うよ」

「そんなことないよ。私なんてカズトさんに比べたら全然で……」

「いや、だから比較対象がおかしいんだって。私だって何回も死ぬ思いしてようやく進化できたんだよ？　ニッシーや柴《しば》っちなんてまだまだ進化出来そうにないし、それに比べたらおにーさんやナッつんは滅茶苦茶成長が速いし、強いし、十分とんでもないんだよ」

「でも……なんかこのままじゃ、置いて行かれそうで怖いんだもん」

カズトが来た時には平静を装ってみせたが、実際には一之瀬は内心かなり焦っていた。今回の戦いもカズトの英雄賛歌があったからこそ、彼女も最後の決戦で力になる事が出来た。でも最初から自分にもっと力があれば結果は違っていたかもしれない。もっとカズトやモモ達に負担を強いる戦いにはならなかったかもしれない。そう思うと居ても立っても居られないのだ。

「今のままじゃ駄目なの。もっと強くならないと私なんか、カズトさんの隣に居る資格なんて――」

「だーかーらっ！　それがまず間違いなんだよっ」

「え？　――痛っ⁉」

気付けば、一之瀬は六花に両手で頬《ほほ》をつねられていた。むにむにと頬を伸ばされ、ぐにぐにと犬みたいにもみくちゃにされ、痛くてちょっと涙目になった。

「ふぁ、ふぁにすんのさ？」

「勘違いしてる親友の目を覚ますにはこれくらいが丁度《ちょうど》いいんだよっ」

うりうりーともみくちゃにされて、ようやく六花は一之瀬から手を離した。

「……か、勘違いって、何を？」

「ナッつんはさ、私が弱かったら嫌いになる？　もう要らないって思う？」

「そ、そんな訳ないじゃんっ！　私はどんな事があっても、リッちゃんを嫌いになんてならないよ」

「うん、私もナッつんがどんなに引き籠りで人見知りで頑固でメール魔で鈍感で運動音痴《おんち》で人見知りでも絶対嫌いになんてならないよ」

「……なんで人見知り二回言ったの？　ねえ、なんで？」

一之瀬の言葉を無視して、六花は話を続ける。

「私は強いか弱いかでナッつんの傍《そば》にいるわけじゃない。それはナッつんも同じなんだよね？　じゃあ、どうしてそれがおにーさんなら当てはまらないの？」

「ッ――」

「親友で居るのに理由なんて要らない。それはおにーさんだって同じだよ。仲間の為に強くなろうって気持ちは間違ってないけど、それが仲間の資格かどうかは別問題。もう一度、よく考えてみてよ。おにーさんはナッつんが弱かったら見捨てるような人なの？」

「……」

そんな事ないと一之瀬は六花の言葉を否定する。カズトはどんな時でも彼女を見捨てなかった。学校でも、市役所でも、今回の戦いでも。何時だって彼は一之瀬の傍にいた。

「ほら、おにーさんはおにーさんでしょ？」

「……うん」

「だから焦る必要なんてないんだよ。焦らなくても、きちんと前を向いて歩いてれば結果は必ずついてくるんだから。あ、これは清水《しみず》さんの受け売りだけどね」

「そう、だね……」

六花の言う通りだ。一之瀬は心が軽くなるのを感じた。

「ありがとう、リッちゃん。私、ちょっと勘違いしてた」

「うん、うん。分かればよろしい。偉大な親友に感謝するんだねー」

「はは……そこでそんなセリフ言わなきゃ素直に感謝できるのになー」

「ナッつんこそ、そういうセリフは思ってても口には出さないもんじゃないの？」

お互いにじっと相手を見つめ、やがてどちらかともなくぷっと吹きだした。

しばらく二人は笑っていたが、やがて偶然通りかかった清水に「病室では静かにしなさい」としこたま怒られ、がっちり凹《へこ》んだという。

# あとがき

どうも、お久しぶりです、よっしゃあっ！です。

約一年半ぶりの続巻となります。大変長らくお待たせしました。

こうして続巻を出すことができ、作者としては大変うれしく思っております。

どれくらい嬉しかったかというと、担当さんから続巻出せますよと報告を受けたその日に、嬉しさのあまり謎の奇声を上げ、家族から不審がられ、お隣さんから苦情が来たくらいです。特にお隣さんには「お宅の息子さん大丈夫なの？」と割とガチで心配されました。優しいですね。泣きそうになりました。

でも次の日、ごみを捨てに行った時はごく普通に挨拶を交わしました。ご近所付き合いって大事ですね。ソーシャルディスタンスでございます。違うか？

さて、ここからは本編のネタバレになるのでご注意を。

本作は「小説家になろう」にてウェブ掲載していた作品を大幅に加筆、修正したものになっております。特に十香《とおか》、サヤちゃん関連ですね。この二人は立ち回りが大きく異なっています。

今回はこの二人は出番も多く、十香のサヤちゃんやクロに関する本音《ほんね》の告白は作者としても書きたい部分だったので、楽しく書かせていただきました。眉目秀麗《びもくしゅうれい》、中身腹黒な少女の特殊性癖《せいへき》開発というコンセプトの元、彼女はこれからも日々成長していくことでしょう。どこへだ？

次にソラとペオニーについて。

竜とトレントです。どちらもファンタジーにおいてかなりメジャーなモンスターですね。

特にトレントは弱小でありながら、スキルのおかげでかなり恐ろしい存在になりました。

竜が生まれながらの強者なら、トレントは弱小だけど環境に適応して強くなる成長型です。

その対比が作者は割と気に入っています。

最後の謝辞を。

本作を執筆するにあたり、粘り強く付き合っていただいた担当H野様。十香をもっと変態にしましょうと心強いお言葉をいただき、作者は大変勇気付けられました。

本作において命ともいえるイラストをハイクオリティで実現してくださったこるせ様。ソラのデザインを見た瞬間、これはヤベェ！と語彙力《ごいりょく》が乏しくなるほどに素晴らしかったです。カズトが十香を抱きかかえてるシーンは見ていてずっとニマニマしてました。

コミカライズを担当してくださったラルサン様。いつも見るたびに、モフモフでプリティーなモモに心癒やされ、緊張感と迫力のあるバトルシーンを余すことなく描いていただきありがとうございます。

そしてこれまでこの作品を読んでくださった読者の皆さまのおかげで、こうして続巻が出すことができました。これからもご期待に応えられるよう全力で頑張ります。

それではまたどこかでお会いしましょう。

GAノベル

モンスターがあふれる世界になったので、
好きに生きたいと思います4

2021年12月31日　初版第一刷発行

著者　よっしゃあっ！
発行人　小川 淳
発行所　SBクリエイティブ株式会社
〒106-0032　東京都港区六本木2-4-5
03-5549-1201　03-5549-1167（編集）

装丁　MusiDesiGN(ムシデザイン)
印刷・製本　中央精版印刷株式会社



ISBN978-4-8156-0835-4
Printed in Japan

ファンレター、作品のご感想をお待ちしております。

〒106-0032　東京都港区六本木2-4-5
SBクリエイティブ株式会社
GA文庫編集部 気付

「よっしゃあっ！先生」係
「こるせ先生」係

本書に関するご意見・ご感想は
下のQRコードよりお寄せください。
※アクセスの際や登録時に発生する通信費等はご負担ください。

https://ga.sbcr.jp/